「陽信、遅ーい!!
もう、彼女を待たせるなんて
酷いんだからね」
七海は腕を組みながらそう言うと、
わざとらしく頬を膨らませてプイッ
と横を向いた。

「今日はね……今日は……
私と陽信が付き合って
一ヶ月目の記念日なの……
そしてね……」

そこで七海は一拍だけ置いて、
ゆっくりと深呼吸する。
その姿は、あの日僕に対してつっ
かえつっかえになりながら告白を
してきた姿に重なった。
「今日は……今日はね……」
彼女は寂しそうな笑顔のままで、
その真実を僕に告げる。
「私が罰ゲームで、陽信に
嘘の告白をしてから……
ちょうど一ヶ月目……なんだ」

前のような偶然ではなく、
寝ている時にでもなく、僕自身の意思で……
彼女の頬に自分の唇を触れさせた。
「陽信……」
「……神様にはお願いしたけどさ……
僕は七海とずっと一緒だよ。だからさ、
これから先も一緒に居られるかは不安がる必要ないよ」

陰キャの僕に罰ゲームで告白してきたはずのギャルが、どう見ても僕にベタ惚れです 4

結石

HJ文庫
1030

口絵・本文イラスト　かがちさく

Contents

プロローグ　悪くない変化

僕《ぼく》と七海《ななみ》さん……いや、七海との間に起きた喧嘩《けんか》のような、喧嘩ではないような、どこか変わった騒動《そうどう》を起こしてしまってからほんの少しの変化が起きた。

その変化は僕と七海さ……七海との間に起きた変化とは違《ちが》うものだ。

七海さん……七海……七海さん……。うーん、なかなか呼び捨てに慣れない。ちゃんと意識しておかないと、すぐにさん付けしちゃうなぁ。口に出すとちょっとぎこちないし。

僕の人生で誰《だれ》かを呼び捨てなんてしてこなかったから、仕方ないかもね。

でも、彼女《かのじょ》は僕のそんな様子を少し楽しんでいる気もする。さん付けで呼んでから呼び捨てにするとどこか楽しそうで、それでいて揶揄《からか》うような笑《え》みを浮《う》かべるし。

まぁ、七海が楽しそうならいいけどね。

とりあえず、僕の呼び方についての話は置いておくとしよう。とにかく最初の一歩は踏《ふ》み出せたんだ。何事も最初の一歩が肝心《かんじん》で、それが一番勇気がいる。これからは、なるべく意識して名前を呼んでいこうか。そしたら、そのうち呼び捨てにも慣れるだろう。

話を戻《もど》そうか。変化、そう……変化の話だ。

変化が起こったのは、僕の周囲の話だ。いや、七海と付き合いだしてからも変化は多少あったけど、これはまた少し違う。

具体的に言うと……僕が一人の時に凄《すご》く男子から話しかけられるようになった。

七海と付き合い始めた時に周囲から質問攻《ぜ》めにあったり、遠巻きに見られる程度の変化はあったけど、話しかけられることはそんなに無かった。

そして、男子達《たち》から話しかけられて実感したんだけど、僕って女子とほとんど話したことが無いだけじゃなく、こうして男子と話すこともほとんど無かったんだなぁ……。

基本的に僕は自分から話しかけないし、そもそも以前は教室で誰とも話さないなんてことはざらだったからね。これは僕にとって大きな変化だと言える。

まぁ、話の内容はだいたい七海とのことだけど。

話の中で僕のことを聞かれることもあるが、普段《ふだん》の七海はどんな感じなのかとか、どんなところにデートに行くのかとか、七海の部屋に行ったのかとか……そんな話が多い。

前に女子は恋《こい》バナ好きだなと感じたことがあったけどさ、男子も意外と恋バナが好きみたいだ。この辺りは思春期男子なら当然なのかもしれない。もしかしたらそれは僕から少しでも彼女の情報を……という側面もあるのかな？

僕としては慣れない質問ではあるが、あまり七海に迷惑《めいわく》がかからない範囲《はんい》で答えていた。個人情報の保護は大切だ。七海の情報は僕が独占《どくせん》したいとも言える。

だけど慣れない受け答えなので……どうしてもどこか抜《ぬ》けてしまうことがあったりする。

「んで、ぶっちゃけ簾舞《みすまい》って茨戸《ばらと》とはどこまでいってるんだよ？」

「どこまでって……温泉……あっ」

こんな感じで、男女関係がどこまで進んでいるんだって普通《ふつう》に考えれば理解できる質問に、変な回答をしてしまっていた。不意に言われたから、咄嗟《とっさ》に答えてしまったんだよね。

当然ながら、温泉ってどういうことだってこの後に質問攻めにあったわけなんだけど。

なんとか泊《と》まりで旅行に行ったってことは誤魔化《ごまか》しきった。泊まりだと知られたら何を言われるか。

保護者付きだから学校的に問題にはならないだろうけど、それでもあんまり吹聴《ふいちょう》する話ではない。

そんな感じに、順風満帆《じゅんぷうまんぱん》とはいかないまでも少しずつ僕は同級生との会話というのを進められるようになっていた。なんか、ちょっとしたリハビリをしてる気分だ。

「それで？　茨戸とは結局どこまでシテるんだよ？　もう色々とヤッテるんだろ？　羨《うらや》ましいよなぁ、茨戸みたいな彼女がいて……」

「えっ……いや、どこまでって……。えっと……」

温泉のことはなんとか誤魔化せたけど、そのせいか話が戻ってしまった。

僕と話している男子はどこか恍惚《こうこつ》とした表情で、何かの妄想《もうそう》を膨《ふく》らませている。妄想逞《たくま》しくしているところ悪いけど、そんなに色々なことはしていない……と思う。うーん……。


「……ノーコメントで」

少しの間考えた僕から出た答えは、そんな面白《おもしろ》みのないものだった。僕と七海のことは僕等だけの思い出にしておきたかったのもあるけど、進展具合は人にあまり言うことではないからね。

だけど、妄想逞しい思春期の男子高校生にはその答えでもどうやら充分の様で。

「まさか……人に言えないくらいスゴいことをッ?!」

なんでそうなるの?!

予想外のその受け取り方に僕が驚《おどろ》いていると、目の前の男子は一人で腕組《うでぐ》みをしてどこか満足気な表情を浮かべてうんうんと頷《うなず》いていた。

「そっかぁ、やっぱりそうだよなぁ。相手が茨戸だもんなぁ。茨戸がキスもしたこと無いとかって噂《うわさ》で聞いたけど、やっぱり噂はあてにならないよなぁ……」

僕はその言葉を聞いて、少しだけ吹《ふ》き出しそうになってしまった。いつの間にか、前とは逆の噂が流れている……。

本当のことが噂として流れていて、それがあてにならないとか言われているとは。あの時に教室に残っていた人たちは七海から直接聞いてるけど、そうじゃない人は伝聞でしか情報を知らない。

クラスのグループには写真はアップされたけど、七海が何を言ったかまでは書かれていなかったはずだしね。七海にチラッと見せてもらっただけだけど。

それに……イメージ的な話だけをするなら、七海がキスしたことも無いってのはにわかには信じられない情報だとは思う。イメージとかで情報を判断しちゃうのはある程度は仕方ない。

僕にとっては、少し恥《は》ずかしがりやな純情で普通の女の子なんだけど。七海はその面をみんなにはあんまり見せてないだろうし。僕だって、これは付き合ってから実感したことだ。

さて、これはどうしたものか？　噂を訂正《ていせい》するべきかしないべきか。いや、訂正は違うか。訂正ってなるとキスしたことになっちゃうし。まだキスしたこと無いもんね僕等。

……口以外にはしたけど……ちゃんとしたのはしてないから実質まだしてないよね。

でも説明しちゃうと進展具合をノーコメントで乗り切った意味があまりないし……。うん、害はないし放っておいても良いかな？　僕がそう思った瞬間《しゅんかん》、両肩《りょうかた》を何かに柔《やわ》らかく掴《つか》まれ……思わずビクリと身体を震《ふる》わせた。

座《すわ》ったままゆっくりと振《ふ》り返ると、そこには七海が良い笑《え》みを浮かべながら身をかがめ、僕の顔のすぐ近くに自身の顔を寄せてきているところだった。

「男同士でなぁに話してるのー？　私もまぜてよー」

彼女の髪《かみ》がふわりと揺《ゆ》れて、僕の顔を少しだけ撫《な》でる。

そのつもりはなくても彼女の良い香りが直接鼻腔《びこう》に入ってきて、僕は少しだけドキリとした。普段も彼女からしてくる香りだけど、不意を突《つ》かれるとやっぱりドキドキしてしまう。

……これはいつまでも慣れないだろうな。

僕は頬《ほお》の赤みを抑《おさ》えるように一つだけ咳《せき》ばらいをすると、笑顔で小首をかしげる七海に対して口を開く。

「……まぁ、大した話じゃなくて僕と七海さ……七海との話を少々ね」

「私と陽信《ようしん》の？　恋バナ系かな？　男子も恋バナって好きなんだねぇ」

ケラケラと可愛《かわい》く笑いながら、七海は僕の肩《かた》に置いた手をクニクニと動かす。揉《も》まれる肩がなんだかくすぐったくて、僕は身体が捩《よじ》れそうになるのを必死に耐《た》える。

目の前の男子はどこか羨ましそうに僕と七海を見ながらも、苦笑《くしょう》しつつ僕の言葉を補完した。

「そうそう、噂はあてにならないなぁって話をしてたんだよ」

噂という単語に、七海はピクリと身体を震わせ反応を見せる。

それもそうだ。つい先日、変な噂が流れたばかりだから噂というものに少しだけ過敏《かびん》になっていたとしても仕方がない。また変な噂が流れているのかとか不安になってしまうんだろう。

だから七海がその噂について聞いてしまうのも、仕方ないことだったろう。

「ソレって、どんな噂？」

先ほどまでの笑顔から一転して、その表情は真顔だった。七海も噂について警戒《けいかい》しているのかもしれない。僕は七海の様子を見て、思わずごくりと唾《つば》を飲む。

男子は少しも気にした様子はなくその内容を口にした。僕としてはそんなに軽く言っていいのかと勝手に焦《あせ》るんだけど、実際……当事者じゃない人にとっては大したことない話なんだよね、これって。

「いやほら、茨戸が簾舞とキスしたこと無いって噂」

改めて聞くとちょっとだけ恥ずかしくなる噂だ。

知らないのかと言わんばかりに軽く口にした言葉を受けて、七海はさっきの真顔からさらに一転して、中途半端《ちゅうとはんぱ》に口を開けて呆《ほう》けたような表情を作る。

これは理解が追い付いていないのか、脳が認識《にんしき》を拒《こば》んでいるのか……。

だけど、その言葉の意味が七海の中に徐々《じょじょ》に浸透《しんとう》していっているのを示すかのように……彼女の頬の色に赤みが段々と増していく。

顔全体が赤くなったところで、七海は僕の後ろに隠《かく》れるようにピッタリとくっつきながらも、噂を口にする男子生徒に憤慨《ふんがい》したように声を荒《あら》らげる。

「はッ……はぁッ⁉　何その噂⁉　噂……噂なんだよね⁉」

「えッ……いや、うん……噂だけどって……えっ？」

彼《かれ》は少し気圧《けお》された……というよりも初めて見る七海の姿に驚いたように困惑《こんわく》の表情を浮かべていた。僕としてはたまに見る光景なんだけど……そっか、こういう七海の姿って初めて見るのか。

そして僕の背中に隠れるようにしていた七海は、少しだけ考え込《こ》んでから僕の背中に隠れるのを止《や》めてその場で胸を張る。

「私と陽信はその……ちゃんといっぱいキスしてるからね！」

……は？

今度は僕が呆ける番だった。

その言葉の意味を考え、咀嚼《そしゃく》し、脳内に沁《し》み込ませると……今度は僕が赤面する番になった。

いや、なんでそんな嘘吐《うそつ》くの?!

七海が胸を反らしながら言い放ったその言葉に、噂を告げた男子は「お……おう……」としか言えなくなっていた。うん、まぁそうなるよね。キス宣言とか困るよね。

だけど、その嘘は即行《そっこう》でバレることになる。

「いや、七海なに言ってるのさ。こないだキスまだだって言ってたじゃん」

「ふぇッ?!」

七海の後ろにいた女子生徒は、あの時クラスにいたんだろう。名前は思い出せないけど顔に見覚えがある女子だ。訂正を受けた七海は焦りと混乱からわなわなと震えている。

「よ、よく考えたらしてるもん！　ほっぺとかオデコとかにしてくれてたし！」

「えー……？　口にはまだしてないんでしょ？」

「……うん、してない……ね？　してない」

「七海って意外と純情なんだねぇ。私がやり方教えたげよっか？」

女子生徒は七海を揶揄う様に、唇《くちびる》を指で触《さわ》りながら笑みを浮かべる。七海は真っ赤になりながらその女子生徒を凝視《ぎょうし》して……。

「うー……もうッ‼　もうッ‼」

色んな思いからか、真っ赤になった七海はそのままダダをこねる子供のようになる。その姿を見た女子生徒は「やべっ」と一言呟《つぶや》くと脱兎《だっと》のごとく逃《に》げていった。

七海はそのまま彼女を追いかけていく。うーんこれは……後でフォローしておこうか。たぶんだけど、変なことを言っちゃったのも色々と混乱してたからなんだろうな。

「……茨戸ってあんな表情もするんだな。意外だ」

その一言は、妙《みょう》に僕の耳に残る。

僕にしてみればあんな風にコロコロと、クルクルと表情が変わるのはこの三週間見てきた七海……いや、七海さんの姿だ。それが僕の知る彼女だ。

でもどうやら、クラスメイトにとっては違うようだ。

これはたぶん、僕に普段見せる姿をみんなの前で見せるようになってきたんだろう。逆に僕はクラスメイトの知る七海を知らないよなぁ。そもそもただ漠然《ばくぜん》と、ギャルだってことしか知らなかったからね。

今度、七海に聞いてみようかな。あんまり意識してない可能性もあるけどさ。

「それにしても……結局キスもしてなかったのか。もしかして奮舞って、まだ童貞《どうてい》なん？」

僕がそんなことを考えてると、不意にそんな質問がきた。ホントにこういう質問ってくるんだなぁと、僕は驚き半分、感動半分といった感情を覚える。

「うん、そうだよ」

「ずいぶんとあっさり認めたなぁ。そういうこと、したくなんねーの？」

そういうこと……ねぇ……。したくないと言ったら完全に嘘になるし、ぶっちゃけると旅行中だってそういう系統の誘惑《ゆうわく》は沢山《たくさん》あった気がする。あの時は家族が一緒《いっしょ》だったから抑えられたけど。いなかったらどうなっていたか……？

でも……したい、したくないというよりも……。

「七海が傷つくくらいなら、したくなっても我慢《がまん》できるかな」

この考え方が一番しっくりくるかもしれない。以前、父さんにも言われたけど……そういう行為《こうい》をして万が一のことがあった時に負担が大きいのは女性の方だ。

高校生で万が一のことがあったら……七海は夢を諦《あきら》めなきゃいけなくなるかもしれない。それを考えるとリスクに見合っているとは言い難《がた》い気もしてしまうんだよね。僕等はまだ高校生なんだし……。

そんなことを言っときながら、仮に、万が一だけど……もしも、七海からそういうのを求められたらきっと理性はグラグラ揺れるだろう。我慢できずに色々としてしまうかもしれない。

きっと、思春期の男子なんてそんなもんだ。だけどそういうときほど、冷静になる必要がある。お互《たが》いの愛情を確かめる方法はそれ以外にもあるはずだ。

……ちゃんとしたキスもまだな僕が言っても、説得力は無いかな？

「なんかすげぇな……俺《おれ》なんて彼女できた時ヤリたくてヤリたくて仕方なかったぜ？　さっさと童貞捨てたかったしさ。ムラムラしっぱなしよ」

「それもしょうがないと思うよ。僕はこう考えるってだけで、それをしたいって気持ちもきっと自然なんだろうし」

「あれ？　俺、下ネタふったはずなのになんか道徳の授業っぽくなってる？」

えっと……下ネタだったの？　僕、そういうのは苦手だし、ゲーム仲間とかとも下ネタ話なんか基本的にしないから全然気づかなかったよ。僕が少しだけ困ったような表情を浮かべると、彼はどこか楽しそうな笑顔になる。

「んじゃ、まずはファーストキスできるように頑張《がんば》れよ。記念日とかだと色々としやすいぜ？」

「えっ？」

それだけを言うと、彼は席から立ち上がり僕の肩をポンと叩《たた》いて立ち去っていく。そして、入れ替《か》わる様に七海が戻ってきたところだった。もしかして気をつかってくれたんだろうか？

「おかえり七海」

「ただいま陽信……うー……疲《つか》れた」

羞恥《しゅうち》なのか、それとも追いかけっこをしたからか、頬を赤くした七海が今まで彼が座っていた席に腰掛《こしか》ける。そして、疲れた身体を休めるように上半身を僕の机に突っ伏《ぶ》した。

さっき言われた言葉が、頭の中で繰《く》り返される。記念日……記念日ならしやすいかぁ。

静かに呼吸する彼女の唇に、僕は視線を落とす。

もうすぐ、付き合って一ヶ月目の記念日だ。それは罰《ばっ》ゲームのお付き合いの終了日《しゅうりょうび》でもある。

その日に七海は、僕に別れを言うんだろうか？　それとも何も言わないのか。僕が起こす行動は決まっているけど、彼女がどうするのかは分からない。

泣いても笑っても……これが終わりまでの最後の期間なんだ。悔《く》いのないように動かないと。

静かに決意する僕に、七海は突っ伏したまま少しだけ唇を尖《とが》らせる。

「ここ最近の陽信は男子とのお喋《しゃべ》りが多くなって、クラスに溶《と》け込んでる姿を見るのは嬉《うれ》しいけど彼女としてはちょっと複雑だなぁ……」

「んー……溶け込んでるかな？　ちょっと違和感《いわかん》ない？」

「そんなこと無いよー」

「でもほら……僕まだクラスメイトの顔と名前ほとんど一致《いっち》してないし……」

「えっ……？　さっき話してたのに……？」

「うん」

七海はそこで、少しだけ顔を上げて僕の顔を見る。その視線を受けて僕もちょっとだけバツが悪くなり頬をかいた。うん……だってほら、今まで関わりが無かったからさ。

そんな僕に七海は、仕方ないなぁと言わんばかりに苦笑を浮かべる。思わず僕も苦笑を返した。

それが、僕と彼女の最後の一週間の始まりだったのかもしれない。

第一章　最後の一週間、開始

約三週間前に僕と七海《ななみ》の少しだけ奇妙《きみよう》な関係が始まって、そして色々な変化が起きた。その関係性に色々な意味で決着がつく記念日まであと一週間。

来週……僕は七海に対して改めて告白をする。そこでどんな変化が起こるのかは僕にはわからない。だけど、できる限り良い変化にしたいとは思っている。

ハッピーエンドになるとは限らない。だけど、ハッピーエンドは目指す。

そう考えていた僕の中で、今日のクラスメイトとの会話によって一つの疑問が生じ始めた。

「高校生らしいお付き合いってさぁ、どこまでOKなんだろうねぇ……」

「どこまでって……？」

いつもの七海の部屋で、勉強終わりの何気ない会話の中で、七海を呼び捨てにした記念に撮《と》ったプリクラを見つつ……僕は呟く。これは僕にとって初めてのプリクラだ。

何パターンかの写真がそこにあって、この中の一枚は僕のスマホにも保存されている。

スマホに保存できるなんて知らなかったよ。

……その中の一枚を見ながら、僕は考えていた。

「ほら、このプリクラみたいに……こうやって頬にキスするってのも、大人の言う高校生らしいお付き合いからは逸脱《いつだつ》しちゃうのかなって思ってさ」

そうなのだ。初プリクラの時に七海は僕の頬にキスをしてきた。ドッキリと言うにはあまりにもドッキリすぎる不意打ちで、間抜《まぬ》け面《づら》で笑っている僕にキスをした写真になっている。

……これ、僕も同じことしてたらキスしちゃってたよね。

その写真を僕が七海に見せると、彼女はその時のことを思い出して少しだけ頬を赤らめるが、すぐにその赤みを消して平静を装《よそお》う。

ちなみにこのプリクラを撮った時、七海は自分からキスをしておきながら、その行動に照れすぎて真っ赤になってしまったのだけど……。って、これは言うまでもないか。

ともあれ、写真のことをごまかす様に七海は身体を一度大きく伸《の》ばす。そしてそのまま小さくあくびをすると、目にほんの少し涙《なみだ》を浮かべていた。

「それ言うならさぁ……厳密には学校帰りのゲーセンもダメなんじゃない？　校則ってどうなってるんだっけ。その辺、気にしたことなかったなぁ」

涙の浮かんだ目を擦《こす》りながら、七海はその身体を僕に傾《かたむ》けてくる。その姿はまるで猫《ねこ》みたいで、彼女は僕の膝《ひざ》の上にうつぶせの姿勢で上半身を預けてきた。

膝枕《ひざまくら》とはちょっと違う形だけど、彼女の身体の柔らかい感触《かんしょく》と体温が、僕の伸ばした足にじんわりと広がる。気のせいだけど、なんか七海の頭に猫の耳が見える気がした。猫耳……ありだね。

七海はそのまま身体をクルリと反転させて、僕を見上げる。ちょうど僕は彼女の頭に視線を落としていたから、反転した直後に視線がバッチリと合った。

そのことに七海は一度だけ大きく目を見開いて驚いた様子を見せるけど、すぐに少し悪戯《いたずら》っぽい微笑《ほほえ》みを浮かべながら、自身の唇に人差し指を当てて小首を傾《かし》げる。

七海の髪の毛が僕の膝を撫でて、少しだけくすぐったかった。

「なに？　陽信《ようしん》……もしかして、もっと凄いことしたいとか？」

当てた人差し指をゆっくりと弧《こ》を描《えが》くように動かして、七海は唇から指を離《はな》す。どこか艶《つや》っぽい仕草で、七海はそのまま人差し指を僕の方へと向けると……。

「……七海……自分で言ってて照れないでよ」

すぐに七海の頬が赤くなる。さっきのプリクラの件も合わせて限界が来たのかもしれない。それが微笑ましくて、思わず僕は破顔する。僕の笑みを見て、ますます彼女は頬を赤くした。

抗議《こうぎ》するように僕の胸をポスポスと小突《こづ》きながら、七海は僕の膝の上で軽く暴れる。

「そーゆーのは言わないの！　ほら！　次のデートの場所、今日は決めるんでしょ?!」

「ゴメンゴメン、可愛かったからつい」

「もうッ！　全くもうッ!!」

胸を叩かれてるけど全然痛くないどころか、どこか心地《ここち》いい感じだ。そのまましばらくポスポスと叩いていた七海は、やがて両足を一度大きく上げると、その反動で僕の膝から離れる。

彼女からかかる心地のいい負荷《ふか》が喪失《そうしつ》し、残った温《ぬく》もりに何処《どこ》か寂《さび》しさを感じてしまった。そんな僕の心情を知ってか知らずか、七海はスマホを持ち直して色々と検索《けんさく》し始める。

残念に思ったけど、僕も彼女と一緒にデートの場所を検索する。今日は僕と七海……それぞれでデートプランを考える日と決めた。

いや、だったら別に一緒の部屋にいる必要も無いじゃないか。帰宅してからでもいいじゃないかという話もあるのだが、これにはちょっとした事情がある。

初めてのデートは、僕から映画館に誘《さそ》って一緒に映画を見た。

二回目のデートは、七海から水族館に誘われて……忘れられない思い出ができた。

三回目のデートは、温泉旅行とお花見に行って、さらには僕の部屋で一緒にゲームをして……色々とビックリしたよな。

どれも楽しかったし、かけがえのない思い出だ。そして、記念日まで残り一週間となり、四回目のデートをどうするかという話になった。

これが問題だった。

一ヶ月の記念日を目前にしたデートということもあるからか、僕も七海も気合いが入っていて……。話をするにつれお互いに行きたい場所が増えていき、どこに行くか決めにくくなってしまった。

例えば、もう一度水族館に行って今度はイルカショーを見てみようかとか、家族みんなじゃなく二人だけでお花見に行ってみようかとか、行ったことのない遊園地や動物園はどうかとか……。

ただ街中をブラつくのもいいし、見てみたい映画を見に行くとか、いっそのこと前に言っていた家で映画を一緒に見るのも良いよねとか……とにかくやりたいことが大量に出てくるのだ。

そうやってワイワイと、あーでもないこーでもないと決まらない計画を話すのは、実は非常に楽しいのだが、それでデートの計画が決まらないのは困りものだ。

「なかなか決まらないねぇ……」

「まぁ、流石《さすが》にいっぱいあり過ぎだよね……これ二日じゃ無理でしょ……」

お互いに案を出し合った結果、案が多過ぎてどれにすればいいのか……。とにかく詰《つ》め込んでも一日で回るのは無理な量になっていた。だから話し合いは難航してしまう。

僕が気合いを入れている理由は、このデートはもしかしたら僕等にとって最後のデートとなるかもしれないからだ。だからこそ、僕が誘った場所に彼女を連れて行きたいという思いが強かった。

七海も七海でなぜか妙に気合いが入っていて、自分で提案したところで僕と過ごしたいという気持ちが伝わってくる。

なんか『喧嘩のお詫《わ》びも兼《か》ねてご奉仕《ほうし》させて』なんて、わざわざ扇情的《せんじょうてき》な言い方までしてくる始末だ。もちろん、その後は『今の無し！』って叫《さけ》んで自爆《じばく》してたけど。

あれは喧嘩じゃなかったし、僕も悪かったから気にしなくていいって言ったんだけどね。

ともあれ、話を戻すと……デートの内容だ。それが決まらないと話にならないわけだ。

だから、お互いに話し合って決まらないなら、土曜日は七海が行きたいところに、日曜日は僕が行きたいところに……それぞれがデートプランを考えようという提案をしてみた。

その提案に七海は「いいねそれ、楽しそう」と二つ返事で了承《りょうしょう》してくれた。

ただ、お互いにデートプランを考えて万が一丸かぶりしたら……ということも考えて、僕等は同じ部屋に居ながらもそれぞれがスマホをいじっていた。検索しながらのお喋りも継続《けいぞく》して。

決定的な行き先についてはまだ二人とも口にしないけどね。なんか、そこは決まったらお互いに伝えるって暗黙《あんもく》の了解《りょうかい》になった。さすがに当日サプライズはしないつもりだ。

サプライズは三回目のデートで食傷気味というのもある。

そんな中、不意に彼女は先ほどまでの僕の言葉を確認《かくにん》してきた。

「ねぇ、陽信……さっきの話だけどさぁ……」

「さっきの話？」

「高校生らしいお付き合いってやつ」

スマホに視線を落としたままで七海は呟く。チラリと見たその表情からはどんな感情を持っているのかはっきりとは窺《うかが》い知れない。

変なことを言っちゃったし……心配させてしまっただろうか？

「あぁ……いや、別に何と言うか……変なことをしたいわけじゃないから安心してよ」

少しだけスマホから目を離して、僕は彼女を安心させるように笑顔を向ける。そんな僕の視線に気づいた七海も、顔を上げて僕へ視線を向ける。

「そうじゃなくって！　なんて言うかさ。お母さん達も、志信《しのぶ》さん達も高校生らしい範囲でって言うけど……あんまりそれに囚《とら》われなくても良いと思うんだよね」

「……と言うと？」

「だってさ、私達は現役《げんえき》の高校生なんだから。私達がやる行動は全部『高校生らしい』行動ってことにならないかな？」

……結構な暴論が飛び出した気がする。

その理屈《りくつ》だと、極端《きょくたん》に言うと僕等は何をしても良いということになってしまうし……。それに、その言葉を免罪符《めんざいふ》にしたらあらゆることに歯止めがきかなくなってしまわないだろうか？

その言葉を肯定《こうてい》するかどうか、僕の中に少し迷いが生まれるけど……。

「……それはちょっと屁理屈《へりくつ》じゃない？」

僕は七海の言葉を否定する。あんまり彼女の言葉を否定したくはないけど、なんだかここでその言葉を肯定するのはどうも抵抗《ていこう》があった。

だけど、七海はそんな僕に対して怒《おこ》るわけでもなく、あっけらかんとしてた。

「うん、屁理屈だと思うよ」

そして、否定した僕の言葉をあっさりと認めた。

そうくるとは思ってなかったので、僕はその返答に目を点にした後で苦笑する。七海は僕のそんな反応も織り込み済みだったのか、特に気にした風もなく言葉を続けた。

「彼氏《かれし》持ちの友達がさぁ、なんて言うのかな……正直、聞いていいのってくらい関係が進んでいる子もいるんだよね……。いや、もうほんと……すっごくてさ……言葉にできないくらい……」

「そんな話聞いてるの⁈　それはちょっと……心配なんだけど……色々と」

「前は単に話を合わせるのに聞いてただけなんだけどねぇ。彼氏がいると意味合いが変わるよ」

一体どんな話を聞いているんだろうかと少しだけモヤモヤするけど、七海はその詳細《しょうさい》を口にはしなかった。内容を思い出したのか、心なしか耳がほんのりと桜色になっている。

よく女子の方がそういう話題は男子よりエグいって聞いたことはあるけど……。実際にそうなんだろうか？　僕、男子とそういう会話したこと無いから比較《ひかく》できないしな……。

もしかして、七海がたまに変な方向に思いきりがいいのはそういう話を聞いてたからなんだろうか。心配が表情に出てた僕を見た七海は、安心させるように微笑みを浮かべる。

「でもね、初美《はつみ》と歩《あゆみ》は……割とその辺はスローペースなんだよね。まだ彼氏とキスくらいしかしてないってさ。そんな風にさ……人によってペースって結構違うんだよ」

それはちょっと意外な話だな。てっきり彼女達《かのじょたち》もかなり進んでいる方だと思っていたのだけれど、そうではないらしい。

もしかしたら、付き合っている彼氏さんとやらに関係があるのかもしれない。二人とも社会人らしいし……確かに大人は高校生に手は出せないか。そう考えると、納得《なっとく》できるかも。

「そんなわけで、色々と話を聞いて勉強はしてるから……いざって時は安心だよ?」

少し安心したと思ったら、安心できない言葉が飛び出てくる。さっきの僕の心配が的中してしまった形だ。ドヤ顔でウィンクをする七海を、僕は半眼で少しだけ呆《あき》れながら見てしまう。

「まーたそういうことを……。そんなこと言って、いざって時に自爆しても知らないよ?」

「あははー。こういうのを耳年増《みみどしま》って言うのかな。人生って何が役に立つかわからないよねぇ」

「それ自分で言うの?!」

僕は思わず吹き出して、七海もそれに合わせて笑っていた。

そしてひとしきり笑い合った後、七海は急に真顔になって再び僕に近づいてくる。

どうするのかなと眺《なが》めてたら、僕の背中に自身の背中を合わせるようにぴったりとくっつけてきた。彼女の体温が、僕の背中にじんわりと広がっていく。

その体温が心地よくて、僕は黙《だま》ってしまう。七海にも僕の体温が伝わってるのか、しばらく彼女は無言で……静かな時間が部屋に流れた。

そして、七海はポツリと呟いた。

「前にさ、寝《ね》てる私に自分からキスしてくれたことあったよね。覚えてる？」

「……えっと、そんなことあったっけ？」

「もー、忘れてるふりでしょそれ。覚えてるでしょ」

はい、忘れてるふりです。なんだか決まりが悪くてとぼけてみたんだけど、彼女はそんな僕にカラカラと笑いながら僕のとぼけをあっさりと看破する。

そりゃ、忘れられるわけがない。初めて僕が……自分からしたことの記憶《きおく》なんだ。寝てるとはいえ。

背中でモゾモゾと動く彼女の体温がとても心地いいが、僕はその時のことを思い出して赤面してしまう。ほんと、あの時はよくあんなことしたよ……。

「その節は寝込《ねこ》みを襲《おそ》うような真似《まね》をして大変に申し訳なく……」

「いやいやいや、別に気にしてないって。嬉しかったって言ったじゃん！」

彼女《かのじょ》は僕《ぼく》の背中で、さらに笑い声を大きくする。僕の謝罪に怒るどころか、むしろその反応はどこか安心したような色さえ感じられる。僕が少しだけバツの悪い思いをしていると……急にふんわりと柔らかくあたたかな感触に包まれる。

七海が、僕を後ろから優《やさ》しく抱《だ》きしめてきていた。

背中全体に彼女が感じられて、とても安心できる優しい香りがする。このまま眠《ねむ》ったら幸せだろうなとか、そんなことをぼんやり考えながら七海の温もりを堪能する。

そして僕の耳元に、どこか母親を彷彿《ほうふつ》とさせるような安らぎに満ちた声が響《ひび》く。

「高校生らしくじゃなくて、私達らしくのペースがいいかなって。無理しないでさ。だからさ、これからもさ……私達らしくやっていこうよ」

その言葉を聞いて、僕の心にじんわりと何かが広がっていく。

僕の高校生らしく……という悩《なや》みに対して、彼女は僕を優しく包んでくれた。確かに、少しだけ僕は『高校生らしく』って言葉に囚われ過ぎていたかもしれない。

今日、久方ぶりに同級生の男子と話したのも大きいだろうな。七海とどこまでいっているのかという質問に、高校生ならしたくてたまらないという話を聞いて、焦りがあったのかも。

期限が近いことも焦りを生んでいた一因かもしれないな。一般論《いっぱんろん》に触《ふ》れて、それと逸脱している状況《じょうきょう》で大丈夫《だいじょうぶ》なのかって。

でも、七海に肯定されて……。だいぶ気が楽になったかな。

「……そうだね、時間はこれからいくらでもあるしね。僕等のペースで……ゆっくり行こうか」

「そうだよね……いくらでも……いくらでもあるよね」

本当にいくらでも時間があるのかはわからないけど……。それでも僕は、あまり急がずにゆっくりと……七海との関係を進めていきたいと改めて思った。

期限が近いからこそ、そう願った。

そして、七海のその言葉がきっかけで日曜日に行きたい場所が僕の頭の中にフッと浮《う》かぶ。少し地味かもしれないけど、これなら七海も楽しんでくれるんじゃないだろうか？

抱きしめられたことと、気が楽になったことで思い出した場所だ。確か昔、父さんと母さんと一緒に行ったことがあったと思う。

モヤモヤしたものが晴れて、頭の中がすっきりとした気分になっていく。だからだろうか、同時にとある疑問も頭に浮かぶ。

「ちなみにさ……今の七海ってどこまでならしてもいいのかな……？」

抱きしめられたままの姿勢で、少しだけ調子に乗ってそんなことを口走ってしまう。そんな僕に、七海は慌《あわ》てる様子もなく抱きしめたまま顔を近づけて、優しく、静かに……僕に囁《ささや》いてきた。

「……逆に……どこまでだったら陽信はしてくれるのかな？」

それは少しの曇《くも》りもなく綺麗《きれい》で、安らぎに満ちた優しさで、安心させるような声色《こわいろ》なのに……言ってることがとんでもなかった。

質問に質問で返されてしまったとかいう問題ではない。

僕はその七海の言葉に顔全てが真っ赤になって、全身から一気に汗《あせ》が噴《ふ》き出した。てっきり慌てると思っていたのに、ものすごいカウンターを喰《く》らってしまった……。

僕の心の中には敗北感と……変な満足感が同時に満たされていく。

「僕の負け……降参だよ……どこで覚えたのそんな返し方……」

例の女子との話だろうか。心臓に悪いことを……。

抱きしめられたまま僕は両手を上げて、彼女に対して降参の意を示す。

僕の両手を見た彼女は嬉しそうに笑うのだが、僕にピッタリくっついたまま耳元で喋る。吐《と》息《いき》がかかり非常にくすぐったく、背筋がゾクゾクとしてしまう。

「すっごい恥ずかしかったけど……一矢《いっし》を報《むく》いた気がするよ。迫《せま》ってこられたらどうしようかと思っちゃった」

そう言う割には彼女は頬も赤らめず耳も赤くなっていなかった。もしかしたら恥ずかし

さよりも、彼女の中では僕を降参させたという喜びが上回っているのかもしれない。

……これは後で一人で恥ずかしがるやつかな？

そう考えていたら、彼女は僕から離れると……思い出したように唇に人差し指を添《そ》えて、
僕に艶《あで》やかな微笑みを向けてきた。

「唇にキスしたくなったら言ってよね。たぶん……私はいつでも大丈夫だからさ」

そのセリフに、僕は言葉を失ってしまう。ただただ赤くなって、彼女の指が触れている
唇へと視線を注ぐことしかできない。下手したら呼吸も止まってるかも。

そんな僕等の沈黙《ちんもく》を破ったのも、七海の全力の一言だった。

「ツッコんでよッ‼」

僕はその姿を見て、どこか安堵《あんど》したような感情を持って……吹《ふ》き出した。いつも通りに
自爆した彼女は、吹き出した僕に憤慨して掴みかかってきながらも笑っている。

うん、やっぱり七海はこうじゃないとね。

◇◇◇◇◇◇◇◇◇

帰宅した僕の行動は基本的にいつも同じだ。パソコンを起動して、ゲームを実行して、

ゲーム仲間達《たち》にただいまの挨拶《あいさつ》をする。

最近は七海と一緒のことが多いから、ゲームをスマホですることも少なくなった。チャットとかで相談をすることもあるけど、ゲームはもっぱら帰宅してから一人の時にやるくらいになった。それを苦痛に感じない自分に、今更《いまさら》ながら少し驚《おどろ》いている。

『そっか、もうそんなに経《た》ったんだね』

僕が七海とのことを報告すると、バロンさんが感慨深《かんがいぶか》げに呟く。僕も同じ気持ちだ、本当に経過するのが早いと思う。

それにしても、この報告もすっかり定番化したなぁ。バロンさんはもう報告は必要ないんじゃないって前に言ってたけど、進展具合を聞きたい人からは反対されてたっけ。

実を言うと、僕の方も報告と相談をしないと落ち着かなかったりする。習慣というのは恐《おそ》ろしいものだ。まぁ、深いところまでは言ってないけどさ。

『いよいよ、記念日前の最後のデートになるわけだ』

「ええ、今度の土日……それが最後のデートになります」

とうとう最後……かもしれないデートが間近に迫り、そのことを強く意識した夜。僕はバロンさんに報告をしていた。他のメンバーはおらず、チャットにはバロンさんしかいない。

他のメンバーについてはいつもの全体チャットで報告をと考えて、あえて僕はバロンさんと二人だけのチャットルームを作って話をしていた。

僕と七海について、最初に相談したのはバロンさんだった。

だから、礼儀《れいぎ》……って言うほどではないけれども、なんとなく僕はバロンさんと二人だけで話したい気分になっていた。

『それぞれで日を分けてデートプランを考えてるんだっけ？　良いねぇそういうの、僕も今度……プランを考えて妻とやってみようかな』

「ええ、土曜日はシチミ……日曜日は僕がそれぞれデートプランを考えて……デートすることになりました。いやぁ……自分でこういうのを考えるのって、初めてだから緊張《きんちょう》しますね」

『何言ってるのさ、今まで沢山デートしてるじゃない』

「最初はバロンさん達に相談して、二回目は彼女から、三回目は母さん達の招待でしたから。自分一人で考えるってのは初なんですよ」

『言われてみれば……そうみたいだね』

今までの僕なら、チャットを使ってどうした方が良いかとかバロンさんに相談していた。

そしてアドバイスを受けて……それを基に色々とデートプランを考えていたことだろう。

だけど、僕は今回あえてバロンさんに一切《いっさい》それを相談していない。だからこれは、はじめて僕一人で決めたデートの内容になるんだ。

……楽しんでもらえるかはちょっと不安だけど。

『何をするかは、もう決めたのかい？』

バロンさんはそんな僕の考えが分かっているのか、何をするかだけを簡素に聞いてくれる。

彼はここで、どこに行った方が良いとか、最後だから何をした方が良いとか……そういうアドバイスを何もチャットに書き込まない。

なぜ僕が、バロンさんだけを招待したチャットを作ったのかも聞かないでいてくれる。

本当に……バロンさんには最初から最後まで頭が下がる思いだ。

「はい、もう決めました」

『そっかぁ……あのキャニオン君が……成長したね』

「そうですかね？　今も正直、いっぱいいっぱいですよ」

『そんなことないさ。僕に最後のデートをどうすればいいでしょうかとか聞いてこない段階で……まぎれもなく君は成長しているよ』

バロンさんにそう言われて……僕はとても嬉しくなる。

正直な話、自分自身が成長できているのか、それともできていないのか……僕には全く分からなかったからだ。だけどバロンさんからそれを言ってもらえたことで、僕の中にほんの少しだけ自信が生まれてくる。

『でもそうだね……聞いてこないからこそ、キャニオン君……緊張してるんじゃないかな？　初めて自分が考えた内容で、大丈夫かなってさ』

僕はぴたりと言い当てられたその内容に、少しだけ苦笑《くしょう》した。バロンさんの言っていることはその通りで……僕はとても緊張してたりする。

今から緊張してどうするんだって話もあるけど、これぱっかりは仕方ない。

考えた内容は変じゃないだろうかとか、彼女はこのデートで楽しんでくれるだろうかとか……そんなことを考えては不安になるのだ。

感じていた焦《あせ》りとはまた違《ちが》うもので、何をしても落ち着かない。

「……そうなんですよ。世の中のモテる男性陣《だんせいじん》は、こんな不安を持たないんですかね？」

『モテる人の気持ちは分からないけど、僕も妻を初めてデートに誘ったときは緊張して、不安で眠れなかったよ……。だから、その気持ちはよく分かるよ』

意外な言葉がバロンさんから返ってくる。

この人は何と言うか……僕の中では非常に大人で、何でもそつなくこなすような印象だったので、こういう弱い部分を僕に見せてくれるのは新鮮《しんせん》な気持ちになる。

「バロンさんでもそうだったんですね……」

『そうなんだよー、プランを詰め込《こ》み過ぎて余裕《よゆう》が無かったり、色々な失敗とかもしちゃったしねぇ。予定していた店が閉まっていたとかもあったかな？　今では良い思い出なんだけどさ』

「そんなことが……」

バロンさんは僕に失敗談を色々と教えてくれた。その話を聞いていく中で……僕の中では段々と緊張がほぐれていった。

完璧《かんぺき》な大人だと思っていたバロンさんも様々な失敗をする人だと知れて……おこがましいかもしれないけれども、僕は彼のことをほんの少しだけ身近に感じる。

『だからさ、キャニオン君も不安がる必要は無いよ』

「そう……ですかね？」

『……罰ゲームの告白からもうすぐ一ヶ月……君に相談を受け続けた僕が保証するよ。君達ならきっと……どんなことも幸せな思い出に転化しちゃうよ』

「……ありがとうございます」

ありがたいその一言に、僕の中にあった緊張がだいぶほぐれていくのを感じた。本当に、バロンさんのような大人の言葉は貴重だし……説得力があって僕の中にストンと落ちてくる。

デート前にバロンさんと話ができてよかったと思う。

そんな風にありがたく思いながらも、僕はバロンさんに対して決めていたことを告げた。

「バロンさん……僕はこれを記念日前の最後の報告にしたいと思ってます。次に報告するのは、記念日の……全部終わった後で……そう考えています」

『へぇ……なんでそう思ったんだい？』

「今度のデートは僕等が初めて自分達で考えたデートになるんです。だからそれを……後から誰《だれ》かに言うのは……」

『確かに無粋《ぶすい》だね……それは二人だけの……大事な思い出にするべきだ。うん……理解するよ』

バロンさんは僕の言葉を理解してくれた。そのことがありがたく……同時に僕は申し訳なくなる。

「すいません、今まで相談に乗ってもらって不義理かもしれないですけど……」

『不義理なんかじゃないさ。気にしないでよ。でも、条件だけ付けさせてもらっても良いかな？』

「条件……ですか？」

『全部が終わった後の報告は……幸せなものでお願いするよ』

その条件に、僕は二つ返事で了承する。僕も、それ以外の報告をするつもりはないし……。まだちょっと不安はあるけど、きっと大丈夫だと信じている。

『……それにしてもさぁ、デートの直前なんだから……僕なんかより彼女と話してた方が良いいんじゃないの？』

バロンさんはそう言うが……これでしばらくはバロンさん達と話すことはしなくなるのだ。であれば、報告のタイミングは今しかない。

それに……。

「大丈夫ですよ……彼女も今……いろんな人と話をしている最中のはずですから」

僕は彼女を思いつつ、バロンさんとの会話を続けるのだった。

幕間　彼女の報告

さっきまで賑《にぎ》やかだった自分の部屋が妙《みょう》に広く感じられた。そして広く感じる分、少しだけ寂しいかな。いつものことではあるんだけど、どうしてもこの寂しさは拭《ぬぐ》えない。

私はさっきまでいた自身の彼氏……陽信《ようしん》のことを思い返す。

最後の最後に彼はとんでもないことを……どこまでならしていいのとか……。あぁもうッ!!　陽信ったら心臓に悪いよ！　いきなりそんな言い方って反則でしょ?!

ほんと、一体どこでそんな言い方覚えたのさ。バロンさん?!　まさかバロンさんからなの?!　そうでなくても、色々と無自覚だから質《たち》が悪いよ!!

思い出してプリプリと一人で怒ってるんだけど、嫌《いや》ではない。むしろ一人で彼のことを思い返して楽しんでいるふしすらある。我ながら人には見せられないな。

ま、上手《うま》い返しもできたし……陽信が照れてくれたのがちょっと嬉しい。別に主導権を握《にぎ》りたいわけじゃないけど、いっつも私ばっかり照れさせられてるんだからたまにはいいよね？

勝手に一人で照れてるとかいうのは禁句だ。

ま、最終的には調子に乗って余計なことを言って……いつも通りに自爆して陽信にどこか優しい目で見られてしまったんだけどね。ほんと、私ってば……。

自分自身に呆れつつ、私はスマホに目を向ける。それからおもむろにいつものグループにメッセージを送った。

「初美《はつみ》、歩《あゆみ》……ありがとうね。私と陽信を……会わせてくれて」

唐突《とうとつ》に、それだけ。二人は今頃《いまごろ》お風呂《ふろ》かな？　お兄達……彼氏と一緒《いっしょ》かな？

そんなことを考えてたら、すぐに既読《きどく》が二人分ついて返信があった。一人だったのかな？

『いきなりどしたん七海《ななみ》？　ウチらがやったのなんて、罰《ばつ》ゲームで告白させたくらいだぞ』

『そーだよー？　怒るならともかく、お礼って変じゃない？』

なんとも二人らしい返答だ。

別にどうということはないんだけどね、ただ……最後のデートプランが決まったからか、無性《むしよう》に色んな人にお礼が言いたくなっただけ。

お父さん、お母さん、沙八《さや》には直接伝えたし、志信《しのぶ》さんやトオルさんにも、さっきメッセージでお礼を言ったりした。

最後のデートプラン、そう……最後のデートだ。

私は最後にするつもりはないけど、もしかしたら土日で最後になるかもしれない。

だから今日はみんなと連絡《れんらく》を取っていた。……もちろん、全員に伝えた後は最後に陽信にも連絡を取るけど。彼にも、そのことは伝えてある。

陽信も陽信でバロンさんと話をすると言っていたから、まだまだ時間はあるだろう。きっと彼も彼でいつもの報告ってやつをしてるんだろうな。私もそれに倣《なら》った形になったのは面白《おもしろ》いな。

お礼を言うつもりの人はあと一人いて、その最後の一人に連絡する前に……この件の発《ほっ》端《たん》となった初美と歩にお礼を伝えた。

「罰ゲーム……。うん、罰ゲームだったけどさ、私は陽信に会えてとっても幸せなんだ。こうして無事に最後のデートを迎《むか》えることができるよ。だから、二人にはありがとうって言っておくね」

私のその言葉に二人は何も言ってこない。ただ、一言だけ私に対して返答してきた。色々と私の言葉で察してくれたのかもしれない。

『全部終わったらさ……私等も籠舞《みすまい》に謝《あやま》るよ。いや、謝らせてくれ』

『うん……そうだねー……。どんな結果でも……謝らせてほしい』

その言葉を見て、一瞬《いっしゅん》私は気にしなくてもと思いかけたんだけど……考え直す。気にするよね、それに……謝る機会を奪《うば》うのはちょっと違うかもしれない。

「うん、みんなで謝ろうね。許されるかは分かんないけどさ、それでも……謝ろう」

だけど、罰ゲームの告白に関しては私の責任だ。それを他人のせいにはしない。確かに罰ゲームだったけど、決断したのは私で、実行したのも私だ。全ての責任は私にある。

二人が謝るとしても、それだけは間違えない。

「よし、湿《しめ》っぽいのはナシ!!　全部終わったらみんなで集まってパーっとやろうね。二人の彼氏と一緒に、ダブルデート？　トリプルデートとかも楽しそうだし」

少しだけ暗くなりそうな雰囲気《ふんいき》を吹《ふ》き飛ばそうと、なるべく明るく、私は二人としてみたいことを書いていく。

初美と歩の彼氏を陽信にも紹介《しょうかい》したいし、みんなで一緒に何処かに遊びに行くのもいいよね。音兄《おと》って確かおっきな車持ってたし、乗せてもらって遠出もしてみたいよね。

そんな希望をつらつらと書いていく。

『……そうだな、パーっとやろうか。よーし、それじゃそん時はウチらが奢《おご》っちゃうぜー！』

『うんうん、パーっと遊ぼう！　カラオケとかボーリングとか、遊園地とかも良いよねー』

上手くいかなかったときのことは考えないで、私は初美と歩とこれから先に起こる楽しい未来について考えていく。きっと、そんな未来が来ると信じている。

しばらく二人と話をしていたけれど、最後の一人への連絡はあまり遅《おそ》くなっても悪いので、二人との会話を終わらせる。そして私は……最後に連絡しようと思ってた一人にメッセージを送る。

通話してもよかったんだけど、遅いし迷惑《めいわく》かもだからメッセージだけだ。

もう寝ちゃったかな？　中学生はもう寝ててもおかしくないよね……。そう思っていたら、ほどなくして既読が付いた。それからすぐに、メッセージが届く。

『シチミちゃん、どうしたの？　私何にもお礼言われることとやってないよ？』

「そんなことないよ、ピーチちゃん」

連絡したのは……ピーチちゃんである。

実はピーチちゃんとはあれからしょっちゅうお話をするようになっていた。今度のデートについてもチラッと話をしたし、皆へのお礼の話もした。

そうしたら、最後の方で少しだけお話しできないかなって言われて、私はそれを二つ返事で了承した。なんだか改まった感じになるのは……あの時以来かな。

『今度のデート、頑張《がんば》ってねシチミちゃん。凄《すご》く楽しみなんじゃない？』

「楽しみだけど緊張もしてるんだよね。自分で考えたデートなんて初めてだから……」

『そういえば、お付き合いはキャニオンさんが初なんだっけ……。自分が考えた計画って緊張するもんね、私も気持ちは分かるよ……』

「え⁈　ピーチちゃんデートの経験あるの⁈」

あまりにも意外な一言に私はついつい食いついてしまう。中学生でデートだなんて早くない？　あ、でも初美達は中学でデートしてたっけ……。うわぁ、すごいなぁ……。

『いやいやいや違うよ⁈　小学生の時に一回だけ……ちょっと仲良かった男の子を誘って二人で科学館に行っただけ！　デートとかそういうちゃんとしたものじゃ……』

中学かと思ってたらもっと早かった。小学生、小学生でデートなの？　え？

「ちょっと待って何その話⁈　立派なデートだよそれ！　すごいなぁ、小学生の時になんて……私より進んでたんだね、ピーチちゃん……」

まさかピーチちゃんがデート経験ありだったなんて……。科学館かぁ……私も陽信と行ってみたら楽しいのかな？　今度その辺りのこと聞いてみようかな……。

私が一人感心してると、ピーチちゃんがどこかあわあわと慌てた様子なのが分かった。

驚いたのは事実だけど、ツッコミすぎたかな。反省だ。

『私のことはいいよもぅ。それでさ、どこに行くかはもう決めたの？　やっぱりサプライズで当日までのお楽しみにしてるとか？』

「いや、サプライズにはしてないよ？」

『そうなの？　お互《たが》いに考えるって言うから、てっきりサプライズにするのかと……』

「最初はそう思ってたんだけどね……。でも、二人で話しているうちに変にサプライズにするよりもどこに行くか共有しておいた方が良いよねってなったんだ。ほら、服装とかもあるし」

　行く場所によっては変な服にはできないしね……。まぁ、お喋《しゃべ》りしながら場所を決めていたから、気持ちが高ぶって秘密にしきれなかったっていうのもあるんだけどさ。

　それでも、そっちの方が私達らしい気もする。知っているからこそ、ドキドキするっていうのもあるしね。

『それで？　いったいデートではどこに行くの？』

「私は行ってみたかったテーマパークにしたんだ。そこで一日……キャニオンくんと過ごすつもり……。日曜は、キャニオンくんは動物園と神社に行きたいんだってさ。今から楽しみだよ」

　私はひたすら楽しい思い出を作りたくてテーマパークにしたんだけど、陽信はどっちかというとゆっくり過ごすことを選んだみたいで……その二つを巡《めぐ》ることを提案してきた。

　土曜日ははしゃいで、日曜日はゆっくりってのもなんとなくいい気がする。心の準備も色々とできるし。神社っていうのが意外だったけど……陽信と一緒ならきっとどこでも楽しいよね。

『いいねぇ……。シチミちゃん、楽しんできてね？　それでさ、来週の記念日……全部終わってから……私にも結果を教えてね。絶対に上手くいくとは思うけどさ』

「ありがとう、ピーチちゃん。うん……絶対に良い報告ができるように頑張るよ」

『逆に変な結果になったら私がキャニオンさんに怒るから!!　キャニオンさんはしばらくチャットに顔を出さないみたいだけど……シチミちゃん泣かせたら許さないんだから!!』

可愛《かわい》らしくも頼《たの》もしいその応援《おうえん》に、私は心がとても温かくなる。改めて私はピーチちゃんにもお礼を言う。お礼を言ってばかりの日になってしまったなぁ。

それから私達は他愛《たあい》ない話を続けた。私の知らないゲームの中の陽信の話とか、私と彼の話とか色々……。気づいたら結構長い時間が経過していた。

『っと……もうこんな時間かぁ。シチミちゃん、これからキャニオンさんとも話すんだよね？　次の連絡までちょっと寂《さび》しいけど……私は良い報告をワクワクして待ってるからね』

「うん……ありがとうピーチちゃん。またね。バイバイ」

私はピーチちゃんとの会話を終えて一息つく。

これでお礼を言いたい人全員に言い終えたかな？

一ヶ月近く経って……ここまで来れて……本当に皆には感謝している。私は改めてありがとうとみんなに心の中でお礼を言う。

陽信とのお話はどうしようかなぁ……。私はスマホを眺めながら少し逡巡《しゅんじゅん》する。今日は夜に陽信と話をできるか分かんないから寝てていいよって伝えたんだけど……。

ピーチちゃんに言われてちょっとだけ話したくなっちゃったな。というかそもそも寝てていいよってやり取り、今思い返すとなんかこう……。お父さんとお母さんの会話っぽいな。

お父さんが先に寝てていいよって言っても、お母さんって必ずお父さんが帰ってくるまで起きて待ってるんだよね。なんとなくいいなって思ってたのが出ちゃったのかな。

私が一人で思い返してちょっとだけ恥《は》ずかしさから足をパタパタさせてると……タイミングよくスマホに陽信からの着信が入る。私は反射的に、スマホを通話状態にした。

『もしもし？』

自分が通話させたから当然なんだけど、スマホから聞こえてきた彼の声に自分の声がちょっとだけ上擦《うわず》りそうになる。私は小さく、彼に聞こえないように咳《せき》ばらいを一つした。

『もしもし七海？　今、大丈夫かな？』

「あ、うん。大丈夫だよ。どしたの？　今日は連絡できないかもって言ってたのに……」

『いやぁ……そう思ってたんだけどさ。……声が聞きたくなっちゃって。迷惑だったかな』

迷惑なんかじゃないと即答《そくとう》したかったんだけど、うまく言葉が出せないや。私はその言葉に……予想外のこの事態に嬉《うれ》しさで胸がいっぱいになってしまった。

『次で四回目のデートだけどさぁ、今までも色々あったよねぇ……。僕と七海が出会って……もうだいぶ経った気がするけど、まだデートは四回目なんだよね』

「そうだね、なんかさ……陽信とはもっと長く一緒に居る気がするよ。最初のデートは映画に行ったよね……あの時は前日の陽信……カッコよかったなぁ」

『あれは……ちょっと僕的には情けない思い出で……バシッとカッコよく助けられてればよかったんだけどね』

「そんなことないよ。水族館も楽しかったよね、学校での生活も……陽信と一緒だとますます楽しかったよ」

『……僕も、七海と付き合いだしてから学校が凄く楽しくなったよ』

話しているうちに、思い出話が溢《あふ》れ出てくる。それから私達はあえて次のデートの話ではなく、出会ってからこれまでの思い出話に花を咲《さ》かせる。

「ほんと、これまでいろんなことがいっぱいあったよねぇ。楽しかったねぇ……陽信と一緒なら何でも楽しいけどさ」

『僕も七海と一緒なら全部が楽しかったよ。まだ思い出話をするような年じゃないし、そこまで時間も経ってないのに思い出が沢山《たくさん》できたよねぇ』

確かに思い出が沢山だ。普通《ふつう》のカップルがどうなのかは私はよく知らないけど、この三週間って本当に濃《こ》かった気が……。世の中のカップルはこれが普通なのかな？

そうして思い出話に花を咲かせていると、私はふと水族館の時のことを思い出す。

「そういえばさ、水族館で会ったユキちゃん覚えてる？　やっぱりあんなに可愛い娘《むすめ》がいると可愛くて仕方ないんだろうねぇ。陽信も、やっぱり娘が欲《ほ》しい派？」

『娘かぁ……娘ができたら僕……絶対に嫁《よめ》にはやらないって言っちゃいそうだな。可愛がって甘《あま》やかしすぎると思う』

「あはは、お父さんみたいだ。うちは割とお母さんが引き締《し》めてたから、それと同じで陽信が甘やかして私が厳しめ……に……って……うぇ……」

そこまで言って私はふと我に返って……陽信の娘がイコールで私の娘であるということを言っていることに気が付いて、言葉が段々と弱々しくなってきてしまう。

陽信もそれに気が付いたのか、『あっ』という一言を最後に黙ってしまう。なんか、なんか言ってよ!!　陽信からふってきた話……違う、きっかけ私だ。

そのまま少しだけ変な無言が続いて……。

「わっ……私たまにユキちゃんのお母さんから写真貰《もら》ってるんだけどさ！　またユキちゃんも会いたいって言ってるみたいだよ!!」

私は誤魔化《ごまか》す様に大声を出して空気を変える。ちょっとだけ陽信が息をのむのが伝わってきたけど、すぐに彼からも言葉が返ってくる。

『そ……そうだね、落ち着いたら知り合った人みんなでパーっとやりたいね。……一人が好きだった僕がそんなこと言う日が来るとは思ってなかったけど……』

一人が好きだった彼が私と一緒にいることを楽しいと思ってくれているのが嬉しい。最後にちょっと変な空気になっちゃったけど、これからどうなるか分からないけど……。

「……絶対に皆でワイワイやろうね！」

私は強く、それを願った。

第二章　最後のデート、一日目

ここ最近、僕には毎日のように見る夢がある。

それは僕等の付き合って一ヶ月記念日の当日になって、僕が七海《ななみ》に改めて告白する。七海は驚くんだけど、僕に何かを言おうとして……。

そこで目が覚める。

回答はない。二度寝《にどね》してもその続きは見られないのに、次の日には必ず同じ場面がループ再生する動画のように夢に現れる。

この日も、そうだった。

「ふぁ……。ずいぶんと早く目が覚めちゃったな……」

僕は誰もいない部屋で一人呟《つぶや》く。時刻は午前五時を少し過ぎた頃《ころ》……待ち合わせ時間が九時であることを考えると、まだ四時間近くもあるなぁ。

今日も例の夢を見てしまった。夢っていうのは不安感とか願望の表れとも聞いたことがあるけど、それなんだろうか？　それなら今日のデートの夢でも見てもいいだろうに。

そう、今日は四回目のデート……その一日目当日だ。

いやまぁ、今日が四回目で明日が五回目って数え方が本来なんだろうけど、僕《ぼく》と七海の間では今日と明日で四回目のデートってのが共通認識《にんしき》になっていた。まぁ、先週の旅行も土日合わせて三回目ってことになってるからね。

ともあれ、今日はデート当日だ。

実は今日のデートなんだけど、七海の要望で待ち合わせをするという形になった。

正直に言うと、ナンパとかが心配なので僕は当初それを渋《しぶ》ったんだけど……最終的には折れてしまった……。というか今でも心配だけど、ものすごく心配だけど。

今回も厳一郎《げんいちろう》さん……ボディガードでついてくれているんだろうか？

今日早く目が覚めたのは、夢とは別にその心配というのもありそうだ。デートが楽しみだからということもあるけど。あぁ、考えるとまた心配になってきた……。

まだ時間もあるし二度寝するという選択肢《せんたくし》もあるけど、それだと万が一の寝坊《ねぼう》が嫌だしな。どうしようかとベッドの上でボーッとしていると、不意に部屋の扉《とびら》がゆっくりと開かれた。

部屋の扉に鍵《かぎ》はかけてなかったので簡単に開くんだけど、誰が開けたんだろうと僕は首を傾《かし》げてしまう。……七海じゃないよね。家の鍵はかけてるからありえないか。

「あら、陽信《ようしん》……起きてたのね。随分《ずいぶん》と早いじゃない。七海さんとのデートで気合いが入っているのかしら？」

扉を開けたのは母さんだった。……まぁ、七海なわけないよね。

「母さん帰ってたんだ。随分早いね……父さんは？」

「先に母さんだけ帰ってきたのよ、七海さんからお礼の連絡をもらったからちょっと気になって。今日、デートなんでしょ？」

「なんだ、七海……母さんにまで連絡取ってたんだ……」

僕の呟きは母さんの耳に届いたようで……母さんはニヤリとした笑《え》みを浮《う》かべる。

「ふーん……七海……ねぇ」

しまったと思ったがもう遅く、色々と追及《ついきゅう》されるかと思ったのだが……母さんはそれ以上は何も言ってこなかった。

「朝御飯《あさごはん》、作るわね。その間にシャワー浴びたり、身支度《みじたく》を整えなさい」

「あぁ、うん……分かったよ」

母さんのリアクションを少し妙に思いながらも、僕は気持ちを切り替《か》えてベッドから降りて……母さんの言う通りにシャワーを浴びて、最低限の身支度を整えた。

多少寝《ね》ぼけていた頭も、熱いシャワーを浴びることで幾分《いくぶん》かはスッキリする。こうやってシャワーを浴びるのはあまり習慣に無かったけど、気持ちがいいな。

いつもより時間をかけてシャワーを浴びてから上がると、母さんはその間に宣言通り僕の分の朝食を作ってくれていた。朝食は一人分……自分の分は作っていないようだ。

「母さんは食べないの？」

「お父さんが帰ってきてから一緒に食べるわ……。とりあえず、食べちゃいなさい」

なるほどね、仲が良いようで何よりだ。それから、僕は久しぶりに母さんの作った朝食を口にする。もしかしたら……家でのまともな朝食って久しぶりかな？

ご飯に豆腐《とうふ》とネギの味噌汁《みそしる》、卵焼きに焼き魚に海苔《のり》……なんかザ・日本の朝食って感じの献立だ。なんだか懐《なつ》かしいな。

もしかして、用意してから僕の部屋に来てくれてたのか？　ここ最近は、こうやってゆっくり母さんの料理を食べる機会が無かったからな。

僕は味噌汁を一口飲む。懐かしいホッとする味に心が落ち着いていくのが分かった。母さんの味噌汁……ホント久しぶりだな。

「仲が良いようで安心したわ……」

「へ？」

僕が母さんの朝食を堪能《たんのう》していると、唐突にそんなことを言ってきた。いきなりなので、僕は思わず間抜《まぬ》けな声を出してしまう。

「七海さんがね、私に対して急にお礼なんか言ってくるものだから……。てっきり陽信と別れる前兆なのかと思って、ビックリしちゃってね」

ああ、それで心配になって母さんは一人で早く帰ってきたのか。母さんの行動の謎《なぞ》は解明されたけど……どんなお礼の仕方を七海はしたのかと、新たな疑問が生まれてくる。

「陽信あなた……七海さんを怒《おこ》らせたとかないわよね？」

「それは無い……と思うよ……うん。いや、ちょっとした喧嘩《けんか》みたいなのはあったけど、仲直りしたし」

「そう……それなら良いけど……。ちゃんと、今日は七海さんと楽しむのよ」

「……分かってるよ、心配性《しんぱいしょう》だな母さんは」

それから僕は、母さんと少しだけ雑談をする。朝食もそうだけど、母さんとこうやって二人で話をするというのは久しぶりだから……なんだか照れくさい。

「それじゃあ母さん、僕そろそろ行くよ」

雑談を終えた僕は、立ち上がり改めて必要な身支度を整える。母さんからも、念のために服装とかのチェックをしてもらい……変なところは無いとは言ってもらえたから……きっと大丈夫《だいじょうぶ》だろう。

「少し……。いや、だいぶ早くない？」

「遅刻《ちこく》するよりは良いかなって。それになんとなくだけど、七海も早く来てる気もするんだよね」

「そう……。七海さんによろしくね」

「うん、行ってきます」

母さんに見送られて、僕は待ち合わせ場所まで移動する。

デート前にこうやって見送られるのは少し恥ずかしいけど……。そもそも母さんに見送られて出かけるってのも久しぶりだな。なんだか妙な安心感を覚える。

それから僕は一人で移動する。あまりにも早く移動したからか、僕は待ち合わせ場所に一時間近く早く到着《とうちゃく》するのだが……。

そこにはやっぱり、既《すで》に七海がいた。

なんとなくいるような気がしたんだけど、そのなんとなくは当たっていたようだ。だけど問題は、時間が早いことじゃなくて……七海は誰か、背の高い男性二人に話しかけられていた。

それを見た瞬間《しゅんかん》に、僕は背筋がゾッとした。

やっぱりあれだけ可愛い子が一人でいたらナンパされるよな。厳一郎さんも今日はいないのか？　くそ、こんな朝早くからナンパとかするなよ。迎えに行くべきだったか。

後悔《こうかい》しても仕方ないと、僕は少し足早に彼女《かのじょ》に近づく。七海は僕に気づいたのか笑顔を向けてきた。その瞬間、僕は話しかけている男性二人にも聞こえるような大きな声で彼女の名前を呼ぶ。

「七海、お待たせ！　そっちの二人は……知り合いかい？」

なるべく相手を刺激《しげき》しないよう、僕は言葉を選んで……かつ彼女の待ち合わせ相手は自身であることを強調するように言うのだが……七海から返ってきたのは意外な言葉だった。

「あぁ、陽信。うん、知り合いだよ」

「へ？」

七海のその言葉に、僕は出鼻をくじかれたように歩みを止めてしまった。呆《ほう》けた僕を見て、彼女は不思議そうに首を傾げる。そして、僕の方へと振《ふ》り向いた男性なんだけど……。

「おや、陽信くん。ダメじゃないか、女性を待たせるなんて。たまたま僕等がいたからいいものの、茨戸《ばらと》くんがナンパなんてされたらどうするんだい？」

どこか大げさな物言いの、見知った顔がそこにはあった。僕は一気に身体の力が抜《ぬ》けていく。

「えっと……なんでここにいるんですか標津《しべつ》先輩《せんぱい》……？」

脱力《だつりょく》から気の抜けた声が出るのが自分でも分かった。そう、そこにいたのは……しばらくぶりに会った標津先輩だった。私服だから全然気が付かなかったよ。

もう一人の男性を僕は知らないけど、標津先輩とそう変わらない長身の男性だ。こちらも凄く整った顔立ちで……先輩と一緒ならおそらくバスケ部の人だろう。

「いやぁ、これから他校との合同練習があってね。そうしたら移動中に、一人でいる茨戸君を見かけたのでね。僭越《せんえつ》ながら、変な男に声をかけられないように陽信くんが来るまでご一緒させていただいてたんだ」

「あ、そうだったんですか。えっと……ありがとうございます。あと、変に声を荒《あら》らげてしまってすいません」

僕は思わずぺこりと頭を下げる。てっきり、ナンパされていると思っていて奮い立たせていた気持ちが一気に落ち着いていく。

「なに、気にすることはない。僕等も練習までは時間があったからね。男所帯に向かう前に綺麗《きれい》な女性《じょせい》と話せる機会は大歓迎《だいかんげい》だ」

快活に笑う標津先輩に、僕は苦笑を浮かべた。いやぁ……一人で気合いを入れていたのに恥ずかしいなぁ僕……。七海はなんだか嬉しそうだけど。

「それにしても……」

気が付くと、標津先輩は少しだけ前傾姿勢《ぜんけいしせい》になり僕を覗《のぞ》き込むようにして目線を合わせてくる。そして……その顔に七海と同じような嬉しそうな笑《え》みを浮かべていた。

「陽信くんが茨戸くんを呼び捨てにしているとはね。順調に仲が進んでいることを目《ま》の当たりにできて……僕はとても嬉しいよ！」

標津先輩は両手を広げて、大仰《おおぎょう》な身体全体を使ったリアクションを見せてくる。先輩が我《わ》が事のように喜んでくれるのがなんだか照れくさかった。

「あ、いや……えっと……」

「何を恥ずかしがることがあるんだい！　胸を張り給《たま》え!!」

笑顔で僕の背中をバンと叩《たた》いた先輩は、さらに大きく笑う。

背中を叩かれた勢いでバランスが崩《くず》れてしまい、僕は前のめりになるような姿勢で七海の目の前まで強制的に移動させられた。

バランスが崩れた僕を七海が受け止め、彼女に抱《だ》き着くような姿勢となる。七海はそのまま、僕をキュッと軽く抱きしめ返して……僕は抵抗《ていこう》もできずされるがままになっていた。

前方が柔《やわ》らかくて温かくて、後方からは先輩の笑い声が聞こえてくる……。なんだこれ？

「さて、陽信くんが来たことで僕等の役目も終わりかな？　ところで二人はこれからどちらへ？」

僕が七海の胸の中から顔を出して後方に視線を送ると、笑う標津先輩の横からもう一人の長身のイケメンさんがにゅっと手を伸《の》ばしていた。標津先輩はそれに気づいていない。

そして、伸ばしたその指が先輩の耳をきゅっとつまむ。

「先輩……いいかげん行きますよ。カップルさんの邪魔《じゃま》しちゃ駄目《だめ》ス」

「おぉうッ、マネージャー?!　耳はやめてくれたまえ!!　知ってるかね、人間は耳を掴《つか》まれると何もできなくなるのだよ?!」

「知ってます……」

その声は、落ち着いた少し低音のハスキーボイスながらもとても綺麗《きれい》な声で……。あれ、もしかして女性だったのかな?　そういや前に女性マネージャーがいるって言ってたっけ?

男性だと思って失礼だったな……。顔の造形も中性的だし、まつ毛も長いし……標津先輩の横にいるとイケメン同士に見えるからてっきり選手かと。

「先輩いつも変な寄り道しまくるから、早く移動してるんじゃないスか。行きますよ」

「むっ、返す言葉もないな。それじゃ陽信君、デートを楽しんでくれたまえ!　機会があれば試合を見に来て……痛いッ!　マネージャー耳を引っ張らないで!」

「あ、いえ……ありがとうございました。標津先輩もお気をつけて」

　マネージャーさんは耳を引っ張りながら先輩を引きずる様にして連れて行った。途中《とちゅう》、僕等に少し頬《ほお》を赤らめながらペコリと頭を下げて、それからまた歩きだす。

　対照的に先輩は、耳を掴まれながらも僕等に手を振り笑い声をあげながら去っていく。七海も僕を抱きしめたままの姿勢で、去っていく二人を見送った。標津先輩の笑い声が、姿が見えなくなってからも聞こえてくるような錯覚《さっかく》を起こす。

「えーっと……七海？　標津先輩とは何を話してたの？」

「ただの普通の世間話かなぁ、ここ最近は大会が近いから練習漬《づ》けなんだってさ。マネージャーさんと一緒に移動中だったみたい」

　……僕も成長したとバロンさんに言われたけど、こうやって先輩と普通に話せるほどに七海も成長しているんだな。よく考えると、七海は嫌な顔じゃなくてむしろ笑顔で先輩達《せんぱいたち》と話していた。

　一人で焦《あせ》って、ちょっとだけ恥ずかしい。

　いや、今のこの軽く抱きしめられた状態がさらに恥ずかしい。人通りが少ないとはいえ、道行く人がニヤニヤとした顔で僕等を見ている気がする。自意識過剰《かじょう》か？

「あのー……七海、離《はな》してもらっていいかなぁ？　流石《さすが》にちょっとこれは……」

「あ、そうだね。陽信がバランス崩したから、思わず受け止めちゃったよ」

僕は彼女から離れると、彼女の姿を改めて見る。

上半身は少しモコモコとしたダボッとした大きめのパーカーを着ていて、その中に丈《たけ》の短いシャツを着ておへそを出している。下は真っ白なショートパンツで、生足だ……。

全体的に、今日は少し露出《ろしゅつ》が多めだなぁ。

視線を少し上に向けると七海は帽子《ぼうし》をかぶっていて、それがとても似合っている。キャップって言うんだっけ……？　いや、帽子よりも気になるのはその表情だ。

彼女は何かを期待するような目を僕に向けていて……それはいつもの視線と少し違《ちが》う気がした。

もしかしてこれは……前に言っていたあれをやってみたいってことなのかな？　僕は前の記憶《きおく》を引っ張り出して、七海に対して改めて一歩近づいた。

「……七海、ごめん。お待たせ」

「陽信、遅ーい!!　もう、彼女を待たせるなんて酷《ひど》いんだからね」

七海は腕《うで》を組みながらそう言うと、わざとらしく頬を膨《ふく》らませてプイッと横を向いた。

腕を組んだおかげで胸がことさらに強調されている……。

でも僕等はそのやり取りをした後に……互いに吹《ふ》き出した。これは以前に七海がやってみたいと言っていたことで、それを僕等は……今更《いまさら》ながらやっただけのことだ。

やりたいことができたからか、彼女は楽しそうに笑っている。

「七海……もしかしてそれをやりたいがために早く来たの？　標津先輩がいなかったらナンパとか危なかったんじゃないの？」

「いやー、陽信なら早めに来ると思ってたんだよね。ほら、私達《たち》の最初ってそんな感じだったでしょ？」

確かに……改めて思い返すと僕等の始まりってそんな感じだったか。お互い、早く来すぎているよね。時間は正確に守らないとと思っても、どうしてもこうなっちゃうよね。

「ちなみに、ほんとは何時ごろに来てたの？」

「ん？　ほんとにちょっと前だよ。陽信が来る三十分くらい前かな、ここに着いたのは」

「三十分も待たせちゃったか……ごめんね」

「気にしないでー。だって待ち合わせより早すぎるんだしさ。……って……さっきもちょっと思ったんだけど……」

七海は僕に近づいてくると……そのまま鼻をクンクンとさせて僕の匂《にお》いを嗅《か》いできた。え？　何……どうしたの？　いきなりそんな僕の匂いを嗅いでくるなんて……シャワー浴びたはずなんだけど……。

「やっぱり……陽信……いつもと匂いが違うよね？」

……あぁ、そういえば……母さんと話をした時にちょっとやってみたことがあったんだった。先輩達との話で忘れてた。でも、こんなに早く気づかれるとは。

「あぁ、えっと……ちょっと香水《こうすい》をつけてみたんだよね、変かな？」

「えッ⁈　香水って珍《めずら》しいね？」

気づかれなければ言うつもりは無かったんだけど……七海は僕の変化に気づいてくれた。それが少し……いや、とても嬉しい気持ちになる。僕が香水をつけた事実に彼女は驚《おどろ》いているようだった。

だから照れくさいけど、僕は何をしてきたのかを説明する。

「母さんが帰ってきててさ。この香水……父さんが初めて母さんとのデートでつけてた香水なんだって。たまたま同じのがあったからちょっとだけつけてみたんだけど……どうかな？」

僕の言葉に、彼女は更《さら》に僕の匂いを嗅いでくる。

いや、いきなりそんなことをされちゃうと凄く緊張《きんちょう》するんだけど……。彼女はひとしきり僕の匂いを嗅ぐと、その顔に満面の笑みを浮かべた。

「シトラスの良い匂い……なんか不思議だね。志信さん達のデートの時に使ってた香水を使ってるって……嬉しくなるね」

「良かった、不快な匂いならすぐに落とそうと思ってたんだけどさ」

「大丈夫だよ。好きだよこの匂い。それに……まさか陽信が香水付けてくるなんて思ってなかったから……。こういうのを『ギャップ萌《も》え』って言うのかな？」

「誰《だれ》から聞いたのその言葉?!」

七海は僕の言葉にニヤリとした笑みを浮かべる。……もしかして、ピーチさんから聞いたのかな？　いつの間にそんなに仲良く……？

「なんか、朝からお互い聞きたい事いっぱいあるみたいだし……時間もまだ早いから、カフェでお茶しよっか？」

「そうだね、まだ時間あるし……少しコーヒーでも飲みながら話をしようか」

なんだかこのデートが、最初の頃をなぞっているようだ。そのまま、まずは手を繋《つな》ぐ。

今日はまだ始まったばかりだ。

予定外だけど……そういうのも僕等らしいと思いつつ、カフェに向かって移動するのだった。

◇◇◇◇◇◇◇◇◇◇

今日のデートの場所について、軽く七海から聞いていたけど僕的にはピンと来てなかったのが正直なところだ。七海に連れられてきた場所を、僕は間抜けな顔をして眺《なが》めていた。

その場所は、普段《ふだん》は見慣れない洋風の建造物や、時計塔や、花が咲き乱れる広場のある、どこかの外国のような光景が広がっている場所だった。

周囲には甘く香《こう》ばしいお菓子《かし》の匂いが漂《ただよ》っており、入った瞬間に僕はまるで外国に来たような気分になる。

いや、実際に外国に行ったことがないからわかんないけどあくまで雰囲気《ふんいき》だ。外国は匂いが違うって聞いたことあるから、お菓子の香りのおかげでそう思うのかな……？

後ろを振り返れば普通に慣れ親しんだ光景なのに、ここまでガラリと変わるとは……。

「こんな場所があるなんて知らなかったなぁ」

「私も知らなかった……と言うか、前に歩《あゆみ》に教えてもらわなかったら思い出さなかったと思う」

「神恵内《かもえない》さんから？」

「うん。冬に彼氏《かれし》とデートで来たんだってさ。その時の惚気《のろけ》話を思い出したんだよね」

このテーマパークは、とある製菓《せいか》会社が自社製品の紹介《しょうかい》や歴史などをテーマに作られた施設《しせつ》になっている。実際にお菓子を作っている所を見学できたり、製菓体験、その他にも季節ごとに色々なイベントが開催《かいさい》されているという場所だ。

恥ずかしながら、僕は七海から聞いてこの施設の存在を初めて知ったんだけど、割と有名なテーマパークらしいんだよね。全然知らなかったよ。

そしてテーマパークへの入場自体は無料であり、製菓体験等のイベントは有料だ。だけど、無料でも充分に楽しめるイベントが多いし、ただ施設内を歩くだけでも楽しい場所になっている。

観光客にも地元客にも人気で、子供から大人まで楽しめるテーマパークだ。今も、僕等の目の前には家族連れやカップルなんかで賑《にぎ》わっている光景が広がっている。

話を聞く限りは非常に楽しめるテーマパークであり、七海が来たがっていたのも納得《なっとく》というものなのだが……。

僕としてはほんの少し……本当に一点だけ残念なところがこのテーマパークにはあった。

それは……。

「ここ、お弁当持《も》ち込《こ》み禁止《きんし》なんだよねぇ……」

そう、このテーマーパークの唯一《ゆいいつ》にして僕的な最大の不満はそれだった。だってそれは……僕は今日、七海の手料理が食べられないということを意味しているのである。

「まぁ、しょうがないじゃない。こういうテーマパークで飲食物持ち込みＯＫって方が少ないと思うよー？」

「そうだよねぇ。……今日はさ、夕食も外で食べる予定じゃない。なんか、最低一回は七海の手料理を食べないと落ち着かないっていうかさー……」

七海はさして気にしてもいない風にして僕を慰《なぐさ》めてくれるのだが。僕としては、七海の手料理を食べるというのが既に習慣化しているというか……日常の一部になっているのだ。

気にしてない時は平気だったんだけど、その日常の一部が欠けるという事実に気づいてしまった今……非常に落ち着かない気分となっている。

「……お店のご飯も美味《おい》しいよ？」

そうフォローする七海だが、その顔がにやけていた。うん、喜んでくれて嬉しいけど……これはお世辞でも何でもなく、本当に落ち着かないのだ。

これが胃袋《いぶくろ》をバッチリと掴まれているというやつなのか……。

そう考えると……果報者だな僕は。彼女の料理が生活の一部になっている高校生って、果たしてどれくらいいるのだろうか？　うん、ここで不満や文句を言ってもバチが当たりそうだし、せっかくのデートなのだ。そこはもう切り替えて行こうか。

「よっし！　七海のご飯が食べられないのは残念だけど、今日は楽しもうか。それと改めて、いつも美味しいご飯をありがとうございます」

「いえいえ、好きでお料理してるだけですから。よっし！　今日はたっくさん楽しもー！」

僕が改めて七海へお礼を言うと、彼女は嬉しそうな笑みを浮かべて僕と繋いだ手をブンブンと大きく振る。うん、やっぱり楽しむのが一番だよね。

そのまま僕等はテーマパーク内へと歩きだす。どこに行こうかと聞くと、七海は行きたい場所があると言って僕の手を引く。そして、話をしながら散策していると中庭部分……綺麗な花が数多く咲いている庭園に到着した。まずは七海はここに来たかったとのことだった。

その場所に足を踏み入れたとたんに、周囲の香りがガラッと変わる。

さっきまでは、甘いお菓子の香りが周囲に漂っていたのだが、そこでは様々な花の香りが僕等を包んでくれた。

そして、僕はその咲き乱れる数々の花にも圧倒《あっとう》された。

僕の中で花にまつわる印象の強い記憶は、お花見で見た時の桜だ。あの時は、ピンクや白の花弁が舞《ま》い散り、自然に咲いた素朴《そぼく》な感じが楽しめた。

ここではあの時と異なり、色彩《しきさい》豊かな花々が造形物に咲いている。

レンガ造りの道、ドームの形をした造形物の周囲、白い柵《さく》の中、緑のアーチ……それらに絡《から》みつくように咲く花々で飾《かざ》り付けがなされ、人の手で丁寧《ていねい》に造られた庭園が僕等を迎《むか》えてくれている。

自然のものとは対極にあるようだけど……綺麗という点では全く見劣《みおと》りするものではなかった。

「凄《すご》いね、色んな花がいっぱいある……」

視覚と嗅覚《きゅうかく》の両方で圧倒された僕は、思わず見たままのことを呟いてしまっていた。そんな僕の反応がおかしかったのか、彼女は僕を覗き込むようにして小首を傾げる。

「これね、植えられてるのは全部バラなんだって。ここだけで二百種類くらいあるらしいよ。綺麗だよねぇ、良い匂いだし」

「え、これ全部バラなの⁈　バラの種類ってそんなにあるんだ……知らなかったなぁ」

「うん、私も知らなかったよ。それじゃ、入ってみようか」

僕等は手を繋いだままその庭園の中に入る。庭園の周囲を見回すと、白、黄色、オレンジ、ピンク、赤、紫《むらさき》……綺麗な花々が目を楽しませてくれる。これが全部バラなのか……。

僕の中ではバラって赤しかないイメージだったから、これは新鮮《しんせん》だな。

「なんかこのテーマパークに入った時から感じたけど……ここはより一層外国に来たみたいな気分になるね。建物なんて、街中だと絶対に見ない造りだよ」

「だねー、これってどこの国の雰囲気なんだろうね？　やっぱりヨーロッパとかかなぁ？」

「なんでヨーロッパ？　確かに僕もバラと言えばなんとなくフランスってイメージが強いけどさ」

これは偏見《へんけん》なんだろうか。バラだとフランスって……たぶん漫画《まんが》とかゲームとかの影響《えいきょう》な気がする。まぁ、綺麗なら何でもいいか。

「いつかさ、二人で外国にも行ってみたいね。し……えっと……うん、卒業旅行とか！　でもそうなると、お金貯《た》めないとなぁ。バイトでもしようかなぁ……」

七海が卒業旅行という前に『し』という言葉を言ったのを僕は聞き逃《のが》さなかった……。『し』……もしかして……えっと……『新婚《しんこん》旅行』って言おうとしたのかな？　そこは突《つ》っ込まないでおこう。うん。気が早いというよりも、それくらい楽しんでくれていると思っておこう。

噴水《ふんすい》や花壇《かだん》、バラを背景にした時計塔《とけいとう》や建物を見ると、本当に海外旅行をしている気分になる。そこで僕は、花壇のところに何か変なくぼみ……と言うか穴が空いているのを見つける。

「七海、なんかあそこの花壇……穴空いてない？　なんだろうね、あれ」

「え？　あ、ほんとだ。なんだろうね……ハート形の穴にも見える……そういう演出なのかな？」

何かが飛び出してくるギミックでもあるのだろうか？　それはそれで男子的には面白《おもしろ》いな……と思っていると、僕等は背後から誰かに話しかけられた。

「あれは、花に囲まれた写真を撮《と》るための穴なんですよ。そこから入って、上半身を出して写真を撮るのがとても人気なんです」

少しだけ驚いて後ろを振り返ると、女性のスタッフの方がにこやかに立っていた。スタッフだと思ったのは、胸元《むなもと》に社員証のようなものをぶら下げていたからだ。

「よければ、お二人の写真をお撮りしましょうか？　お二人……恋人《こいびと》同士のようですし、良い思い出になると思いますよ？」

スタッフの方は僕等の繋いだ手をチラリと見てから、微笑《ほほえ》ましいものを見たような慈愛《じあい》に満ちた笑みを浮かべてありがたい提案をしてくれた。

恋人同士と面を向かって言われたことに頬を染めつつも、ここで慌《あわ》てて手を離すことはせず……。僕等はそれぞれのスマホをスタッフの方に手渡《てわた》した。

「ありがとうございます。よろしくおねがいします」

「お願いしまーす♪」

少し前ならパッと手を離したり慌てたりしただろうに、これも成長なんだろうか。

そして、僕等はスタッフさんに教えてもらった通りに花壇の中に入り……ハート形の穴から上半身を揃《そろ》って出した。穴の大きさはそこまで小さくはないのだが、周囲が花で囲われているからか、いつもと違う距離《きょり》感に僕等は少し照れくさそうに微笑み合った。

「いいですねー、お二人とも。もっとくっついてくださーい。いいですねぇ、笑って笑ってー」

ノリのいいスタッフさんは、僕等にくっつくように促《うなが》す。その言葉に僕等は思わず身体をピッタリと寄せ合い……二人して小さくピースサインをする。

その写真をスタッフさんは何枚か撮ってくれたのだが……。その後でちょっとだけ難しい顔をしていた。あれ？　上手《うま》く撮れなかったかな？

「この写真も良いですけど……。お二人とも、手でハート形作ってみません？　ほら、凄く映《は》えますし、きっと良い思い出になりますよ⁈」

何かがスタッフさんのツボに入ったのか、スタッフさんは僕等に難度の高いことを要求してきた。いや、そんな手でハートって……あの……片手ずつでやるやつ？　少しドギマギしながら、僕は横の七海に対してどうするかを尋《たず》ねるのだが……。

「えっと……どうする、七海……？　って……聞くまでもないみたいだね……」

「え……？　私そんな顔してた」

「してました。そんなに目をキラキラさせられたら……。やりたいんだね？」

そう、七海はスタッフさんに言われた瞬間に頬は染めたものの、目を輝《かがや》かせて期待に満ちた視線を僕に送ってきていたのだ。

こんな目で見られて、拒否《きょひ》できる男は居るのだろうか？　少なくとも僕はできない。

「男子が苦手って話どこ行ったのさ……。標津先輩ともだいぶ打ち解けたよね」

「それは陽信のおかげですー。私に色々と教えたのは陽信なんだから……責任とってよね……？」

ちょっとだけ意地悪に言った僕の言葉に、七海は身体を寄せながら悪戯《いたずら》する子供のような視線を僕に向けてきた。またそんな言い方する。スタッフさんの前だよ？

上目遣《うわめづか》いで目を輝かせた七海を見て……僕は降参したように苦笑《くしょう》を浮かべた。

「いやぁ、こんのバカップル……もとい初々《ういうい》しいカップルはいいですねぇ。それじゃあお二人とも、手でハートを作ってくださいねぇ」

声をかけられて、僕も七海もハッとスタッフさんへと視線を向ける。

なんか一瞬《いっしゅん》だけスタッフさんの本音が垣間見《かいまみ》えたが、とりあえず聞こえなかったことにしておこう。そんなに僕等はバカップルに見えるのだろうか？

さり気に初めて言われた気がするから、きっとスタッフさんが大げさなんだろう。

そして僕等は……手を繋いだままでお互《たが》いに逆の手でハートを作る。

……これ、思ったよりもすっごい恥《は》ずかしいんだけど。

形を作るだけだから平気だと思っていたのに、これで写真を撮っても……絶対に人に見せられないんじゃないだろうか？　それは七海も同様だったようで、彼女も頬を染めてプルプルとちょっと震《ふる》えていた。

「いいですねぇ‼　いいですよぉ‼　それじゃあ撮りますね、はい！　チーズ‼」

恥ずかしさを我慢《がまん》して笑顔になった僕等を、スタッフの人は何枚も写真に収めてくれた。

興が乗ったのか、正面だけでなく左右からも撮ってくれて、ここだけでかなりの枚数の写真が撮られた。

「はい‼　良い写真が撮れました‼　どうぞ、ご確認《かくにん》ください」

写真を撮り終え、花壇から出てきた僕等にそれぞれスマホを返却《へんきゃく》してくれる。確認すると……思ったよりも良い写真が撮れていたのだが……いや、これは絶対に誰にも見せられない。

特に両親には見せられない。凄く良い思い出はできたけど。

「うわぁ、陽信！　すっごく良い写真撮れたね‼」

七海はご満悦《まんえつ》な表情を浮かべている。……うん、彼女が喜んでくれたなら良いよね。

もしかしたら七海は我慢できずに睦子《ともこ》さんや沙八《さや》ちゃんには自慢《じまん》してしまうかもしれな

いが、それくらいなら甘《あま》んじて受け入れよう。僕の両親でなければ大丈夫だ。

僕等はスタッフさんにお礼を言おうとしたところで、彼女は更に僕等に写真撮影《さつえい》についての提案をしてきてくれた。

「他にもそこのヨーロッパ風の建物や、時計塔をバックに写真を撮るのもおすすめなんですよ。よろしければ、お二人の写真を撮りますけど……いかがいたします？」

「ありがとうございます。でも……いいんですか？」

「私は清掃《せいそう》担当なんでバラ自体には疎《うと》いですけど、そういうのも受けてるんでお気になさらず」

随分とサービスの良いスタッフさんである。でも、そう言ってもらったなら断る理由は無く……僕等はその申し出を快く受け入れた。

まず先に建物を背景にバラと僕等が入った写真を撮ってもらう。さすがに、手でハート形は作らなかったが、その写真は本当に外国に来た一枚のようにも見えた。

それから時計塔を背景に写真を撮ってもらおうとしたところで……時計塔から楽し気な音楽が流れてくる。

ビックリした僕等《ぼくら》が時計塔の方へ振り返ると、時計塔の中央部分が開き、そこから動物の人形やコック姿の人形が動いたり、音楽を演奏したり、何かを喋《しゃべ》ったりと……とてもメルヘンな光景が広がる。

「うん、時間バッチリですねー。これは動画で撮った方が良さそうですねー」

スタッフさんは慌てる様子もなく、僕等の預けたスマホで動画や写真を次々撮っていく。

最初は驚いてしまっていた僕等だけど、気づけば、その時計塔の動きを楽しんでいた。

「凄い、これがからくり時計なんだー。聞いてたけど、本当におとぎ話の中に入ったみたい」

「七海、知ってたんだ？」

「陽信をびっくりさせようと思って、黙《だま》ってたんだ。陽信は調べてなかったの？」

「下手に調べない方が楽しめるかなと思ってさ……でも……これは楽しいね」

僕等はそれから約十分間の、そのからくり時計を楽しんだ。スタッフさんはその間、律《りち》儀《ぎ》に僕等を撮影し続けてくれていた。いや、サービス良すぎないかなこのスタッフさん。

そして、からくり時計の演奏が終わると……スタッフさんは僕等にスマホを返す時にわざわざ情報を教えてくれた。

「ご存じかもしれませんが、他の建物には職人によるキャンディ作りの実演があったり、有料の工場見学なんかもありますので、是非《ぜひ》そちらにもお立ち寄りくださいね。あと、この庭園は冬はイルミネーションになるんでそれも綺麗です。ぜひ、冬にも当施設にまたお越しください」

僕等がお礼を言うと、彼女はそうやって営業トークを交え、笑顔《えがお》を残して去っていった。

去り際に七海に何かを耳打ちして……。

スタッフさんが離れると、彼女の顔が赤く染まったけど何を言ったんだろうか？

「……七海、去り際に何言われたの？」

「ひゃいッ?!」

七海の珍しい反応に僕はちょっとだけ目が点になる。

「えっとね……えっと……スタッフさんがね……またお越《こ》しくださいって」

「うん……それはさっき僕も言われたけど」

それだけでこんな反応になるだろうか？　僕が疑問に思っていると、七海は言葉を続ける。

「ここはキッズタウンとか子供も楽しめるイベントも多いから……お子さんができた時にも……またいらしてくださいねって……」

それを聞いて、僕も絶句してしまう。

……あのスタッフさん……やりやがったなぁ。僕らまだ高校生なのに早すぎるでしょ。まぁ、あそこまでサービス良くしてくれたんだから、これくらいは受け入れようか……。

「まぁそれは置いといても……冬のイルミネーションも気になるし、その頃《ころ》にはまた来ようか」

「……うん、そうだね♪　それじゃあ、続きを楽しもー！」

意図的に話題を逸《そ》らしながら、お互いに何かをごまかす様に微笑み合うと、色々な思い出ができたバラの庭園を後にしてパーク内をのんびりと散策し始めた。

周囲の建物は本当に外国のようで、ちょっとした海外旅行気分を味わえる。施設内にはグラウンドもあって、そこはタイミングが合えばプロサッカーの練習風景が見学できるのだとか。スポーツ全般《ぜんぱん》に詳《くわ》しくないけど、それはちょっと見てみたいかも。

途中、ホットドッグやソフトクリームを売っている店があり、そのお店に七海が一瞬反応を見せる。ソフトクリーム食べたいのかな？　そう思って聞いた僕に、七海は少しだけ照れくさそうに返答する。

「いやその……一緒《いっしょ》に食べ歩きってなんかいいなって思っただけ」

その言葉を聞いて、食べ歩きをしない男子がいるのだろうか？　彼女の希望は叶《かな》えなければと変な使命感に駆《か》られてしまう。いや、そこまで大げさな話じゃないんだけどさ。

七海は「食《く》いしん坊《ぼう》ってわけじゃないんだからね」って、なんか変な言い訳をしつつ……僕等はソフトクリームを購入《こうにゆう》する。彼女はバニラ味のホワイト、僕はチョコ味のブラックを選択《せんたく》し、それぞれで代金を払《はら》いソフトクリームを店員さんから受け取った。

「いつものお礼もあるんだし、それくらいは僕が出すよ？」

「今日はダメー。ちゃんと事前に今日のデート代はそれぞれで払うって決めたでしょ？」

「そうだけどさ、なーんか申し訳ないって言うか……」

「気にしないのー。ほら、私達は高校生同士なんだから……本来はこれが普通《ふつう》だと思うよ？」

そう……彼女は今日のデート代に関しては、全てを別会計にすることを希望した。

僕としては、今まで通り僕が全部を出す気でいたのだが……七海はどうしても今回のデート代は別にすると言って引かなかった。

それについてはちょっとだけ揉《も》めたのだが……そのあまりにも強い要望に、僕はその提案を受けざるを得なかった。

「だいたい、陽信が私に申し訳ないって思ってるようにさ、私だって悪いなって思ってるんだからね。デート代、いっつも陽信が出してくれてさ……」

「そんな、七海が悪いなんて思う必要はないんだけど。ほら、普段のお弁当とかのお礼だしさ」

そう、七海は気にする必要は全くないのだ。僕が普段《ふだん》甘《あま》えっぱなしでそのお返しをしてるだけなんだから。だけど、七海的にはそれは納得がいかないようだ。

「陽信だって最近は料理を一緒にしてるんだから、気にする必要ないよ。こういうのはお互い様だしさ。これからのデートもこのやり方でしようね」

今日だけだと思っていたら、七海はこれからも今回と同じにしようと提案してくる。

お互い様……そう言われてしまっては、僕としても納得せざるを得ないが、なんだかモヤモヤと悩《なや》みが出てきてしまう。

「でもなぁ……いいのかなぁ……」

悩みから少しだけ顔をしかめた僕は、ソフトクリームを口にした。定番とも言える少しほろ苦くも甘くて冷たいチョコレートの味が口中を満たしていく。

うん、美味しい。甘いものを食べて少し心が落ち着いた……。

まぁ、確かに彼女の言うことも納得はできる。こういうのはお互いに引け目を感じないのが重要になってくる……と何かで見た気がする。

納得はできるけど……。今までのデートでは、実はそこまで大きくお金はかかってないのだ。だからお弁当の無い今日くらいは僕が全部……と思ってたのになぁ……。

「いーの！　あ、それならそっちも一口ちょーだい。チョコも美味しそう♪」

そんな僕の考えを察したのか、彼女《かのじょ》は笑いながら僕のソフトクリームに自分のスプーンを刺《さ》すと、そのソフトクリームを少しだけすくって自分の口に運ぶ。

その笑顔は、しかめっ面《つら》なんてしてないでとにかく楽しもうと僕に言っているようだった。

彼女はソフトクリームを口にするが、スプーンから溶《と》けたソフトクリームがほんの少しだけ七海の唇《くちびる》の端《はし》から垂れ、それを彼女は自身の舌でペロリと舐《な》めとる。

女性の舌の動きを目の当たりにしてしまった僕は、その不意打ちの様な仕草に思わずドキリとさせられてしまった。彼女に見惚《みと》れてしまうほどに。

「ん？　陽信もこっち食べたい？　バニラも美味しいよ、ほら、あーん」

僕の視線を感じた彼女は……自身のスプーンでソフトクリームをすくうと、僕の目の前に自身のソフトクリームを差し出してきた。どうも、僕の視線を勘違《かんちが》いさせてしまったようだ……。

差し出されたソフトクリームをそのままにしておくわけにもいかないので、僕はそのソフトクリームに口を付ける。口中がバニラの風味で満たされていく。確かに、こっちも美味しい。

美味しいけど……同じスプーンであーんされるとはなぁ……。

「ね？　ミックスじゃなくて良かったでしょ？」

七海は僕がバニラを食べたことを満足気に見ると、非常に良い笑顔をしていた。

その笑顔を見てなんだか僕は変に納得がいった。先ほどのソフトクリーム屋さんではバニラとチョコのミックスもあったが、彼女の提案で別々の味を選んだのだ。

……これがしたいからそれぞれ違う味にしようって提案したのか。

なんだかやられっぱなしで癪《しゃく》なので、僕は自分のソフトクリームを同じようにすくって彼女に差し出した。

「ほら、七海……あーん」

「……私、さっき貰《もら》ったんだけどー？」

「あれ？　嫌《いや》だった？」

「……嫌じゃないよ。ズルいね、その聞き方ー」

ズルいと言われても、これは普段から僕が聞かれている聞き方だ。聞いてるのは言わずもがなの七海だし。

まさか僕がこの聞き方を言う側になるとは……。それでも七海は嬉《うれ》しそうに笑うと、僕から差し出されたソフトクリームをパクリと再度口にする。

「美味しいね」

「うん、美味《うま》い」

ソフトクリームの食べ歩きなんて……過去を振《ふ》り返ってもしたこと無いなぁ。

ゆっくりと歩きながら、周囲を見ながら、僕等は散策を続ける。先ほどスタッフの人に教えてもらったヨーロッパ風の建物を越えたところで、なんだか妙《みょう》に人が多くなっていた。

よく見ると、みんな何かに並んでいるようだ。

「なんか行列ができてるね、行ってみる？」

「うん、ちょっと見てみようか」

気になった僕等はその行列に近づくと……どうやらミニ鉄道に乗るための親子連れで行列ができているようだった。地元の子供たちだけでなく、外国からの観光客も多いようで、みんな一斉《いっせい》に喋っているからそこだけ多国籍《たこくせき》な光景となっている。

「ミニ鉄道かぁ……。あぁ、来る途中にあった線路ってこれが通るやつだったのか。よく見ると……今も鉄道走ってるね。全然気づいてなかったなぁ」

七海とソフトクリームを食べながら歩いていたから、気づかなかった。真っ黒い鉄道へ連結されたカラフルな車両に、楽しそうな子供たちと親御さんたちが乗っている。非常に和《なご》む光景だ。

「七海、どうする？　並んでるけど……ミニ鉄道、乗ってみる？」

「待ち時間どれくらいなんだろうねぇ？　そんなに待たないなら乗ってみたいけど……。

迷うねぇ……どうしよっか……」

行列を見ながら二人で悩んでいると……僕の腹の虫が鳴りだしてしまった。

中途半端《ちゅうとはんぱ》にお腹《なか》にソフトクリームを入れたことで活発になってしまったのか、お腹が急激に空いてしまったようだ。その音を聞いた七海がプッと吹き出して、僕の頬は羞恥《しゅうち》で赤くなってしまう。何もこんな時に腹が鳴らなくてもいいだろうに……。

「陽信のお腹は正直だねぇ。もうすぐお昼だし、先に食べてから後で空いてたら乗ってみようか」

「……面目《めんぼく》ない。そうだね、そうしてもらえると助かる」

僕等は鉄道の行列から踵《きびす》を返すと、元来た道を戻《もど》ってレストランへ行くことにする。途中でソフトクリームを買った場所を通るのだが、ここでホットドッグを選択してれば腹が鳴ることも無かったのかもと少し後悔《こうかい》した。

まぁ、今更言っても仕方ない……。午後から改めて楽しめばいいか。そう考えて、戻りながら午後からの予定を話し合う。

空いてたらミニ鉄道に乗るのもいいし、ある程度お金に余裕《よゆう》はあるので有料の工場見学や製菓体験もやってみようかなんて話をしていると、レストランにあっという間に到着《とうちゃく》する。

食事のとれるお店は二つあり、片方はスープカレーがメインのレストラン、もう一つはカフェを兼《か》ねたレストランのようだ。とりあえず、僕等はカフェを兼ねたレストランの方へと入っていく。

ちょうどレストランは、少しお昼には早い時間だったからか空いていてすぐに入ることができた。ミニ鉄道に乗らないで先にこっちに来たのは正解だったか。

どうやら、こっちのカフェもカレーがメインのようで……僕は牛スジのカレー、七海はチーズチキンカレー……それから二人ともマンゴーラッシーを注文する。カレーの味はスパイスのきいた割と本格的なものだった。

「いけるね、このカレー。牛スジも良い感じにトロトロだし、当然かもしれないけど、臭《くさ》みも全然無いや」

「本当？　私の方のチーズチキンカレーも美味しいよ。チキンがホロホロで柔《やわ》らかくて、口の中で解《ほぐ》れてくる感じ。交換《こうかん》しようか？」

「うん……えっと……もしかしてここでもやるの？」

「当然ー♪　お客さん少ないし良いじゃない、たまにはさ」

僕等はそこでも……カレーをお互いに食べさせ合った。なんだろう……お店の従業員の方の視線が心なしか温かい感じがしたのは気のせいだろうか？

「うん、美味しいね、牛スジのカレー。私、牛スジって食べたこと無かったけど……今度家でも作ってみようかな？」

「チキンカレーも美味しいね。家でカレーって豚肉《ぶたにく》のしか作ったこと無かったけど……鶏肉《とりにく》も今度一緒に作ってみようか」

僕等はお互いのカレーを食べさせ合って、お互い家で作ることを想像する。スパイスの調合は本格的だから味の再現は無理でも、使う食材を真似《まね》してみるのは良いかもしれない。

……結局、外で食べても自分達で作る料理の話になってるな。

「でもそうなると……夜どうしようか。パーク内の店で夜も食べようと思っていたから……片方がスープカレーメインなら外で食べようか？」

「そうだねぇ……その辺、ブラブラして目に付いたお店に入ってみる？　陽信とならファミレスでも良いし。それとも……」

七海はそこまで言うと、意地悪そうな笑《え》みを僕に向ける。

「陽信のために……私が夕飯作って食べさせてあげようか？　私の料理食べないと落ち着かない……だっけ？」

この施設に来た時に言った僕の言葉を七海は反芻《はんすう》するように言った。正直、それは非常に魅力的《みりょくてき》な提案で、思わずその案に飛びつきそうになるのだが……。

「それは止《や》めようか。今日はここで沢山《たくさん》遊ぶから、七海も疲《つか》れちゃうでしょ。疲れてるのに料理までしてもらっちゃ申し訳ないし。午後にも沢山遊んで、夜はどこかお店探して、予定通り外食して帰ろうよ」

「そ……そっか……うん……ありがと……。それじゃ、午後も沢山、いっぱい遊んで楽しもうね」

「それじゃあ、改めてミニ鉄道に行ってみる？　お昼時にもなれば空いてるだろうし……」

「うん！」

昼食をとり終えた僕等は、改めてミニ鉄道に乗るための場所へと移動する。列は先ほどよりは混雑しておらず、僕等の前に十数名ほど、後ろには三人の親子連れがいる程度だった。

これならすぐに乗れるかな……と思ったところで、ちょっとしたトラブルが発生する。

「申し訳ありません……この後にメンテナンスが入るので先ほどのお客様で……。メンテナンス明けまでお待ちいただけますか？」

僕等が乗車券を買った後に並んでいた親子連れに、受付の人がそんなことを告げていた。どうやら僕等で定員がギリギリセーフだったらしい。

僕等はラッキーだと思っていたのだが……。親子連れの男の子が、それを聞いて泣き出してしまった。

「のれないのー？」

グズグズと泣き出した男の子を、両親が慰めている。

聞こえてきた話から察するに、この後にも予定があるからこの鉄道に乗って帰ろうとしていたところだったらしい。一向に泣き止まない男の子を、両親は困ったように慰めているが……ちょっとだけ怒《おこ》っているような声色《こわいろ》も混じってきていた。

「あの……この乗車券、よかったらいかがですか？」

「あ、どうぞ、私のこれも使ってください」

僕は思わず、親子連れに対して購入していた乗車券を差し出していた。七海も僕が乗車券を差し出したのと同じタイミングで、親子三人に乗車券を渡《わた》そうとする。

「すいません、僕等が乗車しなかったらこの方たちって三人とも乗れますか？」

「あ、はい……。定員がちょうどお客様でギリギリでしたので、お子様の分だけ追加で乗車券を買っていただければ……そちらのご家族で最後になります」

ポカンとする親子をしり目に、僕は店員さんに三人が乗れるのかを確認すると、それについては大丈夫《だいじょうぶ》らしい。定員三十名と書いてあるから僕等二人で二十九名……なるほど、計算は合うね。

「えっと、いいんですか……？」

鉄道に乗れる可能性が出てきたのを理解していないのか、男の子は僕と自身の両親を交《こう》互《ご》に見ている。男の子のお父さんは、遠慮《えんりょ》がちに僕等に対して確認をしてきた。

「僕等は後でも平気ですから、どうぞ使ってください」

「そうですよー！　私達《たち》は、今日一日ここでデートなんで！」

七海はその遠慮を払拭《ふっしょく》するためなのか、僕の腕《うで》に自身の腕を絡めて、両親を安心させるように笑顔を向けていた。

実は僕にも……ちょっとだけこういう経験はある。

昔、乗ろうと思って後回しにしていた遊具がトラブルで壊《こわ》れてしまって乗れなくなって……楽しい思い出が最後、悲しい思い出で締《し》めくくられてしまったのだ。

それも良い思い出と今なら言えるけど、もし楽しい思い出を悲しい思い出にしなくていい機会があって、僕が手助けできるなら……こういう選択もありだと思うんだよね。

「ほらほら、僕ー。鉄道に乗れるから、もう泣き止んでねー？　ほらー、笑って笑ってー」

七海はしゃがんで男の子の頭を優《やさ》しく撫《な》でていた。

男の子は七海を見て、ちょっとだけ……いや、だいぶ頬《ほお》を赤くして、お母さんの後ろに隠《かく》れてしまう。初めて見るギャル系のお姉さんに照れてしまっているのか。

……これはもしかして、男の子の性癖《せいへき》を目覚めさせてしまったのではないだろうか？　ちょっと心配である。

そんな僕の心配をよそに、男の子は、顔を赤くしながらもお母さんの後ろからおずおずと僕等にお礼を言ってきた。

「あ……ありがとう……おねえちゃん……おにいちゃん」

その言葉が聞けただけでもう満足だよ。

男の子の両親は僕等から乗車券を受け取ってその分の代金を僕等に支払《しはら》い、追加で子供分の乗車券を店員さんから購入する。これで、定員はピッタリだ。

それからほどなくして、両親は何度も何度も僕等に頭を下げて、男の子は僕等に何度も手を振って……鉄道に乗っていった。それを見送った後に、僕は改めて七海に謝罪した。

「ごめん、七海。相談も無しに乗車券を譲《ゆず》っちゃってさ。乗りたかったでしょ？」

「いやー、陽信なら絶対にやるって思ってたから、驚《おどろ》かなかったよ。良かったよね、男の子が笑顔になって」

僕の謝罪に対して七海は、全く怒った様子もなくカラカラと笑っていた。そして、彼女は僕の腕に自身の両腕《りょううで》を絡めてくる。

「カッコよかったよ、惚《ほ》れ直した」

ピッタリとくっついてきた彼女は、そんな言葉を囁《ささや》いてきた。

どんな言葉よりも嬉しい……最高の誉《ほ》め言葉をもらった僕は、何も言わずとも分かってくれた彼女に対して……僕も改めて惚れ直していたのだった。

それは照れくさくて、言えなかったけどね。

「鉄道の周囲も散策できるっぽいねー、せっかくだし見ていこうよ」

「そうだね。あれ？　あそこ階段がある……撮影できるのかな？　ちょっと上ってみようか？」

周囲を見回すと、どうやら鉄道を上から見られる階段があるようだった。僕と七海はそのまま階段を上っていく。そして、下を見るとちょうど鉄道が通過するところだ。

「鉄道が走ってるよ!!　子供たちも嬉しそうに乗ってる……可愛《かわい》いねぇ」

「七海、けっこう子供好きだよね」

「好きだよー、良いお母さんになるかなぁ？」

七海はウィンクをしながら得意気に胸を張る。僕は少しだけ肩《かた》をすくめて七海のその言葉に同意した。僕の態度が気に入らなかったのか、七海は笑いながら僕の脇腹《わきばら》を突っついてくる。

しばらく橋の上で僕と七海の攻防《こうぼう》が繰《く》り広げられてたけど、やがて落ち着いた七海がさっきの男の子のことを思い返していた。

「さっきの子、顔を真っ赤にして照れちゃって……人見知りなのかなぁ？　可愛いよねぇ」

いやー……あれは単に年上のお姉さんに照れてただけじゃないだろうか。性癖云々《せいへきうんぬん》の話はあえて口にしないけど……。僕は七海をチラリと見る。

こんな格好のお姉さんが自分を慰《なぐさ》めてくれたら、純粋《じゅんすい》でいたいけな男児なら好きになっちゃうんじゃないだろうか。うーむ……性癖が目覚めてたらちょっと心配だ。いや、心配することなのかは分かんないけど。

「あ、ほら……鉄道からあの子が手を振ってるよ！　陽信も振り返してあげなよ！」

「ほんとだ、嬉しそうに笑ってる……良かった」

男の子は嬉しそうに僕等に……いや、たぶん七海に手を振っているんだろうな。ごめんね、このお姉さんは僕の彼女だからと、僕は手を振りながら心の中だけで男の子に謝罪した。

残念ながらミニ鉄道に乗ることはできなかったけど、それはそれでお互いの気持ちが同じものと知ることができたし、これはこれでとても良い思い出になったと思う。

時間や予定をギチギチに決めているデートではなかったからこそできたことでもあるか

な。

今、僕等は最後の……と言ってもメンテナンスに入るだけだけど……その最後の周回をしている鉄道を背景に写真を撮っている。

わざわざスタッフさんが、走るミニ鉄道を背景に僕等の写真を撮ってくれることになった。撮ってくれたのは……先ほどの乗車券を買った際の受付の店員さんだ。

泣きそうな男の子を見るのは、この人も忍《しの》びなかったらしく、僕等にお礼を言ってきた。

ちなみに、鉄道のメンテナンスには約一時間ほどかかるらしく……写真を撮ってもらった僕等はその頃にまた来ることにしてその場を去った。

「さて……鉄道はダメになっちゃったからどうしようか？　七海はどこに行きたい？」

「んー……陽信はどこ行きたいとかある？　私はそうだね……工場見学してみたいかも。お菓子《かし》作るところってどんなだろ」

「良いね、工場見学！　そういうのってテンション上がるよ!!」

いきなり大声を出した僕に、七海は目を点にして驚いていた。なんだろう、工場見学って響《ひび》きだけでテンションが上がってしまうよね。

たぶん、色んな機械が動いているんだろうな……小学生の時にあんパンを作っている工場を見学した時も、なんだかテンションが上がった覚えがある。

「やっぱり男の子って、工場とか好きなの？」

「ごめん、ちょっと興奮して大声出ちゃった」

「あはっ、可愛い」

さっきの男の子を相手にした時の気分が残っているのか、可愛いと言われてしまった。可愛いとか褒《ほ》められているんだろうか……？　まぁ、子供みたいな姿を見せちゃったのは僕だけどさ。

ともあれ、意見は一致《いっち》したので目指すは工場だ。

工場の場所はこの鉄道の場所とは完全に逆方向だ。なんか、施設《しせつ》の端から端までを行ったり来たりしているけど……それもまた楽しい。七海と二人だからかもしれないが、効率的ではない移動時間がとても大切なものに感じられる。

手を繋《つな》いで、のんびりと歩くっていうのが良いよね。

二人で話しながら歩いていると、あっと言う間に到着した。場所はさっきの時計塔《とけいとう》のすぐ近くで、僕等はもうすでにこのテーマパークを三往復くらいしていることを今更《いまさら》ながら実感する。もしかしたら、もうちょっと効率的に移動できたかもねなんて言って二人で笑いあった。

「さて、工場見学にはチケットの購入が必要みたいだけど……これは……」

「チケットセンターって書いてあるけど……うわぁ、並んでるねぇ」

「まぁ、これくらいの人なら十分か二十分くらい並べば買えるかな」

「そうだね、陽信とお喋りしてればそれくらいならあっという間かな？」

　僕等は大人しくその行列に並んで、工場見学の次はどこに行こうかなんてのを二人で話し合う。それが楽しくて、並んでいることを忘れてしまいそうになる。そんな風に僕等がお喋りしていると……僕等の二組ほど前の人達から怒声《どせい》が聞こえてきた。

「んだよー、十分も並んでいるのに全然進まねえじゃねえか！　お前が見たいって言うから並んでるのによぉ！　もう別のところ行こうぜー」

「仕方ないじゃない、いっつも私が付き合ってるんだからたまには我慢してよね!!　今日は私、楽しみにしてたんだから！」

　どうやら一組のカップルが、行列に耐《た》えかねて言い争いを始めてしまったようだ。

って……もう十分も経《た》ったのか。七海と話をしてて気づかなかった。確かにその割には列は進んでない……のかな？　もしかしたらあと数十分くらいは待つのかもしれない。でも、ああやって言い争うのはどうかと思うんだけど……。

　七海もそれを感じたのか、ほんの少しだけしかめっ面をしていた。やっぱり喧嘩《けんか》は人前でやっちゃダメだよね……と僕が思ってたら……。

「私達もさ、あんな風に喧嘩しちゃう時っていつか来るのかなぁ？　この間もちょっと喧嘩しちゃったけど、あれはどっちかって言うと私が一方的に拗《す》ねちゃっただけだし……」

彼女は言い争いをしている二人を見て、僕等がもしかしたら辿《たど》るかもしれない未来を想像してしまったようだった。少し不安げに、喧嘩しているカップルを見ている。

せっかくの楽しいデート中だというのにしょんぼりとしてしまった彼女を見て、僕も少しだけ胸が痛む。だけど……。

「……さすがに未来がどうなるかまでは分からないけど……もしかしたらこの前よりも酷《ひど》い喧嘩したり、意見の違《ちが》いでもめたりする時は来るかもしれないよね」

「そうだよね、いつかは来る……よね」

僕の言葉に、彼女はますます顔を曇《くも》らせてしまう。そんな顔をさせてしまい申し訳ないけど、さすがに未来のことについては無責任に保証することは言えない。

だから僕は……ほんのちょっとだけ大きな声で……七海を安心させるように彼女の目を見ながら宣言する。

「だからさ、僕等はそんな喧嘩をしないように、努力していこうよ。理想論かもしれないけど、普段《ふだん》からお互いの考えを言い合って、相手を思いやって尊重していけば、きっと大丈夫だよ」

「うん……でもさ……それでも、喧嘩しちゃう時は来るんじゃない？」

「そうだね、喧嘩する時は来るかもしれない。百パーセント喧嘩しない関係なんてさすがにありえないと思うしね。そういう時はいつかきっと来ると思う」

よっぽど不安なのか……彼女は僕のその答えにも不安げなままだ。僕は……彼女を安心させるための言葉を続ける。今日のデートに、そんな不安げな顔は似合わないと思いながら。

「だから、今のお互いの気持ちを忘れないようにすれば……ちゃんと仲直りできるよ。きっと」

本当にできるかどうかはその時の僕次第《ぼくしだい》ではあるけど。未来の僕に任せた、なんて無責任なことは考えず、今の僕も未来の僕もこの気持ちを忘れないでおこう。

そうすればきっと、大丈夫だ。

「……うん……そうだね！　喧嘩しても仲直りすればいいんだもんね!!　そうやって良い関係になりたいって言ったのは私だもんね!!　ちょっと弱気になってた!!」

そういえば、いつかの水族館デートの時にもそんな話を七海としたな。あの時は……お互いに膝枕《ひざまくら》しながらだっけ。思い出すとちょっと赤面してくるな……。

そう思っていたらカップルの喧騒《けんそう》がいつの間にか止んでいるのに気が付いた。あれ、なんか二人がこっちをチラチラ見ている気が……。

「……ごめんな。あんな若いカップルでさえ考えてるのに……。お前にはいつも世話になってるのに……俺《おれ》の配慮《はいりょ》が足りなかった」

「……私こそ声を荒《あら》らげてごめんね……。あなたが行列そんなに好きじゃないのに、無理《むり》矢理《やり》付き合わせちゃったのは私だし……」

僕等の方をチラチラ見ていたカップルは……お互いに謝《あやま》り合っている。どうやら……僕等の会話が聞こえてたらしい。

……そりゃ、向こうから聞こえるんだから、こっちの声も聞こえるよね。

いつの間にか喧嘩は止んでいて、二人は腕を組んで仲直りしているようだった。

そして男性と女性は……僕達《たち》に苦笑《くしょう》を浮かべて頭を下げてきた。気のせいかもしれないけど……周囲はなんだか和やかな雰囲気《ふんいき》になっている。僕等もお互《たが》いに笑ってそのカップルに頭を下げる。

「聞かれてたみたいだね」

「……聞かれてたっぽいね。ちょっと恥《は》ずかしいけど、喧嘩を止めてくれたなら良いよね」

七海はそう言うと僕に笑顔を向ける。その表情には、先ほどの不安な感じはどこに見られなかった。確かにちょっと恥ずかしいけど、七海のこの笑顔が見られたなら良しとしようか。

「私達が喧嘩するとしたら……どんな可能性があるかなぁ？」

「喧嘩……僕等で喧嘩？　この前の呼び捨ての件は……」

「あれは私が一方的に拗ねちゃっただけだから。そうじゃなくてお互い言い争う系の喧嘩でさー」

七海はすっかりと調子を取り戻したように、これから起こるかもしれない喧嘩の想像を始めた。仲直りできると思ったら安心したのかな。でもなぁ、喧嘩かぁ……。

「……僕からも強く言うんでしょ？　どんなことだったらありえるかなぁ……」

サッパリ思いつかない。変なことで頭を悩ませていると、七海が何かを思いついた様に指を一本立てた。

「料理系とか？　味が薄《うす》いとか、味噌汁《みそしる》がぬるい!!　とかさー」

「それで喧嘩って……。それって僕が料理失敗した時くらいしか起きなくない？」

「それだと私って酷い人じゃない……。難しいねぇ喧嘩の原因って……」

「そうだねぇ。浮気《うわき》は少なくともありえないしねぇ……。七海以上の女性はいないだろうし」

「あ……ありえないんだ……そんなに評価高いんだ私……」

「七海は……浮気する？」

「……しないよ……ありえない……陽信以上の男性なんていないもん」

僕への評価がとんでもなく高いな。なんだか過大評価な気がするけど、その評価を保てるように頑張《がんば》らないとな。

そんな会話をしていたら、ほどなくして僕等の番が回ってきてチケットを購入する。一番安いチケットを買って、見学できる施設へと移動した。

流石に工場ということもあって、このテーマパークで一番大きな建物だ。

その三階が見学できる工場、四階はカフェやお土産屋《みやげや》さん……製菓《せいか》体験ができるイベントなんかをやっているらしい。

その施設に入った瞬間《しゅんかん》に……強く甘《あま》い香りに包まれる。お菓子の香りが充満《じゅうまん》しているなあ。チケットと一緒に貰ったお菓子を思わずその場で食べたくなってしまうが、そこはグッと我慢《がまん》する。

「良い匂《にお》いだねぇ……」

「なんかさ、甘い匂いって幸せな気分になるよね」

僕等はまずは工場の見学……ということでとりあえず三階へと移動する。工場見学というから、てっきりちょっとそっけない感じに窓から製造ラインを見るだけだと思っていたんだけど、その場所はそんなことは無かった。

白い妖精《ようせい》のような人形がお菓子を作っているジオラマや、白い壁画《へきが》のような展示があって、まるでちょっとした美術館のような様相になっている。

「へぇ、思ったよりも色々あるんだね……」

「陽信、このジオラマ動くよ！　うわぁ、可愛い。何コレ、妖精さん？　この人形って売ってるのかなぁ？　ちょっと欲《ほ》しいかも」

僕が周囲を見回している間に、七海はもうジオラマのところまで移動していた。いつのまに……。

七海はジオラマに興味津々《きょうみしんしん》で、ジオラマを動かすためのハンドルを一心不乱に回している。

動くたびにきゃあきゃあとはしゃぐ七海が可愛くて、その様子を写真……いや、僕は動画で撮《と》っていた。いやぁ、七海も可愛いなぁ……。

ひとしきりジオラマで遊んだ七海は、僕がスマホを向けているのに気づくと咳《せき》ばらいを一つして、気を取り直す様に工場の見学を一緒にする。

「バームクーヘンとかも作ってるんだね。工場だけど凄《すご》く丁寧《ていねい》に作られてる……」

「こんな風にお菓子って作られるんだね、手作りしかしたこと無いからなんか新鮮《しんせん》」

「なんかこういうのを見ると、甘いものを食べたくなってくるね」

「それはもうちょっと我慢しようよ。四階にパフェ食べられるお店とかあるみたいだし。製菓体験もできるみたいだよ」

　製菓体験……最初はこの工場で製造ラインの体験をするのかと思っていたけど、先ほど並んでいるときに調べていたらどうも違うようで、通常のお菓子教室みたいなもので、結構人気のあるイベントのようだ。

　僕等はそのまま、二十分ほどワイワイと話しながら製造ラインを見学していたのだが、流石に長い間見ていると内容も尽《つ》きてきたので、僕等は四階へと移動することにした。

　四階に上がると、さらに甘い匂いは強くなる。

　きっと製菓体験をやっているのと、お土産屋さんの匂い、さらにはカフェから漂《ただよ》ってくるスイーツの匂い……そんな様々な匂いがミックスされているんだろうな。

　甘いものが苦手な人にはつらいかもしれないけど、僕と七海にはこの四階の匂いは暴力的なまでに食欲を刺激《しげき》してきた。

　甘いものは別腹……とはよく言ったもので、甘いものをすぐに食べたくなってしまった。

「ねぇ……七海……ラウンジで甘いものでも食べない？」

「それもいいけどさ、製菓体験しようよ！　そしたら自分達で作ったものを食べられるんだよ？」

「甘い匂いでもうすぐにでも食べたい気分だけど……我慢できるかなぁ？」

「ほら共同作業で作るんだし。それに、今日は手作りのもの食べられて無いじゃない？　だから良いかなって思って……」

それは……確かに良いかもしれない。

今日僕は七海の手料理を食べられないと諦《あきら》めていたのだ。製菓体験がどこまでするものかは分からないけど……手作りのものが食べられるというのは期待値がとても上がるものだ。

「じゃあ、行ってみようか」

「うん♪」

楽しみだな……どんな体験ができるんだろうか？　二人でワクワクしながら、製菓体験の受付場所に移動する。どうやら別料金でコースも色々とあるようなのだが……。

頭を下げる店員さんから返ってきたのは、無情な一言だった。

「申し訳ありません……本日の製菓体験は予約で全て埋《う》まってしまっておりまして……」

その言葉を聞いた瞬間、僕等は固まってしまい……。

「へ？」

「えぇぇ〜⁈」

僕の呆《ほう》けたような一言と、七海の絶望感たっぷりの悲鳴が響き渡った。

◇◇◇◇◇◇◇◇◇

「あうぅ〜……製菓体験が予約でいっぱいだったなんて……。ごめんね陽信、確認《かくにん》しとけばよかったよぉ……」

「いや、七海が謝ることないよ。それを言ったら僕も確認してなかったのが悪いんだし。お互いの確認不足だからさ、そんなに落ち込《こ》まないでよ」

テーブルの上に上半身を投げ出しながら落ち込む七海を、僕は彼女の頭を撫でながら慰める。上半身をテーブルに乗せてるから、ちょっと目のやり場に困っていたりもする。

ちなみになんで撫でてるかというと、突《つ》っ伏《ぷ》した七海から視線でねだられてしまったからだ。最初気づかなくて頭を振ってくる七海が可愛いとしか思ってなかったりする。

「さっきのカップルさんみたく、早速喧嘩《さっそくけんか》になるかなぁって思ったんだけど……」

「いや、僕も楽しみにしてたから残念な気持ちは一緒《いっしょ》だよ」

「じゃあ私も慰めるのに頭を撫でよっか？」

「……それは遠慮しとこうかな」

ちょっとだけ葛藤《かっとう》するけど、僕はその申し出をやんわりと断った。あれから、僕等は四階を少しだけウロウロした後にデザートを提供しているラウンジまで移動した。

広くゆったりとした空間に、落ち着いた色合いの調度品が置かれている。窓から差し込む陽《ひ》の光が全体を柔らかく照らしていて、落ち着いた雰囲気を醸《かも》し出していた。

ここなら落ち着いて話せるだろうし、ちょうど甘いものを食べたかったので僕等は休憩《きゅうけい》を兼ねてその店に入ったのだ。

そして、案内されたテーブルで彼女《かのじょ》は突っ伏してしまって今に至る……というわけだ。

僕等は知らなかったのだが、製菓体験の予約は事前にネットからもできるらしくて、七海はその辺が疎《うと》いことと、僕はテーマパークのことを楽しむためにあえてホームページなどの情報を調べなかったことが仇《あだ》となってしまった形だ。

それでもネット予約しなければできないということは無いんだけど、今日はタイミングと運が悪く……団体のお客さんの予約も入ってしまっていたために、いつもなら予約の空《あ》いている時間帯も全く空いていなかったのだとか。

事前準備は大切だというのは分かってたけど、それを痛感してしまったね。まぁ、そもそも突発的《とっぱつてき》にやってみようって話になっただけだしね。

「もっと調べておけばよかったぁ。来た時に、工場見学を先にやっておけばよかったかなあ？」

「できなかったものは仕方ないよ。製菓体験も有料で結構ピンキリだったからさ……。その分をこうやってデザートに注ぎ込んだと思えば良いじゃない」

「陽信がそう言うなら良いけどさー……残念だよー……」

七海を撫でていると、僕等を慰めるように気持ちの良い風が頬を撫でてくれた。僕等はお店に入ると、天気も良く暖かいので店員さんにお願いしてテラス席に案内してもらっていたからだ。

このラウンジも人はまばらに入っているが、製菓体験ほどには混んでおらず……幸いに僕等は待たずして席に案内してもらえた。

改めて……気持ちの良い陽の光と爽《さわ》やかな風が吹《ふ》いてきて、幾分《いくぶん》か沈《しず》んでいた七海の表情も明るくなっていく。

僕は彼女の頭を撫で続けて……それが気持ちいいのか彼女は顔を少し上げて目を細めていた。

「あー……気持ちいいねぇ。テラス席にして正解だったね」

「少しは、気分紛《まぎ》れた？　まずは甘いものでも食べて気持ちを落ち着けようよ」

ほどなくして、僕等が注文したデザートが運ばれてくる。七海は製菓会社の有名なお土産品《みやげひん》が使われたパフェ、僕はちょっと奮発してチョコレートフォンデュを注文した。

それと、飲み物にはそれぞれがホットコーヒーを頼《たの》んだ。本来は食後に飲むのかもしれないけど、僕は甘いものとコーヒーの組み合わせで飲みたかったので同時に運んでもらっていた。

パフェは可愛らしい猫《ねこ》のチョコレートが配置されている。チョコレートフォンデュの方には白い二匹《ひき》の猫が浮《う》かんでいた。どちらも見た目が可愛らしく、まず目で楽しませてくれるデザートだ。

「あれ？　このフォンデュに浮かんでる猫って……」

ちょっとだけその猫に既視感《きしかん》を覚えた僕は、チケットと一緒に貰《もら》ったお菓子を取り出してパッケージを見る。そこには、フォンデュに浮かんでいる猫と同じ猫が描《えが》かれていた。

「ねぇ、七海。チケットと貰ったお菓子のパッケージって。もしかして普通《ふつう》のと違うのかな？」

「え？　ほんとに？」

「うん、ほら……ここが猫になってる」

気になった僕はスマホで通常のお菓子のパッケージを調べてみる。どうやら、チケットと一緒に貰えるのは通常のとは異なるパッケージのようだった。僕のは二匹の猫がまるで遊んでいるような絵柄《えがら》になっていた。

「可愛いパッケージだぁ、初めて見たかも。……なんか、私と陽信みたいだね」

七海はそう言うと、自分の貰ったお菓子のパッケージを見せてきた。そこには……頬をピッタリとくっつけて寄り添《そ》う二匹の猫の絵柄があった。僕も初めて見たかもこれ。

「僕のともちょっと違うね。色んな絵柄があるのかな？　でも……それが僕と七海みたいって、ちょっと照れくさいよ」

「いーじゃない。たまにはこうやってピッタリくっついてみようよ。今日帰ったら、さっそくやってみる？」

「たまにはくっつくって……割とやってる気も……？」

パッケージのおかげなのか、七海の機嫌《きげん》はある程度は直ったようだった。先ほどまで落ち込んでいたのが嘘《うそ》みたいな笑顔《えがお》を僕に向けてくれている。

「製菓体験は次の楽しみってことにしようか。あ、僕のチョコレートフォンデュ、結構量があるから一緒に食べよう。ほら、イチゴどうかな？　バームクーヘンとかもあるよ」

僕はフルーツを刺《さ》した鉄串《てつぐし》にチョコレートを付けて、彼女に差し出した。まだパフェを食べる前だった彼女は、突然《とつぜん》の僕の行動に少しだけ面食らっていた。

「私、まだ自分のパフェ食べる前なんだけど。でも美味《おい》しそうだね、いただこうかな」

僕が差し出したフルーツを七海はおずおずと口にする。それから、お返しと言わんばかりに自身のパフェを僕に差し出してきて、僕はそれを遠慮なくいただいた。

そうやって、僕等は自分のデザートを食べたり、お互いにデザートを食べさせ合ったりしながらテラス席での和《なご》やかな時間を過ごす。なんか凄く落ち着く。

七海がチョコレートパフェを食べ終わっても、僕が頼んだチョコレートフォンデュはフルーツやバームクーヘン、ポテトチップスなんかの多量な具が皿の上にのっていたのでまだまだ楽しむことができる。

だから、僕は七海に残った具材をチョコに付けながら食べさせる。

実はチョコレートフォンデュはちょっとお値段がお高めだ。今日のデートはそれぞれで会計を済ませることにしているので、こうすれば僕は少しでも彼女にお返しができるという寸法である。

僕から差し出されたフルーツを食べる七海は幸せそうな笑顔になっている。たまにその彼女の笑顔を僕は写真に収めていたのだが……。

「……陽信、変なこと考えてるでしょ？」

「え？　なんのこと？」

僕が次々と七海に食べさせていると、彼女は唐突《とうとつ》に僕にジト目を向けてくる。どうも僕の考えは読まれてしまっているようだけど、僕はその視線を受けてもあえて惚《とぼ》ける。

「……ありがとね」

チョコレートのついたバームクーヘンを口にした彼女は、苦笑を浮かべて……納得したように僕にお礼を言ってきた。笑みを浮かべたためか、唇《くちびる》の端《はし》にほんの少しだけチョコレートがついている。

お礼を言われた嬉《うれ》しさと、その唇を見て……ほとんど無意識に僕はその端のチョコレートを指でそっと取り、そのまま指についたチョコレートを自分自身で舐《な》めとった。

七海も呆けた表情を浮かべるが……それ以上に呆けたのは僕の方だった。

……僕、何をしたの？　何したの僕⁈

キモいだろコレ。ドン引かれても仕方ない行動だぞ。

「あ、いや⁈　これはね……その……何と言うか……。思わずやってしまったと言うか……いや、あの……嫌《いや》じゃなかった……かな？」

色んな感情で僕の顔は真っ赤だけど……それ以上に七海の顔は真っ赤だった。

とりあえず僕も心を鎮《しず》めるためにフォンデュを一口食べるが、これは甘いものを食べても、コーヒーを飲んでも心が落ち着かない。

「……覚えてるかな？　陽信が標津先輩《しべつせんぱい》と初めて会ったときのこと」

「標津先輩？」

真っ赤なままの七海は、僕に標津先輩の話を振《ふ》ってくる。ここでなんで標津先輩が出てくるんだろうか……そう思っていたら……彼女は言葉を続けてくる。

「あの時さ……私、陽信のほっぺについてたご飯粒《はんつぶ》をパクッて食べたんだよね。懐《なつ》かしいよね。やっぱりさ、そういうのってやりたくなっちゃうよね」

「懐かしいね、そんなこともあったねー……。あの時は正直、恥ずかしかったなぁ……」

「恥ずかしかったの？　陽信、何も言わないんだもん、私だけ意識してるのかと思ってたよ。少しはあの時の気持ちわかったかな？」

「そうだね……よくわかったよ。こんな気分だったんだね、七海は」

確かに突然のトラブルが発生したり、それを元にして仲直りしたりさらに仲良くなったり……。そう考えると、今日のデートって今までの僕等の流れを改めてなぞっているみたいだ。そう考えると、なんだかとても面白《おもしろ》い気がする。

「あ、ちょっと僕お手洗い行ってくるね。残っているフォンデュ、何だったら食べちゃっていいから。少しだけ待ってて」

「うん、分かった。待ってるよー。あ……先にお会計済ませようとしちゃダメだからね？」

僕は席を立ったのだが……七海に先に伝票を確保されてしまっていた。さらに釘《くぎ》まで刺されて……僕の考えを完全に読まれてしまったことに苦笑する。

「わかったよ、それじゃあ待っててね。店員さんにはナンパする変なやつが来ないように見ててもらえるか頼んどくから、のんびりしててね」

僕は降参したように両手を上げて、そのまま一時的に席を立つ……まぁ、目的の一つは先手を打たれてしまったけれども……それは良いとしようか。

これで無理矢理にお会計をしたら、それこそ喧嘩になるかもしれない。ここはお互いの気持ちを尊重しておこう。

店員さんにナンパのことについてお願いしてみたら、ここは家族連れやカップルが来るからまずないから大丈夫ですよと言われたものの、快く了承《りょうしょう》してくれた。

その時に「いやぁ、愛されている彼女さんが羨《うらや》ましいですねぇ」とまで言われてしまい……僕は自分がかなり恥ずかしい行動をしたことにそこで気づいてしまう。

うん、仕方ないよね。だって心配だし。

カフェの外にあるお手洗い等から僕が戻《もど》った時に見た、一人で景色を眺《なが》めながらコーヒーを飲む七海の横顔が綺麗《きれい》で……僕はちょっとだけ遠目から写真を撮る。

その写真を撮る音で彼女は僕が戻ったことに気づいたのか、不意に写真を撮られたことに少しだけ恥ずかしそうに笑《え》みを浮かべていた。

それから僕等は互いに一度ずつお手洗いに席を立って……のんびりとした時間をしばらく過ごした。七海も戻ってきたときに僕の写真をお返しと言わんばかりに撮っていた。

それから、店員さんが好意でテラス席に座《すわ》る僕等二人の写真を撮ってくれた。残っていたフォンデュをあーんするところまで撮ってもらえた……と言うか店員さんがせっかくだからそれも撮りましょうと言って撮ったんだけど……。

ノリがいい人が多いのはテーマパークだからなのか、それともこれが普通なのか。

僕等は店員さんにお礼を言ってからラウンジを後にした。予想通り会計の時にほんのちょっとだけ揉《も》めたけど、七海はそれを予想していたのだろう。僕の説明に割とあっさりと引いてくれた。

それから、僕等は四階を少しだけウロウロした。

お互いにチョコポップを買って交換《こうかん》したり、出口のところには座れるコーヒーカップや、赤い電話ボックスなんかが置いてある場所があり、そこで二人で色々な写真を撮ったりする。

こういうのをあれかな、フォトジェニックって言うのかな？　それとも『映《ば》える』って言う方が今風なのかな？　その辺、詳《くわ》しくないからよくわからないや。

製菓体験はできなかったけど……それを補って余りある思い出ができたと思う。

僕は座りながら、今日撮った写真を見てそう思った。すると……七海が僕を下から覗《のぞ》き込むようにしてはにかんだ笑顔を見せてきた。

「ほらほら陽信！　なーに満足したような顔してるのよ！　そろそろミニ鉄道のメンテナンスも終わってるだろうし、乗りに行こうよ！　まだ行ってない施設もあるし、そこにも行こうね！　今日はまだまだ、いっぱい楽しめるんだから！」

僕は目を瞬《しばた》かせて彼女の顔を見返した。……そうだよね、今日のデートは……まだ続くんだよね。

「さっきまで落ち込んでいたとは思えないねぇ。七海が嬉しそうで、僕も嬉しいよ」

「落ち込んでた気分なんて、陽信のおかげでぜーんぶ吹っ飛んじゃったよ。それにさー……これはこれで良かったよね」

「良かったって？」

「また来る時の楽しみができたよね！　なんか冬はさ、閉演時間が延《の》びてイルミネーションとかも綺麗らしいよ。その時には……ちゃーんと事前に予約して製菓体験しようね♪」

「じゃあ、指切りでもしよっか？」

僕は冗談《じょうだん》めかして七海に対して言ってみたのだが、七海は即座《そくざ》に僕に小指を差し出してきた。一瞬《いっしゅん》だけ僕はきょとんとしたが、お互いに微笑《ほほえ》み合うと僕は七海と自身の小指を絡《から》め合った。


そのままお決まりの約束事のセリフを言うと……二人で少しだけ大きな声で笑い合う。

七海は、これから先の約束ができたことにとてもうれしそうに笑っていた。

絶対にこの約束を果たすために……僕は自分の気持ちを引き締《し》めなおすのだった。

◇◇◇◇◇◇◇◇◇◇

「結構本格的なんだね……ミニ鉄道って……」

「いやぁ、良かったよ。これで鉄道にもトラブルで乗れないってなったら……。僕が何かに呪《のろ》われてるんじゃないかって思うところだったよ……」

「あはは、だったら明日はお祓《はら》いも兼《か》ねたデートだねぇ♪」

「いやぁ、お祓いはいらないなぁ……」

僕等はミニ鉄道の青い車両内でホッと一息ついていた。……今度は何も起きることなくミニ鉄道に乗ることができたのだ。本当に、ようやくという感じだ。

僕等を乗せた鉄道は、ガタンゴトンと音を立てながら動いている。まぁ、本格的な鉄道

って乗ったこと無いけど……。鉄道の旅とかにいつか二人で行っても面白そうだな。

「なんか、二人っきりみたいだね……」

七海が呟《つぶや》いたことで気が付いたのだが……確かにこの青い車両には僕等しか乗っていなかった。他の車両にも人はまばらで、人が乗っていない車両すらある。

もしかして、この時間帯に乗ったのは正解だったのかな？　僕等が乗ろうとした時は並んでたのに……。

「結果論だけど……良かったかもね」

「せっかくだし隣同士《となりどうし》になろうか。あのパッケージの猫みたいに♪」

七海は僕の隣に来ると、ぴったりと身体を寄せてきた。混んでいたら周囲の目もあってこうすることなんてできなかったし、本当に、この時間を選んで正解だったんだな。

アナウンスと共にミニ鉄道は線路に沿って周囲をゆっくりと周回する。最初はお菓子の家であり、可愛《かわい》らしい人形をバックに僕は七海と一緒に自撮《じど》りしてみる。彼女と顔がぴったりとくっついて、少しだけ照れくさいが、二人とも笑顔で写真を撮る。

「凄いねー、可愛いねー。ほらあそこ!!　踏切《ふみきり》までちゃんとあるよ！」

カンカンカンという音と共に、ゆっくりと踏切が下りていく。そしてその先には……トンネルがあった。どうやらシュークリームでできているトンネル……ということらしい。

トンネル内は入ると真っ暗かと思いきや、上空に輝くまるで星のような煌《きら》めきがとても綺麗だった。

彼女は無言で僕の肩《かた》に頭を乗せてくる。ほんの少しの短い時間だけど、僕等は本当に星空を見上げている気分になっていた。

それからも鉄道は進み……さっきとは別のお菓子でできた家の中に鉄道が入ると、その中にはチョコレートから顔を出す白熊のオブジェがあった。可愛らしいそのクマを背景に、僕は七海の写真を撮る。

そして鉄道が一度その家から出ると一本の塔《とう》が目に入った。様々なコック姿の人形がそのレンガの塔を複数人で支えている。何だろうかと不思議に思っていると、アナウンスが流れてきた。

『あちらに見えますのはラブタワーと言います。カップルの方は鉄道からお降りになりましたら是非《ぜひ》お立ち寄りください』

ラブタワー？　って……なんかコックの人形が肩車《かたぐるま》したり、ふんずけられたりして塔に上っているようにしか見えないのに……あれがラブなの？　どういうラブ？　特殊《とくしゅ》なラブ？

僕は疑問に思っていたのだけど、そのアナウンスは七海には非常に響いたようで……とてもキラキラした目でその塔を見ていた。

どうやら……次に行く場所は決まったようだ。

それからゆっくりと鉄道は線路を進み……七海と僕は鉄道の進みと同じようにゆっくりと雑談をしていた。ただ、七海はラブタワーが気になっているのか、時折ソワソワと落ち着きがない様子を見せていた。

普段は僕の事をわかりやすいとよく言ってくるくせに、たまにこういうところを見せるから……本当に可愛らしい。

いや、これは僕も彼女の事がわかってきたってことなのかな？

そして、鉄道はゆっくりと駅に止まる。僕等は十分ほどの鉄道の旅を無事に終えた。

僕は七海の手を引いて鉄道を降りると、軽く身体を伸ばす。座りっぱなしだったからか身体が少し固まっていたようだ。

七海の方をチラリと見ると、ちょっとだけ言いづらそうに両手を合わせてモジモジとさせている。

「ねぇ、陽信……次だけどさ……」

「ラブタワー、行ってみたいんでしょ？　行ってみようよ。僕も気になるしさ」

僕に先に言われたことで、七海は一瞬だけきょとんとした表情を浮かべるが。すぐに笑顔になって改めて僕と手を繋ぎなおす。

「というか、あれがなんでラブタワーなんだろうね？　僕にはただ人形がくっついている塔にしか見えなかったけど」

「それは私もそうだよ。でも、ラブって言うくらいだから……やっぱりなんかあるんじゃない？　行ってみれば分かるよー」

腕《うで》をぶんぶんと振りながら天気の良い道を僕等は歩く。柔《やわ》らかい風がザワザワと木々を揺《ゆ》らしており、鉄道を降りた場所からぐるりと回る形で僕等はその目的の場所へと辿り着く。

さっきは気づかなかったけど、その塔は人形だけじゃなく下の方にロープが巻き付けられていた。ロープを引っ張っている姿勢の人形も置かれていて、本当に傾《かたむ》きかけている塔をコック姿の男性達《たち》が支えているようだった。

「いやほんと、なんでこれが……ラブタワーなんだろ？」

改めて見た七海も、先程《さきほど》の僕と同じことを改めて呟いてしまう。

どう見てもラブ要素の欠片《かけら》も無いその塔を見て、少しキョロキョロと周囲を見回すと、このタワーについての説明書きが記されていると思われる看板を見つけることができた。

「七海、ここに説明書きがあるよ」

僕等は揃《そろ》ってその説明書きの前で、解説を読んでみた。

「ロープを引っ張ってる人形と一緒に写真を撮ると……『愛のおまじない』になるみたいだね？」

「『愛のおまじない』って……。何々……愛が冷めてたら燃え上がり、熱いならさらに深まり、傾きかけた愛ならあの頃《ころ》に戻る……」

「なんでそうなるのかの説明はないねー。願掛《がんか》けみたいなものかな？」

ロープで立て直す写真を撮るだけで愛がって……。そんな写真を撮るくらい仲が良かったら、そもそも愛は冷めてないいんじゃないだろうかというツッコミは野暮《やぼ》だろうか？

なんか無理矢理っぽいなぁ……。ラブタワーって名前も、結局説明がないし……そんなものなのかな……？

「陽信、写真撮ってみない？　ほら……愛が……深まるって言うし」

まぁ、せっかくここまで来たんだから写真を撮るくらいは良いよね。これまでもいっぱい写真は撮ってきたんだから。そんな写真があっても良いでしょ？

……うん、我ながら掌《てのひら》返しが酷《ひど》い気もするが、仕方ないじゃない。

七海が「深まる」って言ったんだ。それは、今が熱いと思っているという証明に他ならないんだから。掌も返そうというものだ。

それに……どっちかというと僕にしてみれば、最後の一文の方が気になっているのだ。

『傾きかけた愛ならあの頃に戻る』ということなら……その写真を撮っておけば、いつか愛が傾いた時……いや、記念日に何かあっても大丈夫《だいじょうぶ》なんじゃないかと……。

少しでも勇気を出すことができるんじゃないかと思ったんだ。

気休めかもしれないけど、そういう材料はあればあるほど良いと思うんだ。

「じゃあ、どっちから撮る？」

「まず、私が撮るよ。それから陽信が私を撮ってね」

僕等はそこで人形の前のロープを引っ張る写真をお互いに撮り合う。特にロープ自体はびくともしないので、なんだかちょっとシュールな写真が撮れた。

その後、偶然《ぐうぜん》いたスタッフの人が、僕ら二人が引っ張っている写真も撮ってくれることになった。

僕が前で七海が後ろでロープを引っ張る写真と、お互いに手を重ね合わせてロープを引っ張る写真の二種類……それは絵本の一幕のような写真だった。

「これで……愛が深まったのかなぁ？」

「あはは～、わっかんないねぇ♪」

ただロープを引っ張っている写真にしか見えないが……七海はなんだか嬉しそうだ。僕もその顔を見て嬉しくなってくるから、写真を撮って正解だったな。

「そろそろ……良い時間だねぇ。最後にどこに行こうか？」

「あぁ、最後は最初にバラ園で教えてもらったところに行かない？　ここから近いしさ」

「そうだね、お母さん達にお土産《みやげ》も買いたいし……」

「うん、じゃあ決まりだね。行こうか」

僕等は写真を撮ってくれたスタッフにお礼を言うと、少し歩いてそのまま建物の中へと入っていく。鉄道にも乗ったし、色々な写真も撮って時間も経《た》ったから……そろそろいい頃合《ころあ》いだろう。

建物の中に入ると、目の前にある上の階へと行く大きな階段が目に付いたのだが……その階段にまずは圧倒《あっとう》される。

赤い絨毯《じゅうたん》が敷《し》かれたその階段は、まるで映画の中のワンシーンに出てくるような荘厳《そうごん》さが感じられる階段だった。

ミュージカルなら上から主役の美女が歌いながら下りてくる場面か、ファンタジーならどこかの令嬢《れいじょう》が出て来て主人公と初対面をする場面に使われていそうな階段だ。そうそう見ないものだ。

「凄い階段だね……。せっかくだし、写真撮ろうか？」

「あ、じゃあ一緒に……」

「いや、ちょっと七海一人で立ってみてよ。そっちの方が綺麗に撮れそうだな」

僕の言葉に首を傾《かし》げながらも、七海はその階段の手すりに手をかけ僕の方へと向き直る。赤い絨毯と、丁寧な装飾《そうしょく》の施《ほどこ》された手摺《てすり》、ステンドグラスから照らされる夕焼けの光が彼女を照らす。

少しだけ困惑《こんわく》していた七海は、照れながらも僕を見て柔らかく微笑む。その笑顔に見惚《みと》れながら彼女の写真を撮ると、まるで一枚の絵画のような写真が撮れた。

「ほら、綺麗な写真が撮れた」

「なんか自分じゃないみたいで照れくさいね……。じゃ、陽信の写真も撮らせてよ」

「え……いや、僕は良いよ。ほら、この階段には僕は合わなそう……」

「私が撮りたいの!!　ほら、そこに立って……うん、カッコいいよ！」

拒否《きょひ》した僕を引っ張って階段に立たせた七海は、そのまま僕の写真を収める。うーん……七海はカッコいいって言ってくれるけど、やっぱり自分ではこの階段には僕は合っていない気がする。

僕の個人的な考え……と言うか、偏見《へんけん》かもしれないけど、こういう階段には女性の方が合う気がするんだよね。まぁ、この辺りは個人の感覚の問題だ。僕等はこの階段では、あえてそれぞれの写真だけを収めて、別の場所に向かう。

向かった先はキャンディショップで、運よくキャンディ作りを実演している所だ。

こんな表現をするのもどうかと思うけど、真っ白いキャンディの生地《きじ》がまるでお餅《もち》のように、グネグネと職人の手によって形を変えている。普段《ふだん》口にする飴《あめ》って凄く固《かた》いよね……。

生地の色は重そうに見えるのに、職人さん達は全くと言っていいほど重さを感じさせない軽《かろ》やかな動きで生地をこねて伸ばして丸めてと……次々とその手で変形させていく。

その様子に、僕は幼少時に工作でした粘土《ねんど》細工を思い出す。当たり前だけどそれとは比べ物にならない華麗《かれい》な技術だ。

いつの間にか白い生地が円柱型になったと思えば、中には色のついた生地が巻かれている。職人達はさらにその生地へ、オレンジ色に輝《かがや》く色のついた生地を綺麗に巻いていった。

太い円柱の柱のような生地が出来上がる。そして次の瞬間には、太い円柱の生地は細く細く職人の手によって伸ばされていく。いきなりの変化に僕は度肝《どぎも》を抜《ぬ》かれてしまった。

あんなに太かった生地は七海の指よりも細くなり……別の職人によってほぼ均等な大きさにカットされていく。手つきには淀《よど》みがなく、あっという間にキャンディの山が出来上がっていった。

飴を作るというのは普段見ない工程であるだけに、僕等は一つの技術を極《きわ》めるところまで芸術的になるのかと、お互《たが》いに言葉も忘れてその実演に目が釘付《くぎづ》けになっていた。

すると僕等の目の前に一つずつ……その作りたての飴が置かれていた。周囲の人達の前にも置かれており、職人さんができたてを一つ試食でどうぞと配っているようだ。

あまりの早業《はやわざ》にみんな目が点になってたけど、作りたての飴を頬張《ほおば》り顔を綻《ほころ》ばせている。

「……職人さんって凄いんだね」

「だね……この飴もお土産で買っていこうか」

実演を見終わった僕等《ぼくら》は、凄い技術を目の当《ま》たりにしてしまった感動からそんなことを言うのが精いっぱいだった。運よく見られて本当に良かった。

「じゃあ、最後にお土産選んで帰ろうか。そういえば夕飯は何を食べようか？　七海はなんか食べたいのある？」

「普通のファミレスで良いんじゃない？　変に背伸《せの》びしても堅苦《かたくる》しいし……」

それもそうか……気取ったお店とかの予約もしてないしね。それから僕等は何を食べるか話し合いながら、今日のお土産を選んでいた。

そうやってお土産を選んでいる中で……妙《みょう》に七海がソワソワしてるのが目につく。いったいどうしたんだろうか？　チラチラと見ているのは、お土産屋《みやげや》さんの奥《おく》の方だ。

確か、自分が撮った写真をお菓子《かし》の缶《かん》のハートマークの部分にはめ込んで、世界で一つだけのオリジナル缶を作れるっていう触《ふ》れ込みなんだけど……。

僕はそこで思い至る。

もしかして七海も……僕と同じ事を考えていたのだろうか？

「七海……もしかしてさっきのラウンジでさ……あの店に行った？」

「え？　……えっと……その……」

僕の問いかけに七海が珍《めずら》しく目を泳がせている。今まで見たことのない彼女の姿に、僕は思わず笑みが零《こぼ》れた。

「実はさ……僕もあの店に行ったんだよね」

「え……？　陽信も……？」

実はデザートを食べたラウンジの近くにも同じ店があって、そこで注文をしたらここで商品を受け取ることができたりする。

そして僕は……お手洗いに行ったときにその店に寄って……一つの注文をしたのだ。

僕は七海の問いかけにあえて答えずに、黙《だま》って頷《うなず》いた。それから僕等は手を繋《つな》いで奥まで移動する。窓口まで辿《たど》り着いた僕等はそれぞれ、注文していたものを店員さんから受け取った。

二人とも注文してたのは、昼間のバラ園で撮《と》った写真が使われたオリジナルのマグネット缶だった。お互いに同じもので、僕等は顔を見合わせて苦笑《くしょう》する。

「陽信も……それ作ってたの？」

「うん、七海が落ち込んでたから少しでも元気が出るかなって思ってさ。マグネットならそこまで高くなかったし」

「私も陽信にプレゼントして驚《おどろ》かせようと思って作ってたんだけど……」

「これはお互い……サプライズ失敗って言うのか？」

僕等がそれぞれ使っていた写真は、僕のスマホで撮られた手でハートを作った写真、七海のスマホで撮られた手でハートを作った写真と……偶然にも全く同じものだった。

「せっかくだし、交換しようか。サプライズ失敗記念……ってことで」

「そうだねー。失敗記念ってことで」

僕等はお互いの笑顔と共に、それぞれが作ったマグネット缶を交換する。

一見するとこれはお揃いのマグネット缶にしか見えないけど……この違《ちが》いが分かるのは僕等だけだろうなと思うと、少しだけ楽しさや嬉しさがこみあげてくる。

そして僕等は、テーマパークを後にした。

「楽しかったねー。今日できなかったこともあるし、また来ようね。冬だとイルミネーシヨンとかも綺麗だって言うしさ」

笑みを浮かべながら、ちょっとはしゃいだ七海が僕と繋いだ手を少しだけ大きく振る。終わりの寂《さび》しさなんて感じさせない笑顔に、僕も思わず綻んでしまう。

「冬かぁ……その時はあったかい格好しないとね。僕、寒いのダメだからさ」

「寒いのダメなんだ？　じゃあ、冬は私があっためてあげようか？」

「七海、寒いの平気なの？」

「私も寒いのダメー。でもほら、くっつけばあったかいよね」

そのまま七海は繋いだ手を誘導《ゆうどう》して、僕にピッタリとくっついてくる。雪山では遭難《そうなん》した時には肌《はだ》と肌を接触《せっしょく》させて暖を取ると言うがそれも納得できるなぁ。

しばらくくっついて歩いていると、七海は僕を見上げながらちょっとだけ期待するような、誘《さそ》うような上目《うわめ》遣《づか》いを僕に向けた。その視線にドキリとした僕は、少しだけ息をのむ。

「そういえば、今日のデートではチューが無かったけど……明日は期待していいのかな？」

七海のその一言に、僕は更《さら》に息をのんだ。のみ込み過ぎてむせてしまうかと思ったくらいだ。あまりにも唐突過ぎる言葉に僕は深呼吸をして気持ちを落ち着かせた。

「まぁ、その辺も含《ふく》めて……明日を楽しみにしててよ」

「そっか、楽しみだなぁ。明日も、楽しい日にしようねぇ！」

僕にくっついてくる七海の眩《まぶ》しい笑顔を見て、僕も笑顔で彼女に答える……。僕の答えに七海はとても嬉しそうだった。

こうして……僕等の一日目のデートは終わりを迎《むか》えたのだった。

幕間　一日目のデートを終えて

今日のデートも無事に……無事にって言うのって適切なのかな？　ともあれ、色々とあったけども無事に終えた私は、一人でベッドに寝転《ねころ》んでいた。

腕を伸ばして、私は小指に視線を送る。約束……指切り……陽信《ようしん》とそれをしたのは二回目だったかな？　将来に向けての約束を彼とできるのがたまらなく幸せで、自然に頬《ほお》が緩《ゆる》んでしまう。

今日は私が色々とミスしたのに、陽信はそれを優《やさ》しく慰《なぐさ》めてくれて……さらに希望ある未来にしてくれた。

記念日まであと少し。その事実にほんのちょっとだけチクリとした痛みを覚えるけど、陽信とした未来への約束、それを果たすために私は何でもしたいと思った。

「楽しかったなぁ……」

目を閉じながら私は呟く。

心地《ここち》よい疲労《ひろう》が身体を満たしている。これを充足感《じゅうそく》と言うのかな？　このまま寝《ね》たらどんなに気持ちいいかなと思ったけど、とりあえず今はまだそれを我慢《がまん》した。

その充足感と共に思い出を反芻《はんすう》するけど……充足感とは矛盾《むじゅん》する、言いようのない寂しさを感じていた。これはきっと、急に一人になったことで感じる寂しさなんだろうな。

デートの帰り道は特に感じなかったんだけどね。

「……よしッ！」

気合いを入れて、声を出して、勢いをつけてベッドから跳《は》ね起きた私はスマホを手に取る。そのまま私は慣れた手つきで電話をかける。

スマホは即座に通話状態になった。

『もしもし？』

さっきまで一緒《いっしょ》だった、だけど少しだけ弾《はず》んでるような声が聞こえてくる。弾んでると感じるのは気のせいかな？　そうだったらいいなとか思って、返答が遅《おく》れてしまった。

向こうから、再び声が聞こえてきた。

『もしもし、七海《ななみ》？　どうしたんだい？』

「あ……ごめんごめん。なんかさ、陽信の声を聞いたら……ホッとしちゃってさ」

『ホッとしたって……どうしたのさ、何かあったの？』

私のことを気遣《きづか》ってくれているその声に、私はさっきまであった寂しさが霧散《むさん》するのが分かった。

「……陽信……今日のデートって凄《すご》く楽しかったよね。できたこと、できなかったこと……ぜーんぶ楽しくて、夢じゃなかったのかな？　ってくらい、幸せな気分になれてさ」

心配してくれる彼を安心させるように、私は楽しかったと口にする。本当に、心から楽しかった。私の言葉を受けて、彼がホッと息を吐《は》くのが分かった。

ちょっとだけ、耳元に息を吹《ふ》きかけられたような気持ちになって背筋がゾクゾクしちゃったけど……私はそれを言葉に出さないように堪《こら》える。

『そうだね……僕もすごく楽しかったよ』

「だからかな？　……楽しかった反動って言うのかな……なんかさ、部屋に居たら急に寂しくなってきちゃって、声が聞きたくなったんだよね」

再びベッドにゴロンと転がった私は、そのまま言葉を続ける。

「ごめんね、急に電話して……」

『いや、僕も家に誰《だれ》もいなくて寂しかったから、ちょうどよかったよ。電話してくれて嬉しいよ、ありがとう』

思わぬ言葉が返ってきた。私はお母さん達が居るから寂しさは部屋に来てから感じたんだけど、陽信は帰宅時から寂しかったのか。もっと早く電話すれば良かったな。

「そこは私と離《はな》れて寂しかったって言って欲《ほ》しかったなぁ……。フフッ」

陽信がちょっとでも寂しさを忘れてくれるように、揶揄《からか》う様な軽い言葉を私は口にする。

『もちろん、七海と離れて寂しかったのもあるよ。照れくさくて言えなかっただけ』

「アハハ、それならよし！　……でも、家に一人って……志信《しのぶ》さん達はどうしたの？」

『二人はデートって書き置きが残ってたよ』

「陽信のところの両親も仲良いよねー。それにしても大人のデートって、何するんだろうね？」

『うーん……二人でお酒でも飲んでるんじゃないかな？』

デートかぁ。ウチの両親もたまに二人でおでかけしてるんだよね。前は気づいてなかったけど、あれもデートなんだろうな。結婚《けっこん》してもデートするとか素敵《すてき》だな。

でも、お父さんとお母さんも夜に二人で出かけるとかはしてないかも。今度、私と沙八《さや》でお父さん達をデートに行かせてみるのも面白いかもしれないな。

「お酒かぁ……。お父さんもよく飲んでるけど、お酒って美味《おい》しいのかなぁ？」

『前にウイスキーボンボン食べた時はどうだったの？』

「それは忘れて！　でも、あの時はお酒の味よりチョコの味が強かったし……強かったかな？」

思い返すと、どんな味だったかはあんまり覚えてないんだよね。チョコの味は覚えてるし、次の日にすっごく気分が悪くなったことはハッキリ覚えてるんだけど。

お酒の味ってどんなんだっけ？

『まぁ、あの時は七海が辛《つら》そうだったから別に飲まなくても良いかなって思ったけどさ、僕等が二十歳《はたち》になったら一緒に飲むのも面白いかもね』

「……そうだね、一緒にお酒飲もうね。お酒を飲む年になるまで……一緒にいようね」

あの時は二度とお酒は飲まないなんて思ってたのに、我ながら都合がいいというか、喉《のど》元《もと》過ぎれば熱さを忘れるというか……。調子が良いことだ。

私はちょっとだけ、一緒にいようねという一言を強く言う。無意識的にだったけど、願うような、祈《いの》るような気持ちだった。なんて事の無い一言なのに、陽信からの答えをドキドキしながら待つ。

『もちろん……一緒だよ』

「うん……!!」

その言葉に、とても私は嬉しくなる。思わずさっきよりも強く、安心して声が大きく弾んでしまった。いきなり大声を出して、変に思われなかったかな？

「そういえば急に電話しちゃったけど、陽信って何してたの？」

『特に何もしてなかったよ。しいて言えば、風呂《ふろ》にでも入ろうかなと思ってたくらいかな……七海も結構疲《つか》れたでしょ？　お風呂はもう入ったの？』

「私もまだー。入る前に声を聞こうかなって。そっかぁ、陽信もお風呂まだだったのか……」

お風呂に入る前に通話するって、なんかちょっとドキドキするなぁ。これから陽信もお風呂に入るのか。先週、一緒に旅行に行った時もお風呂上がりを見たからか容易に想像ができてしまう。

「……一緒にお風呂……入る？」

我知らずそんなことを呟いていた。

そして、すぐに電話の向こうではドスンという何かがぶつかったような鈍《にぶ》いくぐもった音が響《ひび》いてきた。空気が震《ふる》えているような、ビリビリとした感覚が耳に響く。

「どうしたの陽信?!　なんかすごい音が聞こえてきたけど?!」

『どうしたの?! はこっちのセリフだよ!!　何いきなりとんでもない提案してるの?!』

言われて私も気が付いた。向こうから聞こえた衝撃音《しょうげきおん》に思わず彼を心配したけど、確かにさっきの私の一言は逆に心配されても仕方ない。

しどろもどろになりながら、私は慌《あわ》てて言い訳を始める。

「いや、ほら……お風呂って凄くリラックスできるじゃない？　前にね、そういう状態でスマホでお喋《しゃべ》りしながらお風呂に入ったって話を友達から聞いてさ。陽信が疲れてるなら、そういうのもありかなって……リラックスできそうだし」

実はそんなことを考えてたわけじゃないんだけど、私は彼に対してその場で思いついた言葉を羅列《られつ》していく。友達から聞いてたのは本当だけど、さっきのはそれを考えて言った発言ではなかった。

私の言い訳を信じてくれたのか、向こうからは小さくため息のような音が聞こえてきて、それから彼の静かな声が耳に入ってくる。

『七海……七海はそういう男子の視線とかが苦手だったでしょ？　ならそういう行為《こうい》とか、僕を挑発《ちょうはつ》するような言動は少し慎《つつし》むべきじゃないかな？　僕だって男なんだ、そう言われちゃったら我慢の限界が来るときもあるんだよ？』

普通《ふつう》にとても丁寧《ていねい》なお説教が来ちゃった。しかも、ぐうの音も出ないやつだ。

「えっと……でもほら、通話するだけなら見えないし……そもそも陽信だし、私は平気だよ？」

『通話だけなら良いかもしれないけど……僕がほんのちょっと魔《ま》が差してその通話を映像付きのものに切り替《か》えたらどうするつもりなの……』

私はその言葉に、ひゅうッと息をのんでしまう。色んな考えが頭の中をグルグル回って、たっぷりの沈黙《ちんもく》の後に絞《しぼ》り出せたのは……一言だけだった。

「……するの？　映像に……切り替え？」

私の沈黙を受けて、向こう側も沈黙してしまう。ちょっとだけ怖《こわ》いけど、それを陽信がしたらどうなるんだろうかという興味もあった。

ドキドキと、私の心臓の鼓動《こどう》だけが聞こえてくる。頬が熱を持ち、まるで風邪《かぜ》をひいた時のようにくらくらしてくる。額から変な汗《あせ》も出てきた。

その沈黙を破ったのは、彼の一言だ。

『ごめん、そんな度胸は流石《さすが》に無かったよ。想像しただけで悶《もだ》えそうだ』

その一言に、私も彼も吹き出して少しだけ笑う。

「……残念。と言いたいところだけど……私も想像したら顔が真っ赤になってきちゃったよ」

『そりゃそうでしょ。通話だけとはいえ、電話の向こうの相手は素《す》っ裸《ぱだか》なんだからさ……。むしろ、落ち着かないんじゃない？』

「言わないでよー！　もう、想像しちゃう……。あーもう、顔あっつい……」

『僕もだよ』

それから、色んなものを吹き飛ばす様にお互いに大声を出して笑い合った。

旅行の時は一緒に温泉に行ってお風呂上がりは一緒に過ごしたのに、疑似的《ぎじてき》にとはいえやっぱり一緒に入るのにはまだまだ抵抗感《ていこう》……というか恥《は》ずかしさがあるなぁ。

これもいつかはできるようになるのかな？

「私達には声だけでも一緒にお風呂はまだ早いねー。それじゃあ残念だけど、個別にお風呂に入りましょうか」

『そりゃそうだよ。それに僕のスマホって防水じゃないから、そんなことしたら壊《こわ》れちゃうよ。というか防水でもお風呂ってダメなんじゃないかな？』

「……そういえば、私のも防水じゃないや。せっかくの思い出が詰《つ》まったスマホが壊れるのは嫌《いや》だから、お預けだねぇ」

そもそも根本的に無理だったんだね。なんだか益体《やくたい》もない話をさんざんしてしまっていたようだ。けど、そのおかげで感じていた寂しさは、お互いにもうどこかに吹っ飛んでいた。

『じゃあ名残惜《なごりお》しいけど……僕はそろそろ風呂に入って寝るとするよ……』

「うん、私もお風呂に入って寝るねぇ。おやすみなさい。明日のデート、楽しみにしてるね」

『おやすみ、七海。電話で話せて嬉《うれ》しかったよ。僕も明日のデート楽しみにしてる。また明日ね』

「うん！　また明日!!」

そう言ってから私達はお互いにスマホを切るタイミングを計りかねて、もうちょっとだけお喋りを継続《けいぞく》するんだけど、二人でせーのと同時に通話を切った。

それから私はお風呂に入るんだけど……。お風呂の中で一人冷静になったところで、改めて叫《さけ》んでしまった。

「私何言ってるの⁈　私……本当に何言っちゃってるの⁈」

一緒にお風呂とか陽信引いてたよね⁈　だってお風呂とか言うから……つい……。

というか今の私はお風呂に入っている。たぶんさっきの通話から、陽信も同じタイミングでお家《うち》でお風呂に入っているはずだ。そんな状態でスマホで通話していたら……。

想像してみよう。

『七海、僕は今から身体を洗うよ』

『そうなんだ、私は今、湯船に浸《つ》かってるところだよー』

『七海はどこから身体を洗うの？　僕はね……』

『え……そ……そんなところから洗うの？　私は……その……』

想像の中の陽信が、私にお風呂の実況中継《じつきょうちゅうけい》をしてきていた。え、いや……ダメだ……想像するだけで刺激《しげき》が強すぎる。会話だけだと思っていた私が甘《あま》かった、スマホ越《ご》しとはいえ……それは実質一緒にお風呂に入っているようなものだ。

私は口の部分まで湯船に浸かりながらブクブクと口から息を吹き出して泡立《あわだ》てる……そして……。

「七海……お風呂でのぼせるって……何があったの？」

のぼせてしまった私は、あまりの長風呂《ながぶろ》に心配で様子を見に来たお母さんに救出された。今は身体のあちこちをタオルで隠《かく》しつつも、ほぼ素っ裸で倒《たお》れながら涼《すず》んでいた……。

「……陽信くんに、この状態の写真を撮って送ろうかしら？」

「それは絶対に止めて!!」

明日のデートを前に、ちょっとだけ不安になる一日の終わりになってしまった。

第三章　最後のデート、二日目

今日は記念日前の最後のデート、その二日目だ。

待ちに待ったと言ってもいい日に、僕の心は弾んでいた。浮足立《うきあしだ》っているとも言えるが、あまりそう感じてばかりもいられない。

昨日は早めに就寝《しゅうしん》した僕はいつもより少しだけ早く起きて、今日のデートの準備に取り掛《か》かっている。これはワクワクして眠《ねむ》れなかったわけではなく、予定通りの行動だ。

朝から自分で料理をして、自分で作った朝食を摂《と》り、服を選び、準備したものを入れるための大きめの鞄《かばん》を用意する。鞄は、父さんが昔使っていた革製《かわせい》の肩掛《かたか》け鞄を借りた。

「うん……こんな感じかな？」

僕はテーブルの上に広げた、粗熱《あらねつ》を取っている最中のお弁当を眺《なが》めていた。

そう。僕は今日……一人でお弁当を作ったのだ。

テーブルの上に並んでいるものは全て、僕が一人で作った料理だ。僕と七海《ななみ》の二人分ある。初めて僕が一人で作ったお弁当……。その事実になんだか感動して身震《みぶる》いしてしまう。

僕がここまでできるようになるとはなぁ……。

七海には改めて感謝しかない。せっかくだし記念に写真を撮っておこうか。

今日のデートで行く動物園は、お弁当の持ち込《こ》みが可能だった。調べた時に僕はこれを考え付いたのだ。最後の記念日に、僕が一人で作ったお弁当を七海に食べてもらいたいと。

ちなみに今日のお昼にお弁当を作っていくことは、あらかじめ七海に告げている。

最初はサプライズイベント的に昼食時にはじめて僕が作ったお弁当を見せて、驚かせようと思ったんだけど……。考えた結果それは止めた。

理由の一つとして、もしも僕がお弁当を作ることを黙っていて、七海が気をつかってお弁当を作ってきてくれた場合、ちょっと気まずい思いをしそうだったからだ。

ただでさえ、僕は昨日のデート時に七海の手料理が食べられなかったことを嘆《なげ》いていたんだ。きっと黙っていたら七海は作ってきてくれる可能性が高い。

……まぁ、もしも七海が作ってきてお弁当が二つになっても、僕は残さず全部食べるつもりだけど、その後お腹《なか》が苦しくて動けなくなっては台無しだ。

そしてもう一つの理由は……今日のデートは僕がプランを考えたのに、七海に手をかけさせてしまうのはなんだか嫌だったのだ。

くだらない男の意地みたいなものだけど、僕は七海にそれを正直に伝えた。

ただ、その事を伝えたからそれでサプライズにならなかったかというとそんなことは無く、七海は充分に驚いてくれた。

『え?! 陽信《ようしん》が一人でお弁当作るの?! 凄い凄い! 私、楽しみにしてるね!!』

そんな風に感激と共に喜んでくれたのだから、これはこれでサプライズ成功だと言っていいだろう。当日まで黙っているのではなく、予《あらかじ》め何をするか教えることでも相手に嬉しい驚きを提供できるというのを知れたのは大きかった。

「そうだな、二人分の量としては十分だと思うぞ……」

僕が考え事をしながらお弁当を眺めていると、苦しそうな声が横から聞こえてくる。そこには……頭を抱《かか》えた父さんがいた。

昨晩の二人の帰りは相当に遅《おそ》かったのだが……途中《とちゅう》で起きた僕がチラッと見たのは、母さんに甘えまくる父さんの姿だ。母さんは普段のクールな表情からは想像もつかないほどに、ニコニコしてた。甘えられるのが相当に嬉しかったのだろう。お酒の力もあるのかもしれない。

最近知ったのだが……父さんはいわゆる酔《よ》うと理性のタガが外れるタイプの人のようで……そして厄介《やっかい》な事に、酔ってる時の記憶《きおく》は全部残っているらしい。

「もうちょっと寝てれば良いのに。無理して起きなくてもさ……」

「いやぁ……昨日は母さんが見送ったって聞いたから、今日は私が見送りたくてね……。朝食が既《すで》にできてたのは予想外だったけど……」

「味噌汁《みそしる》なら飲めそう？　適当に玉ねぎと卵で作ったやつだけど……」

「あぁ、そこまで気分が悪い訳じゃないから普通に朝食をもらえるかな？　まさか、息子《むすこ》の手料理を朝から食べられるなんてね」

気分が悪い訳じゃないなら、何で頭を抱えていたんだろうか？　まぁいいか。僕はリクエスト通りに父さんの前に朝食を並べる。

ご飯に味噌汁、それに卵焼きに鮭《さけ》を焼いたもの、唐揚《からあ》げ等……お弁当のおかずと同じもので、そこまで凝《こ》ったものはない。割とスタンダードなものばかりだ。

「まさか陽信がこんなに料理できるようになるなんてな……美味しいよ」

僕の料理を一口食べた父さんは、感慨深《かんがいぶか》げな感想を僕に告げると次々に箸《はし》を進めていく。

本当に気分が悪い訳ではなかったようで、無理して食べているようには見えなかった。

「特に二日酔《ふつかよ》いにはなってなかったみたいだけど……何であんなに頭を抱えてたの？」

「いやぁ……あれは昨晩を思い出してね……。陽信も見てただろう？」

まぁ、騒《さわ》がしくて起きてしまいちょっと覗《のぞ》いただけだけど……気づかれてたのか。ここで見てなかったと言うのも変なので、僕は正直に答える事にした。

「まぁ、良いじゃない。父さんと母さんが仲の良い証拠《しょうこ》だよ……。お酒を飲んだら喧嘩《けんか》するとかよりは、ずっと良いと思う」

少しだけ意地の悪い笑《え》みを浮《う》かべながら僕は父さんを揶揄うのだが……。そんな僕の笑みを見た父さんは、苦笑していた。

「陽信……他人事《ひとごと》みたいに言ってるけど、これはお前にも無関係な話じゃないぞ？」

味噌汁のおかわりを僕に所望《しょもう》しながら、父さんは昨晩のことが僕に関係してくると言う。その意味がよくわからず、僕は首を傾げた。

「まぁ、私と母さんのどっちに似るのかって話にもなってくるけど……もしもお前が父さんに似てお酒が弱かったら……どうなると思う？」

「父さんに似たらって……まさかッ……⁈」

僕はよそった味噌汁のおかわりを渡《わた》しながら、昨日の父さんの姿を思い返す。

普段とは違うデレデレとした笑みを浮かべながら母さんに抱《だ》きついて、キスしたり頬擦《ほおず》りしたり、愛してるとか可愛《かわい》いとか色んなことを母さんに告げたり……。

アレが、僕の身にも将来起こることかもしれないと？

「まぁ、仲が悪いよりはずっと良いよな……。この先が楽しみだよ」

今度は僕が、意地の悪い笑みを返される番だ。父さんは、本当にこの先を楽しみにしていそうな笑顔《えがお》を僕に向けている。その笑顔を見て、僕は昨日の父さんの姿に自分を重ねる。

もしも、お酒を飲める年になった時……僕が父さんの方に似ていたとしたら……アレを僕は七海にするのかぁ……想像するだけで頬が熱くなる。……このことは七海には黙っておこう。

それから僕と父さんは他愛のない雑談を続ける。

そうしていると、ちょうど弁当の粗熱も取れたようなので蓋《ふた》をして出かける準備を再開した。母さんはまだ寝ているようなので、今日は父さんだけに見送られることとなる。

「気を付けてな。七海さん達《たち》によろしく」

「うん。行ってくるよ。母さんが起きたら、またデートに行くの？」

「いや、今日は出張先に戻《もど》るから残念ながらデートは無しだな。あぁ、二人とも水曜日には出張が終わるから……久しぶりに三人で晩御飯《ばんごはん》を食べようじゃないか」

そうか。父さん達もだいたい一月《ひとつき》の出張だって言ってたっけ。その出張が終わる日が……記念日の翌日だというのは、なんとも都合が良いというか、どこか運命めいた偶然《ぐうぜん》だな。

その日に悪い報告じゃなく、良い報告ができればいいな。いや、いいなじゃなく……できるようにしなくちゃいけない。

「……三人もいいけどさ、よければ七海も一緒でいいかな？　夕飯は僕等で準備しておくからさ。いろんな話が……あると思うんだ」

「それ、向こうのご家族にご迷惑《めいわく》じゃないか？」

「それも含めて聞いてから連絡《れんらく》するよ。じゃあ、行ってきます」

「そうか、行ってらっしゃい。楽しんでおいで」

父さんは小さく笑って僕に手を振《ふ》る。昨日は母さんに、今日は父さんに見送られ……僕は最後のデート……その二日目に向かう。

今日は待ち合わせはせずに、僕が七海の家に迎えに行くことになっている。

ナンパ対策もあるが、それ以外にもやることがあったのでそうなったのだ。僕は家を出たことを七海に連絡すると、即座《そくざ》にメッセージは既読《きどく》になり、七海からは待っているとの連絡が来た。

随分《ずいぶん》早いけど、七海も楽しみに待っていてくれたのかな？

ほどなくして、僕は彼女《かのじょ》の家まで辿り着く。移動中も彼女と連絡をまめに取り合っていたからか、時間の経過はあっという間だった。

インターホンは押《お》さずに、スマホで七海へ着いたよと連絡すると、バタバタという音と共に玄関《げんかん》が開かれる。僕を迎えてくれたのは七海と……睦子《ともこ》さんだった。

「おはよう、陽信」

玄関から彼女が僕に微笑《ほほえ》みかける。

今日は動物園に行くからか、昨日よりも肌の露出《ろしゅつ》が控《ひか》えめの服装だった。既に準備は終えているようで、今にも移動したくてウズウズしているように見える。

「おはよう、七海。それと、おはようございます睦子さん」

「おはよう、陽信くん。今日はお迎え来てくれたのねぇ。動物園だっけ？　良いわねぇ……楽しんできてね」

僕の彼女に対する呼び捨てにも慣れたようで、睦子さんは嬉しそうにニコニコとしている。

はじめて僕が彼女を呼び捨てにした場面を見せた時の喜び方は凄かったからなぁ……。厳一郎《げんいちろう》さんも含めて、まさに狂喜乱舞《きょうきらんぶ》といった感じだった。

「あ、睦子さん……これ……約束していたものです。お口に合うかわかりませんけど、召《め》し上がってください」

僕は鞄の中から一つの少し大きめの容器を取り出して睦子さんに渡す。それは……僕が作ったお弁当のおかず類が入った容器だ。

実はお弁当を僕が作るという話をした時に……七海からお母さん達も食べてみたいそう

だから、余裕《よゆう》があったらでいいからと頼《たの》まれたのだ。僕はそれを二つ返事で了承《りょうしょう》した。

「あらあら、ありがとう。今日はみんな家にいるから、お昼に食べさせてもらうわね」

「むー……ほんとは私のためのお弁当だったのに……。陽信ったら人が良いんだから……」

七海がプクーッと分かりやすくふくれっ面《つら》をしていた。ちょっとだけその頬を指で突《つ》っつきたくなる。怒《おこ》られるからやらないけど。

確かに七海のためだけに作る……というのも考えたのだが、僕が睦子さん達に料理を振《ふ》る舞《ま》える機会は今後もあるか不確定なのだ。

だったら、普段《ふだん》お世話になっているんだし、せっかくならできるときにお礼の気持ちは伝えておかないとと思い……今回の決断に至った。

「お昼は僕と二人きりだから、それで良しとしてよ」

「……うん、分かった。それで納得《なっとく》する」

僕が七海を宥《なだ》めると、七海はそのふくれっ面を収めて笑顔を見せてくれた。ちょっとだけ僕に拗《す》ねた姿を見せたかったみたいで、睦子さんも苦笑していた。

機嫌《きげん》も直ったところで改めて出発を……と思ったタイミングで、七海は僕に少しだけ意地の悪い笑みを向けてきた。

「そういえばさ、昨日って志信《しのぶ》さん達もデートしてたんだよね？　お酒飲んで……そのおかげで陽《あきら》さんが凄く甘えてくれたって志信さん言ってたよ……」

「あぁ、うん。そうなんだよね……って……何で知ってるのさそれを……」

七海は無言で僕《ぼく》にスマホの画面を見せてくる。そこには……母さんに甘える父さんの写真が映し出されていた……いや、母さんなんて写真を七海に送ってるのさ……。それに書いてる一文……『陽信が将来こうなったら、優しく受け止めてあげてね』って……。

母さん……あなたは僕の彼女に何を言っているんですか……⁈!

せっかく黙っていようと思っていた僕の決意は、無意味だったようだ。

「楽しみだねー、将来お酒を飲むのが♪」

「……そうだね」

僕はそう返すのが精いっぱいだったのだが……七海は僕にそれを言いたくて忘れているようだった。ここがまだ七海の家の前で、僕等のやり取りを睦子さんが見ているということを。

「あらあら、七海ったら……。陽信くんに甘えてもらえることを前提にしているみたいだけど……。あなた、人のこと言えないじゃない？」

「へ？　いや、でもぉ……」

睦子さんの一言に、僕も七海も振り返る。

睦子さんは容器を持ったままニコニコと笑みを浮かべていた。その笑顔に……七海はちょっとだけ顔を引きつらせていた。睦子さん、とても楽しそうだ。

「この前の自分に比べたらって思ってるのかもしれないけど……。お父さん、本当に酔っぱらうととんでもなく甘えたさんになるのよ。前の七海の程度なんて可愛いものよ。そのお父さんに似ていた場合……甘えるのはどっちなのかしらねぇ？」

後半の言葉をことさらに強調した睦子さんを見た七海は、自身が甘える側となる可能性を考慮《こうりょ》していなかったのか……僕の方に慌てて視線を向けてきた。

その表情は……想像してしまったためか物凄《ものすご》く赤くなっている。

「……これはあれだねぇ……将来的にお酒を飲む楽しみが増えたってことで」

「そ……そうだね、どっちが甘えるのか……楽しみだね……私は負けない……!!」

何の勝負だよ。なぜか七海が謎《なぞ》の対抗心《たいこうしん》のようなものを燃やしている。うん、その発言はフラグにしか聞こえないよ。この間のこともあるし……。

……いや、睦子さんの発言の通りに七海が厳一郎さんに似てたら、あれが可愛いものなのか。

ちょっと見てみたい。

「私としては、二人ともお互《たが》いに甘えてイチャイチャするのが希望ねぇ。二十歳《はたち》になったら、両家族全員でお酒飲みましょうね！」

かろうじてやり取りしていた僕等に、睦子さんが楽しそうに提案をしてくる。いや、それは……父さんと厳一郎さんが甘えて僕等がお互いに甘えた場合……物凄く混沌《こんとん》とした飲み会になりそうだ。

あと、その場合は沙八ちゃんが不憫《ふびん》……いや、その頃《ころ》には沙八ちゃんにも彼氏《かれし》くらいはできているかな？　でもまぁ、まだお酒はダメな年か。

「将来のことはともかく、今日はデート楽しんできてね？　二人とも行ってらっしゃい」

自分からとんでもない話題を振ってきた睦子さんは、切り替えるように僕等に手を振ってきた。僕も七海も、その切り替えの早さに苦笑《くしょう》するが……僕等は手を繋《つな》いで、改めて笑顔を睦子さんに返した。

「じゃあ行ってきます、お母さん」

「行ってきます、睦子さん」

記念日前の最後のデートは、こうして始まった。

◇◇◇◇◇◇◇◇◇◇

「そう言えば前に、厳一郎さんもお酒を飲むと甘えるって言ってたよね」

「陽信のところもそうだったんだねぇ」

「まぁ、僕もそれを知ったのはつい最近なんだけどね。父さん、結構甘えてたなー」

「いやぁ……私より凄い感じだったけど、そんなもんじゃないってどんなんだろ……？」

移動しながらする話の最中、七海は顔を青くしたり赤くしたりと大忙《おおいそが》しだ。あの時の酔っ払《ぱら》い加減は僕にしてみれば物凄い衝撃《しょうげき》だったけど、あれがあんなもんじゃないと言われれば仕方ないか。

でも……。

「僕は七海が甘えてくれると嬉しいけどねぇ……」

「私だってそうだよ……でもさ、もしもお互いに飲んだら甘えるようだったらさ……」

人差し指をピンと立てた七海は、その指先に何か自身の想像を投影《とうえい》しているかのように視線をそこに動かす。僕の視線も自然とそこに注がれる。

なんだか僕の目にも、僕と七海がお互いに前後不覚になってしまいお互いに甘えるという、どこか混沌としたその映像が見えたような錯覚《さっかく》をしてしまう。

「外でお酒飲むのは絶対にやめておこうね……」

「……そうだね……あと、お互いが居ないところで飲むのもやめた方が良さそうだ」

七海も同じような錯覚をしたのか、ちょっとだけ頬を引きつらせながらそんな提案をしてきた。

変な会話をしているが、それ以外は特に波乱もなく、僕と七海は動物園に到着《とうちゃく》した。いや、ほんとに久しぶりに平和でまったりした移動時間だった。

道中で七海が『今日は何も起きないと良いねぇ』と笑いながら言うくらいには、ここ最近は何かしらトラブルが起きていた気もするが……。

今日くらいはのんびりゆっくり、七海と一緒に動物を見させて欲しいものだ。ともあれ、僕等は無事に動物園に到着し……その外観を視界に入れるのだが。

「随分と……綺麗《きれい》になっているなぁ」

僕の記憶の中にある動物園から比べると、外観は凄く綺麗に整えられている。

昨晩は色々と調べて、改装をしたり中身をリニューアルしているというのは知っていたけれど……まさかここまで綺麗になっているとは予想外だった。

最後に来たのは小学生の時で、あの時はもうちょっとボロボロの外観だったはず……朧《おぼろ》げな記憶だけどね。それは七海も同様だったのか……彼女は僕の隣《となり》で目を丸くして驚《おどろ》いていた。

「ほんと、凄く綺麗になってるねー。小学生の時以来だけど、今日は楽しもうねー♪」

僕と七海は手を繋ぎながらそのまま動物園へ入園するためのチケットを購入《こうにゅう》する。

昨晩調べた通り、高校生は生徒手帳を見せると半額になるようで、僕も七海も持ってきた生徒手帳を提示するのだが……。

「陽信の写真、全然違《ちが》うじゃん！　うわ、こんなに前髪《まえがみ》とか長かったんだね……」

「いや、七海の写真も……なんでこんな真面目風な写真なの？　全然違うじゃん……ギャルじゃないじゃん」

「生徒手帳だしそっちの方がウケがいいかなって、やってみたんだよね。こっちの方が……陽信の好みかな？」

「いいや、今の七海が一番好きだよ」

「そっかー、陽信はギャル好きかー。エッチだなぁ」

「なんでそうなるの⁈」

受付の人の前で僕と七海はそんなやり取りをしてしまうのだが、受付の人はそんな僕等を微笑ましそうな笑顔で応対してくれた。

写真が違いすぎてちょっとどうなるかわからなかったが、受付の人は確認《かくにん》するとすんなりと割引してくれる。案外、形式的なものなのかな？

そのまま僕等はパンフレットを受け取って、入園する。

動物園の中に入ると……周囲の木々の爽《さわ》やかな森の香りと、動物の何とも言えない獣《けもの》の香り、それらが混ざり合った香りが僕等を包む。これが自然の香りなんだろうか？

人によっては獣臭《けものくさ》いと不快に感じるのかもしれないけれど、僕は色々な香りが混ざり合ったこの匂《にお》いが嫌《きら》いではなかった。それどころか、不思議とどこか落ち着く気がする。

「そう言えば、七海は動物の匂いって平気？」

誘《さそ》っておいて今更《いまさら》ながら、僕は心配になって七海に確認する。ほんと、今更だな僕。だけど、七海は特に不快そうにはしておらず、軽く首を傾《かし》げていた。

「うん、平気だよ。今日はほら、動物園だし私も香水《こうすい》とかもしてこなかったから、匂いが混じっていないからかも」

「僕も付けてないけど……七海、香水付けてないんだ？　それにしては良い匂いだけど……」

「あの……陽信……流石に嗅《か》がれると恥ずかしいです……」

……しまった、七海がそう言うもんだから、外だというのについつい匂いを嗅いでしまった……。

でも、なんで女子って香水付けていないのにこんなにいい匂いがするんだろうか？　人類の不思議だ。

僕の行動に赤面した七海を尻目《しりめ》に、一度繋《つな》いでいた手を離してパンフレットを広げる。横から七海が、広げたパンフレットを覗き込むように顔を近づけてきた。

「へぇ、象も居るんだね……先に象さん見る？」

「いや、動物園自体はそこまで広くはないみたいだし……せっかくだから道なりに見ていこうか」

僕等はパンフレットの端《はし》を持ち合いながらお互いに広げつつ、動物園の全体像を見てみる。

見ても昔の記憶と完全に照合できるわけではないのだけど……それでも、こんな風に色々なゾーンには分かれていなかった気がする。もっと雑多と言うか……適当な区分けだった気がするのだが……。今では動物園の中は、興味をそそられる区分けがなされていた。

それでも、広さ自体はそこまででもないので、道なりに歩いているだけで全部を回ることは可能だろう。だったら無理に行ったり来たりはしない方が疲れないはずだ。

それに……実は最初に入ってみたいところはもう決めていたりする。

「まずはさ、ここに入らない？」

とりあえず僕は、一番近くにある場所を指さす。そこは動物園の入り口に一番近く……

そして、動物園の中で改めて紹介《しょうかい》の文字が掲《かか》げられている場所でもあった。

「ここって……子ども動物園？」

「うん、ここだといくつかの動物と触《ふ》れ合えるんだってさ。先にちょっと、触れておきたいかなーって思って。それに……」

「それに……何？　何かあるの？」

「いや、これは運が良くないと無理っぽいんで。入ってからのお楽しみってことで」

首を傾げる七海の手を引き、僕はそのまま一緒《いっしょ》に子ども動物園の中に入っていく。園内には柵《さく》はあるようなのだが、いくつかの動物たちは柵の外に出ており、のどかな光景が広がっていた。

ポニーや、鶏《にわとり》なんかの色んな鳥が自由に歩いており、家族連れの子どもたちも大はしゃぎしている姿が非常に微笑ましい。

「こんな風にのんびり歩いている動物見るのって、なかなか無いよなぁ……」

「そうだね……ちょっとなら触《さわ》れるんだっけ？　陽信、あっちには羊もいるよ」

「ほんとだ、可愛いなぁ……羊……良いなぁ、触ってこようか……触れるみたいだし」

僕はここで一番のお目当てであった羊が、柵から出てきてのんびりゆったりと歩いている姿を七海に言われて視認《しにん》する。

遠目に見ると少し硬《かた》そうに見えるその毛だが、触るときっとフッカフカなんだろうなと、僕は触りたくて触りたくてウズウズしてしまう。

「陽信、羊好きなんだ？」

「うん、好きなんだよねー。羊って可愛くない？　まぁ、一番好きな動物はキツネなんだけど……さすがにここにキツネは居ないし、普通は寄生虫とか怖いから触れないからねぇ」

「キツネ……犬とか猫《ねこ》じゃなくて？　変わったのが好きなんだね。……こんど、キツネ耳付けてあげようか？」

「またそうやって誘惑《ゆうわく》する……って言うか、キツネ耳なんて持ってるの？」

「去年の学祭の時に、動物喫茶《きっさ》やった友達いるから頼んだらくれると思う。羊耳もあるかもよ？」

非常に魅力的《みりょくてき》な一言に、僕は黙《もく》して首肯《しゅこう》だけで七海に応える。

でも今は、まずは羊だ。

僕等はモコモコとした毛をその身に纏《まと》い、ゆったりと動いている羊に二人で近づいていく。怯《おび》えさせないように、あくまでもゆっくりと……静かにだ。

僕等が近づいても、羊は人に慣れているのか逃《に》げだそうとはせず……むしろ微動《びどう》だにせずに僕等を迎《むか》えてくれた。なんだかちょっとだけ眠たそうにも見えるのは気のせいだろうか。ぽかぽかと暖かい陽気がそう思わせているだけかな？

周囲を見回すと、ポニーなんかも木陰《こかげ》で動かずにじっとしている。活発に歩いているのは鳥類くらいだな。

「それじゃあ……触るね……」

「そんなに緊張《きんちょう》しなくても……ほら、フッカフカで可愛いよー。すっごく大人しいし♪」

僕が羊を撫《な》でることを躊躇《ためら》っている間に、既に七海は羊を優《やさ》しく撫でていた。撫でられている羊は眠っているように目をつぶって頭を少しだけゆらゆらとさせている。

七海に先手を取られてしまったが……僕も意を決して羊に手を触れる。

まず羊の毛に軽く触れると、想像とは違う少しだけゴワゴワとした感触《かんしょく》が掌《てのひら》に伝わってくる。だけど、軽く押すとフカフカとした弾力《だんりょく》のある柔《やわ》らかい反発が返ってきた。もうちょっとフカっとしているかと思ったのだが、ゴワゴワ感の方が少しだけ強い……。

だけどそれが不思議と心地《ここち》よくて、僕はゆっくりと羊を撫で始める。撫でた時も同様にゴワゴワとフカフカが同居した気持ちの良い……暖かく不思議な手触《てざわ》りが僕の掌には感じられていた。

撫でられた羊は僕等から遠ざかることなく、大人しくその場に座《すわ》り込んだ。もっと撫でても良いということだろうか？　大人しくていい子である。

「名前がちゃんと一頭一頭にあるんだね。ちゃん付けってことはみんな女の子なのかな?」

「どうなんだろうね?　あー……動物はいいなぁ……癒《い》やされるよー……」

僕と七海は、ややしばらくそうやって羊を撫でていた。あまり力を入れてもストレスだろうから、適度に優しく……また、一頭に対してあまり長時間撫でずに、何頭かいる羊を交互《こうご》に撫でていく。

全ての羊は大人しくて、とてもいい子だった。

抱き着きたい衝動《しょうどう》に駆《か》られるが、流石にそれはストレスになり過ぎてしまうかもしれないから、僕は撫でるにとどめておく。

「羊って可愛いねぇ……いくらでも愛《め》でてられるよ」

「陽信……そんなに羊好きだったんだ……。でもまぁ、確かに可愛いよね」

七海はそう言うと、僕と一緒に羊を撫でる。撫でられている羊が、目を細めてまるで笑っているようにも見えた。他の動物もいるのだけど、僕等は羊にばっかり触っていた。

「こんなに可愛いのに……あんなに美味《おい》しくなっちゃうんだねぇ……。いや、可愛いから美味しくなるのかな?　食べちゃいたいくらい可愛いって言うし」

唐突《とうとつ》に七海が怖いことを言い出した。

うん、まぁ確かに……羊のお肉は美味しいけどさ……。この場面で言っちゃうと……。

だけどまぁ、それもまた避《さ》けられないことか。僕等はこんなに可愛い羊も美味しくいただいているのだ。

いや、動物園の羊を食べているわけじゃあないけど。

「意味が違うと思うけど……。まぁ、それはそれ、これはこれで考えないと……お肉とか食べられなくなっちゃうよ？」

「うーん、ベジタリアンになるって手もあるのかなぁ……。可愛いと愛着も湧《わ》いちゃうよねぇ」

「ちなみに……僕は今日、沢山《たくさん》の唐揚げを頑張《がんば》って作ってきたんだけど……」

「ごめんね、私にベジタリアンは無理みたい。だからせめて、美味しく食べて感謝するね」

七海は即座に掌を返して、羊に謝罪しながら撫でる。いや、どちらかというと謝罪するのは向こうで歩いている鶏にじゃないかな？　でも、羊の唐揚げか……今度作ってみようかな？

それから、僕等は羊を撫でるのをいったんやめる。

ちょっと名残惜しいが、ここで決断しないと羊を撫でるだけで終わってしまいそうだったので、子ども動物園の中を一通り見て回ることにした。

周囲を歩いている動物以外にもそこには動物がいて。サルやモルモット等はガラスの中で飼育されていて、どうやら触れ合えないようだ。

少し残念だがそれらはストレスに弱かったりと色々な事情があるようなので仕方がない。

それでも、眺めたり写真を撮《と》ることで、充分に楽しめた。

外にいる動物は人に慣れているのか、リスなんかは近づいても逃げずに、まるで一緒に写真を撮らせてくれているように切り株の上にとどまってくれていた。

動く動物が相手だから二人一緒の写真はなかなか難しいけど、お互いの写真がそこそこ撮れたところで……。

「なんか……アヒルが変な行動してない？」

「へ？」

言われて気づいたのだが一匹《ぴき》のアヒルが、僕に対してすり寄ってきたのだ。それと同時に、七海の方にも一匹のアヒルがそのくちばしを使ってカプカプと甘噛《あまが》みするように手や指を嘴《くちばし》で挟《はさ》みこんだり、七海にぶつかるようにじゃれたりしていた。

僕等はそのアヒルを邪険《じゃけん》にするわけにもいかないのだが、七海は甘噛みするアヒルに困っていたので、僕はそのアヒルを少し離《はな》そうとする。

そのアヒルは、そのたびにまるで恋敵《こいがたき》にするかのように、僕に対しては結構な強さの攻撃を仕掛《しか》けてくるのだ。ちょっと痛い。

僕等が困っていると、飼育員さんがそれに気づいて僕等からアヒルを引き離してくれる。あっという間の、見事な手際《てぎわ》だった。

「あらあら、すみません。お二人とも、この子たちに好かれちゃったみたいですね。これって求愛行動なんですよ、お気を悪くされたら申し訳ありません」

「求愛行動……だったんですか」

僕の方に来たアヒルは分かるけど、七海の方はずいぶんと乱暴な求愛行動の気がする。動物だから仕方ないのかな。

飼育員さんに抱きかかえられた二匹は少し暴れているようだったが、僕は七海の腕《うで》に自分の腕を絡《から》めてアヒルに対して言い聞かせてみた。

「ごめんね、僕と七海は恋人《こいびと》同士だから。君たちの気持ちには応えられないよ？」

「陽信……動物相手に言って分かる……のかなぁ？　いや、嬉《うれ》しくないわけじゃないんだけどね」

僕等の行動の意味が理解できたわけではないだろうけど、僕と七海の姿を見たアヒルは……途端《とたん》に飼育員さんの腕の中で大人しくなる。飼育員さんもちょっと驚いた様子だった。

「ほら、気持ちは伝わったよきっと」

「まぁ、良いけどね……飼育員さん呆《あき》れちゃってるじゃない……」

「うふふ……仲の良い恋人で羨《うらや》ましいです。お二人とも、今日は楽しんでいってくださいね」

僕等は腕を組みながら、飼育員さんを見送った。さて、いろんな動物に触れて写真も撮れたし……そろそろここから出ようかな……と思ったところで、羊の柵の方から別の飼育員さんの声が聞こえてきた。

「これから、羊の毛刈《けが》りを行いまーす。見学されたい方はどうぞー」

その一言に僕の目が輝《かがや》く。この時期、運が良ければ見られるという羊の毛刈りだ。見られないかなと思って諦《あきら》めていたのだが、それが見られるとなると僕のテンションが一気に上がった。

「……陽信、もしかしてこれが運が良ければって言ってたこと？　羊の毛刈り……見たこと無いねそう言えば」

僕を覗き込んできた七海を視線が合い、僕は我に返る。

いけないなぁ……僕一人でテンション上がっちゃったけど、七海にはちょっと退屈《たいくつ》だったかな？

「ごめん、一人でテンション上がっちゃって……興味無かったかな？　一回見てみたくてさ」

「そんなこと無いよ。でも……子供みたいに目をキラキラさせてる陽信を見るのは楽しいかな？　それにさ……そうやって自分から何かをしたいって、陽信が言うの珍《めずら》しいよねー」

「そう？　そうでもない気がするんだけど……そうなのかな」

「そうだよー。だから今日は嬉しいんだ。ほら、私も見てみたいからさ。見学に行こうよ」

僕等は腕を組みながら、そのまま羊の毛刈りの見学場所へと移動する。何人かの親子連れも来ているようで、男女のカップルは僕等だけのようだ。大人しく座った羊の後ろに、作業着姿の飼育員さんが立っていた。

「それじゃあこれから始めますねー」

女性の従業員さんが毛刈りについて説明しつつ、男性の飼育員さんが器用に羊の毛を刈《か》っていっている。羊は大人しく、どこか気持ちよさそうにも見える。説明によると、家畜《かちく》化《か》された羊はこうして毛を刈らないと熱中症《ねっちゅうしょう》になってしまうのだとか……。

だからこうして、飼育員が刈り取って涼《すず》しくしてあげる必要があるらしい。暑い時期は予定を早めて刈ってしまうらしく、見られたのは幸運だった。

爪《つめ》を切り、毛を刈り……まるでどこぞのお大臣様のように羊は容姿を整えられていく。

そして、毛を刈り終えてすっきりした羊は、先ほどまでののんびりした歩みとは違って飼育員の制止も聞かずに……軽《かろ》やかな足取りで僕等の方へ……いや、正確に言うと、僕の方へ向かってきた。

「へ……？　グエッ⁈」

ボケーッとその光景を見ていた僕は、真正面からその羊の体当たりをモロに喰《く》らう形となってしまった。羊は僕にぶつかってしまいビックリしたのか、その場で立ち止まって困《こん》惑《わく》したように足踏《あしぶ》みして立ち止まる。

痛みはそこまでないのだが、油断と衝撃から僕はその場に倒《たお》れて空を見上げ、羊は僕を見下ろしていた。

空を見上げる僕の周囲からは、心配したような声や、笑い声、自分の方にも来て欲《ほ》しい子供の声が聞こえてきた。思わず、僕も笑ってしまう。

「陽信、大丈夫《だいじょうぶ》⁈　羊に当たられるなんてなんでそんなことが起こるの⁈」

「大丈夫、大丈夫！　それより七海、この状況《じょうきょう》、写真に撮ってよ。ちょっと面白《おもしろ》いよ」

困惑した七海は僕に手を差し伸《の》べるが、僕は羊がそばにいるこの状態で七海に写真を撮ってもらうことにした。七海は苦笑しつつも、僕の写真を撮ってくれる。

それから僕は……飼育員さんに平謝《ひらあやま》りされた。

まぁ、彼等《かれら》の立場にしてみれば当然かもしれないが、僕はそこまで気にしていなかった。

羊が突然《とつぜん》歩き出すのはたまにあるのだが、今日みたいに人に突進《とっしん》するのは非常に珍しいらしい。貴重な体験ができたのと……突進されたのが七海じゃなかったという安堵感《あんどかん》が僕を包む。

面白い写真も撮れたしね。大の字に寝転《ねころ》がる僕と、僕を見下ろす毛を刈られた羊の写真だ。こんなの、滅多《めった》にあるものじゃない。

「本当に申し訳ありません……せめてものお詫《わ》びにこれを……」

そう言って彼等が僕等にくれたのは……去年刈って漂白《ひょうはく》したという真っ白い羊の毛だった。

本来であれば中学生以下でなければもらえないものらしいのだが……僕等二人にお詫びということでパックに入ったそれを二つずつくれたのだった。

「ありがとうございます。大切にしますね」

「真っ白で、綺麗だねー。なんか作れるかなぁ？」

「少量だけど、ちょっとしたものなら作れるかもね」

「それにしてもさぁ……」

笑顔で羊の毛を眺《なが》めていた僕を、七海は少しだけジト目で見てくる。何だろうかその、ちょっとだけ呆れたような目は？

「やっぱり陽信とのデートって……何かしら起きるよねぇ……」

あー……そうだね、確かにそうだ。普通《ふつう》なら羊に突進とかされないよね。

僕は納得しつつも肩《かた》を竦《すく》めながら……「七海が楽しんでくれてれば、何よりだよ」と、心からの言葉を彼女に告げる。ちょっとだけ呆れてた目をしてた七海は、その表情を崩《くず》して眉《まゆ》を下げながら笑みを浮かべる。

「陽信……いつまで倒れてるのさ？　ほら、立って次の場所に行こうよ。ほら、手」

「そうだね、そろそろ起きようか……って七海、僕の手を引くつもり？　流石《さすが》に無理じゃない？」

伸ばされた手に対して僕が呟《つぶや》いても、七海はその手を引っ込《こ》めることはせずにますます伸ばしてくる。

「いやぁ、それくらいならできるかなって……難しいかな？」

「……試《ため》しにやってみる？」

どうやら僕がその手を掴《つか》むまで収まらなそうだ。だから僕は七海の手を取る。一瞬《いっしゅん》、引かれるような力を感じるんだけど……。

「うん、やってみよー……せーの……って……キャアッ!!」

「グエッ……やっぱり無理だったね。七海まで地面……って言うか僕の上に倒れこんできちゃったじゃない。怪我《けが》してない？」

「いけるかなーと思ったんだけどね……流石に屋外でこの体勢はちょっと恥《は》ずかしいねえ」

「そう思うなら早めにどけてくれると嬉しいかなぁ……子供たちが見てるし……」

予想外とばかりに七海は周囲の子供たちに視線を送る。子供たちは僕等を見てキャッキャとはしゃいで、中には友達同士で僕等みたいに折り重なっている子までいた。なんかごめんなさい。

慌《あわ》てて立った僕等は、視線を送ってくる子供たちに手を振りつつも子ども動物園を後にする。

ちょっとしたアクシデントが起きたけど、まぁ……アクシデントと言っても、羊に突進されるという非常に貴重な体験ができたのだ。これも良い思い出である。

倒れてしまったのも、ぶつかってバランスを崩しただけなので大したことは無い。

これで頭を打ったとか、かなりの衝撃で腹部に激痛が走っているなら話は別だけど、そういう痛みも一切《いっさい》ないわけで……。

まぁ、走り始めたばかりで速度が乗ってなかったというのも幸いしたのだろう。むしろ僕にぶつかってきた羊の方がびっくりしていたように見えた。普段ならもらえないお土産《みやげ》までもらえたのだ。まさに、禍《わざわい》を転じて福と為《な》すというところだろうか。

「それにしても……この貰《もら》った毛はどうしようか？」

　僕等の手の中にはそれぞれ、二袋《ふくろ》の羊の毛が入った透明《とうめい》の袋があった。

　昨年刈り取られ綺麗に漂白されたそれは、真っ白で綺麗な毛糸となっている。お詫びとしてもらったはいいけど、使い道はいまいち思いついていなかったりする。

「せっかく二袋貰ったんだし、片方は記念に取っておいて……もう一つは何かアクセサリーでも作る？」

　七海の口から出たアクセサリーという単語に、僕は少しだけドキリとした。

　それは今まさに、僕が日々コツコツと作っているものだからだ。誰《だれ》にも話してないし、七海が家に来た時も隠《かく》していたのだからバレているわけはないだろうが、少しだけ動揺《どうよう》してしまう。

「毛糸でアクセサリー作るって、どんなのがあるのかな？」

　僕はそれを表に出さずに、七海に対して疑問をぶつける。

「んー、この量なら丸っこくしてピアスとかかなぁ？　白くて可愛《かわい》いのができると思う」

「へぇ？　作ったことあるの？」

「んーん、ないよー。見たことあるだけー」

　無いのか。フルフルと首を振《ふ》る仕草は可愛らしいが、僕はその答えに少しだけずっこける。七海は僕の反応が面白かったのかカラカラと笑いながら、改めて僕と腕を組み身体をくっつけてきた。

「ほら、せっかくだし二人で作ってみても良くない？　今度さ、やってみようよ」

「ピアスかぁ……。僕、耳に穴開けてないしなぁ……」

「そういえばそうだよねぇ、陽信は耳にピアス穴無かったっけ」

普通に考えてオシャレに興味のなかった僕がピアス穴を開けているわけはないのだが……彼女《かのじょ》はそう言うや否《いな》や、僕の耳たぶをいきなりふんわりと摘《つ》まんできた。

「実は髪《かみ》切ったらピアス穴開いてる展開とか少女漫画《まんが》とかではあったよねぇ。まぁ、開いてない方が陽信らしいけどさー」

驚きに固まる僕には気づかず、……いや、気づいていたとしても構わずに、七海は摘まんだ僕の耳たぶをフニフニと弄《もてあそ》ぶ。

軽くつねるように曲げて、それから指先でこねて……その度《たび》に僕の背中にはゾクゾクとした違和感《いわかん》のようなモノが走ってしまう。

「七海……その辺で勘弁《かんべん》してもらえない？」

「……陽信、耳たぶ弱いんだ？」

楽しい玩具《おもちゃ》を見つけた子供のような笑《え》みを浮《う》かべた七海は、僕の耳たぶをさらに弄ぶ。

僕は諦めたような苦笑を浮かべて、しばらく彼女のなすがままになるのだが……唐突に僕の耳たぶから指が離れる。

「ピアス穴開けないのー？　私は……ほら」

七海はわざわざ耳に付けていたピアスを外して、僕に見せつける様にその耳たぶを差し出す。

「……そんなことされたら、触っちゃうよ？」

「私は耳たぶ弱くないから平気だよー。ほら、穴開いてても平気そうでしょ？」

七海の耳たぶにはちっちゃな穴が、まるで昔からそこにあるかのように開いていた。

僕が開けていなかった理由は単に見せる相手が居なかったのと、痛そうだからってだけなんだけど……きっと女子にはこれが普通なんだろうな。

僕は宣言通り、ゆっくりと彼女の耳たぶに手を伸ばす。なんだか妙《みょう》な緊張感が僕の身体に走っている……それは七海も同様なのか、彼女は笑顔《えがお》ではいるのだが……その笑顔は少しだけ強張《こわば》っていた。

僕の指先が彼女の耳たぶに触れ、先ほどされた時のようにふんわりと摘まむ。よくパン生地《きじ》は耳たぶの柔らかさくらいに……なんて話を聞くけど、パンを作ったことのない僕はこれがパン生地の柔らかさなのかな、なんてズレたことを考えていた。

「んっ……」

僕が摘まむと同時に、七海はちょっとだけ声を上げる。

自分の耳とは異なる柔らかい感触と、穴が開いた箇所《かしょ》が指先にほんの少しの引っ掛《か》かりを覚えさせた。僕はそれから指先で彼女の耳たぶを弄ぶ。

なるほど、これがピアス穴の開いた耳の感触なのか。痛そうかと思っていたけど、そうでもなさそうだ。穴もそこまで大きなものではなく、小さく可愛らしい。耳自体も小さいのかな?

「ちょっ……陽信……まっ……待って……」

僕の胸のあたりに、少しだけ拒絶《きょぜつ》するような七海の腕が置かれた。僕はその感触で我に返り……七海の真っ赤になった顔をしげしげと眺めていた。

「いや……七海、耳……平気なんじゃなかったの?」

「そう思ってたんだけど……いや、初美《はつみ》とかに触られた時は全然平気だったんだけど……そうじゃなかったみたい……」

平気だと言うから触ったのだが……そこまで照れられると、こっちまで照れてしまう。

僕《ぼく》は彼女の耳から指を離して、気持ちを切り替《か》える様に次に見る場所を提案する。

「よし、次は象を見ようか! 耳と言えば象だ!!」

「へ？　象は鼻なんじゃないの……？」

「いやいや、ほら……世界的に有名な象は耳で空を飛ぶんだから。耳と言えばきっと象だよ」

「あぁ、あれかー。陽信、よく覚えていたね、その作品の事」

頬《ほお》を赤らめたままの七海と僕は、辿《たど》り着いた象の飼育場所に揃《そろ》って入っていった。入り口に象の模様が入っており、少し薄暗《うすぐら》く長い廊下《ろうか》はほんの少しだけ上り坂になっているようだった。

「なんか……随分《ずいぶん》としゃれたデザインの建物だね？」

「そうだね、周囲が緑色だから森の中を歩いてるみたいだね。楽しみだなぁ、象さん」

ウキウキと弾《はず》むように歩く七海は、僕と組んでいる腕を少し引っ張る様にして、ほんの少しだけ先を歩く。確かにこの廊下を歩くとなんだかテンションが徐々《じょじょ》に上がってくるというか……今から本物の象を見るんだなって気分になってくるから不思議だ。

そして、少し重い扉《とびら》を開くと……まるで光が僕等を迎えてくれるように差し込んできた。

辿り着いたのは展示スペースのようで、壁《かべ》にはこの動物園の歴代の象についての解説や、象の映像を流している場所のようだった。肝心《かんじん》の象は別のところから見るのかなと思っていると、七海が僕とは反対方向を向いてはしゃいだように声を上げる。

よ！」

「陽信、象さんがいるよ!! 二匹だー、可愛いなー。親子かな？ なんかじゃれ合ってるよ！」

僕が見ていた反対側はガラス張りになっていて、そこから階下にいる象を鑑賞《かんしょう》できるようだった。広いスペースがあるというのにくっついたり、お互《たが》いの鼻を相手の首に乗っけたりと活発に動いている象の姿があった。

少し小さい象と、お尻《しり》に星形の痣《あざ》のようなものが浮いている象……その二匹が顔を寄せ合ってお互いにじゃれ合っている光景が見られた。

「思ったよりもでかいんだね、いやまぁ……象だから当たり前なのかな」

「可愛いねぇ……あんなに顔を近づけるんだぁ……」

ガラス張りの向こうでじゃれている象たちを眺めているのだが……どうやら少し行った先に座って見られるスペースがあるらしく、家族連れはそこで象を眺めているようだった。

「七海、あっちに座って見られる場所があるみたいだよ、行ってみようか」

「ほんと？ いいねぇ。ちょっと疲《つか》れたから、座って見られた方が良いよね」

僕のことを気遣《きづか》ってくれた発言に嬉しくなるが、その場所に着くと座る気はあんまり起きなくなってしまった。そこはガラスが胸の高さくらいまでしかなく、象をほぼ生で見られる場所だった。

うわ、すごいな。ガラス越《ご》しでも凄《すご》いと思ったのに完全に生で見ると迫力《はくりょく》が違うし……象がじゃれ合う音なんかが聞こえてくるから臨場感が段違《だんちが》いだ。

結局、僕等は椅子《いす》には座らないでできる限り近くから二匹の象を眺めていた。

お互いに顔を寄せ合って押《お》し合ったり、小さい象が逃げるように走り出すと後ろから大きな象が追いかけていったり……。

家族連れも周囲から写真を撮ったり、はしゃぐ象を見て笑い合ったりしていた。そのはしゃぎっぷりは七海も例外ではなく……。

「陽信、陽信写真撮ろう‼　二人で自撮《じど》りすればたぶん入るよね！　ほら、もっとくっつこ！」

これである。

まぁ、僕も実はかなりはしゃいでいたりする。生で見る象の迫力とこの愛くるしさが同居した姿は筆舌《ひつぜつ》に尽《つ》くしがたいものがある。そして……僕と七海が写真を撮ろうとした瞬《しゅん》間《かん》……。

『プァァァァァァァァァァァァアンッ‼』

象が唐突に非常に大きな声で鳴き声を上げ……驚いた僕等はスマホを落としそうになってしまった。周囲の子供たちもビックリしたのか、象の鳴き声を真似《まね》するように大声を出していた。

「うわぁ……ビックリしたぁ……」

「うん……凄い鳴き声だったねぇ……」

かろうじてスマホを落とすことは無かったけれども、僕等がビックリしたことにも構わずに二匹の象は相変わらずじゃれ合っている。一時的に興奮すると鳴き声でも上げるのかな？

それにしても……。

「象の鳴き声って……『パオーン』じゃないんだねぇ……」

「アハハ、確かに全然パオーンって感じじゃなかったねぇ。パオーンの方が可愛い感じだけど、実際はなんかこう、強そうな感じだったねー」

強そう……確かに強そうな鳴き声だったなぁ。空気が震《ふる》えたし、なんだか凄かった。

それから僕等は改めて写真を撮る。すっかり自撮りにも慣れたもので……僕等はちょうどよく自分達《たち》と象二匹がフレーム内に収まった写真を撮ることができた。

それからしばらく二匹の象を眺めていると……奥《おく》にもう一匹の象が居ることに気が付く。その象は二匹には近づかずに、天井《てんじょう》から吊《つ》るされた干し草を食べているようだった。そろそろお昼の時間……かなぁ。ちょっとお腹《なか》が空《す》いてきたかもしれない。

そう考えていたら、先ほどまでじゃれ合っていた二匹の象がぴったりと身を寄せ合っている姿が目に入る。

大きめの象のお腹の辺りに、小さな象が顔をくっつけている。何をしているんだろうか？

「あれ、親子なんだね。ほら、ちっちゃい象がお母さんのおっぱいを飲んでるんだよ」

初めて見る象の授乳シーンを、七海は写真に収めているようだった。確かに滅多に見られるものじゃないな……珍しい光景だ。僕はそのシーンを撮る……非常に慈愛《じあい》に満ちた微笑《ほほえ》みを浮かべる七海を写真に収めた。

「私も……いつかあんな風に……自分の赤ちゃんにおっぱいをあげる日が来るのかなぁ……」

写真を撮り終えた七海は、少しだけガラスから離れるとその場にゆっくりと座り込んだ。僕も黙《だま》って、彼女の隣《となり》に座って、食事中の象を揃って眺め続ける。

そして、どちらからともなく僕等はお互いの手を重ね合わせる。僕は七海の問いかけにはあえて答えずに、七海もそれ以上は何も言わなかった。ただお互いの手を取って、先ほどとは違《ちが》って静かに象を眺めている。

周囲は象に夢中でザワザワと騒《さわ》がしいが……僕等はまるで周囲の声など聞こえていないかのような気分になっていた。

「七海ならさ……」

「うん？」

「七海なら、絶対に良いお母さんになるよ」

「……ありがと」

その時に横にいるのが僕なら最高だけど……今言えるのはここまでだ。

実はこれは、前にも言ったことがあるセリフだけど……一ヶ月経過した今となっては、この言葉の意味も少し変わってきている気がしている。

食事を終えた象たちは再びじゃれ合いだす。

先ほどまで砂場で遊んでいた二頭は、干し草を食べていたもう一頭を加えて水場の方へと移動していた。僕はそれに合わせるように、七海に先んじて立ち上がる。

「一階に行ってみようか。象達が水場に移動したし、運が良ければ水中にいる象が見られるみたいだよ」

「ほんとに？　もしかして陽信、結構調べてきた？」

「まぁね。今日は面白いものを七海にいっぱい見せたいと思ってさ。全部見られるかわからないけど……できる限りは見てみようよ」

差し出した僕の手を、七海は柔らかい微笑みを浮かべながら取り……ゆっくりと立ち上がった。それから、僕等は一階に移動すると……目の前には大きな象のオブジェが置かれていた。あまりに見事なそのオブジェに、僕等は本物が目の前に現れたのかと一瞬《いっしゅん》驚《おどろ》いてしまう。

どうやらこのオブジェは触れて良いらしく、本物の象の感触にそっくりなのだとか。生で象を触ることはできないが、せっかくなので僕等はそのオブジェを触ってみる。なんだか少しだけしっとりしているのに、皺《しわ》が刻まれているせいかざらついているような不思議な感触だった。

それから、天井に埋《う》まっている象や、タッチパネル式のシアターなどもあったが、それらについてはひとまず置いといて……僕等は本物の象が見られる場所まで急いで移動した。

そこではちょうど……象が水中で気持ちよさそうに水浴びをしている最中だった。それも二頭同時に行われており、まるで二頭が風呂《ふろ》に入っているようにも見える。

前に水族館に行った時のようだけど、水の中に象が居る光景っていうのは凄く不思議だな。鼻まで水中に入れて、まるで水生生物みたいにも見える。

「象ってこんな風に水に入るんだねぇ……親子でお風呂かぁ……良いねぇ……」

「気持ちよさそうだよねぇ。こういうの見ると、また温泉とか行きたくなるね」

「動物園に来て温泉の話って……。でも、陽信……それって私と混浴したいってことかなあ？」

「……混浴してくれるの？」

「……うーん、水着なら……って、もー！　最近の陽信は慣れ過ぎてこういうのの反応が薄《うす》いよー。私ばっかり恥ずかしくてズルい‼」

茶化《ちゃか》す様な七海のセリフにも慣れたもので、彼女がそういうことを言うのはだいたい僕を揶揄《からか》う時だ。いい加減慣れた……いや、慣れたふりして応答するくらいは僕にもできるようになった。

内心は心臓がバックバク言ってるけどね。混浴なんて考えただけでもうヤバい。水着？　女の子とお風呂という事実からしたら水着だろうとドキドキするのは変わらない。

そんな話をしている間に、水中から上がった象は今度は器用に鼻で体中に砂をかけている……せっかく洗ったのに……そういう習性なんだろうか？　それから僕等はしばらく象を眺めていたのだが……。

クゥゥゥゥ……という先ほどの象の鳴き声とは違う……可愛らしい音が僕の耳に届いた。

七海のお腹の音である。

「……聞こえた？」

「……うん、バッチリと……聞こえちゃいましたね」

象がご飯を食べていたように……流石にもう昼時だったのだから僕等がお腹を空かせるのも当然である。お腹を押さえた彼女を笑ってはいけないと思いつつも、僕は思わずちょっとだけ吹《ふ》き出してしまった。

「それじゃあそろそろ、お昼にしようか。象も堪能《たんのう》できたしね」

「もー、笑わないでよー。そういう時は聞こえないフリするものでしょー!!」

僕等はそれから出口に向かって移動する。その最後の出口に、象が足や耳を出して飼育員さんに洗ってもらっている光景を見る。どうやらそういうトレーニングをするための場所らしいのだが。

「ねぇ、なんかさ……あの二頭が鼻を出して振ってるのって、バイバイってしているように見えないかな?」

そう、先ほどまでの親子の象が二頭……檻《おり》の隙間《すきま》から鼻を出してその鼻を左右に振っているのだ。出口にいる周囲の子供たちも、はしゃぎながらその象に対して手を振って、大きな声でバイバイと言っている。

現実的なことを言うと、象達は隙間から足を出して飼育員さんに洗ってもらっている最中で、そのため鼻が左右に揺《ゆ》れているだけだと思うのだが……それをわざわざ口に出すのも野暮《やぼ》ってものだ。

だからここは、僕もなるべく夢のある言葉を言うべきだろう。

「随分と、サービス精神の旺盛《おうせい》な象だねぇ」

「あはは、可愛いねー。それじゃあ私達も、手を振ってお別れしようか」

七海のその一言で、僕も象に対して手を振って別れを告げ……バイバイと小さく呟いた。

象は僕等が手を振り背を向けた瞬間、まるで別れを告げるようにまた大きな声で一鳴きする。

それはきっと、足を洗ってもらって気持ちが良かったとか、飼育員さんの洗い方による偶然《ぐうぜん》のたまものだったのだろうけど……。

なんだか象が僕等にバイバイと言ってくれたようで、とても嬉しい気分で僕等はその場を後にすることができたのだった。

◇◇◇◇◇◇◇◇◇

可愛らしいお腹の音を響《ひび》かせた七海を連れて、僕等は昼食をとるために展望レストハウスに来ていた。ここが展望レストハウスと言われているのは、ちょうどサル山に隣接《りんせつ》する形で建造されているために、窓からサル山を眺めることができるからだ。

そんな場所で……僕は机に突《つ》っ伏《ぷ》していた。

「陽信……そんなに落ち込まなくても……」

慈愛に満ちた掌《てのひら》が優《やさ》しく僕の頭を撫《な》でる。僕を慰《なぐさ》めているのは当然ながら七海である。

その優しさに感動しつつ、僕は七海の方へと視線を向ける。

「あぁ、うん。ありがとう七海。確かにまぁ、そこまで落ち込むことじゃないかもしれないけど……。いやぁ……自分のアホさ加減に呆れるよ……」

窓際《まどぎわ》にはいくつか椅子《いす》が用意されており、座《すわ》りながらゆっくりとサル達を見ることができる。それ以外にもテーブルが用意されているが、比《ひ》較的《かくてき》規模の小さいレストハウスになっている。

僕等はそのレストハウスの二階に移動すると、運良く窓際の席が二席並んでいたのでそこに隣《とな》り合って座る。曇《くも》り一つない窓からは、サルたちが遊んでいる様子を少し上から眺めることができた。

それだけならば運が良いと喜ぶべきことであり、僕が落ち込むことはないのだが……僕が落ち込んでいる原因は目の前に並んでいる、僕が作ったお弁当箱にある。

味についてはは七海ほどではないがそこそこの自信が持てる出来だと自負していたのだが……。

「そりゃあ……羊に突進されて転んだらこうなるよねぇ……」

僕は目の前に広げたお弁当を見て呟いた。

そう、僕は羊に突進されて思いきり転んだというか……ひっくり返ったのだ。当然だが、その時にお弁当を入れていた鞄《かばん》も一緒《いっしょ》にひっくり返ることになる。

「せっかく綺麗《きれい》に盛り付けしたのになぁ……残念だ」

運よく窓際に座り、僕が作ったお弁当を見せて七海を驚《おどろ》かそうと思って蓋《ふた》を開けたら……これである。

せっかく綺麗に詰《つ》めた料理が、ひっくり返ったせいでおかずの上に野菜がのってしまったり寄ったりと、グチャグチャとは言わないまでも見栄《みば》えが悪くなってしまっていた。

「特にほら、卵焼きなんてけっこう綺麗にできてたんだよねぇ……」

残念そうに僕は形が整っていたはずの卵焼きを視界に入れる。今は割れたり崩れちゃったりしてるけど、できたときは本当に会心の出来だったんだよこれは。自分としてはだけど。

そんな風にお弁当を広げて自らの失態を自覚した僕を、七海は慰めてくれたというわけだ。

「でもほら、味は変わんないよ？　うん……。て言うか、美味《おい》しいよ陽信」

彼女はお弁当箱から崩れた卵焼きをつまんで口にすると、美味しいと言ってくれた。先ほど慰めてもらって幾分《いくぶん》か回復した心が、さらに回復する想いだった。

「それならよかったよ。でも、朝からはりきって作って盛り付けまでやったってのに……最後が締《し》まらないなぁって思ってさ……」

「ちなみにさ、何時に起きて作ったの？」

「一人で作るのは初めてで、勝手もよく分かんなかったから念のために朝五時くらいかなぁ……。もうね、悪戦苦闘《あくせんくとう》。ほんと、僕ってカッコつかないよねぇ」

「それは大変だったね……でも、初めてで悪戦苦闘はしょうがないよ。お弁当作ってきてくれる彼氏《かれし》って段階で、充分カッコいいと私は思うよ？　この唐揚《からあ》げもすっごく美味しいし」

衣《ころも》が剥《は》がれかけた唐揚げを口にしつつ、七海は顔を綻《ほころ》ばせる。そう言ってもらえると本当に嬉しい。いや、これ以上は落ち込んで彼女に気をつかわせても仕方ない。ここからは楽しい感じでいこう。

やっと精神的に回復した僕は、そこでふと気になったことを七海に確認《かくにん》する。

「七海さ、そう言えば……動物見ながら食事するのって平気だった？　いや、こうやって窓際の席を確保しといて、凄く今更《いまさら》な質問なんだけど」

「ん？　どしたの突然？　もしかして、陽信って駄目《だめ》なタイプなの？　動物見ながらの食事って」

「いや、僕は大丈夫なんだけどさ。僕の両親が食事中に動物見るのを嫌《いや》がるタイプだったのを思い出して。今更だけどね」

両親と食事をするときに、たまにテレビ番組が動物番組になる時があるのだが……そういう時は決まって両親はテレビのチャンネルを変更《へんこう》する。

僕は別に動物番組を見たいわけではないので……そもそもテレビ番組自体にあまり興味が無いので、それについて文句は無くただ黙って流れている番組を見ているのだが……。

ちょっとだけ気になった時に両親に聞いてみたのだ。なんでチャンネルを変えるのかと。

その時の答えが……単純に食事中に動物を見るのが嫌なんだそうだ。あと、動物番組だとショッキングなシーンが出ることも多いし……食事中にそういうのが出るかもしれないというのが二人ともどうにも苦手なんだとか。

「志信さん達ってそうなんだ、なんか意外だねぇ。そういうの気にしなそうなのに。あ、ちなみに私は平気だよ」

「そっか、良かった。いや、これで実は苦手って言われたらもう……。僕はどうやって謝罪すればいいかを考えなきゃいけないところだったよ……」

「そんな大げさな……」

七海は珍しく、割と呆れた表情で僕をジト目で見てくるのだが、僕は本気だった。その僕の本気を感じ取ったのか、七海は苦笑《くしょう》を浮かべながら自身のカバンをテーブルの上に置いた。

「んー……じゃあ私もちょっとだけ謝罪しようかな？　これでお相子かな？」

七海は鞄を開けると、その中から小さな容器を取り出した。本当に小さな小さな白い容器のその中には……中身が透《す》けて黄色い何かが入れられているのが分かった。

「それって……？」

彼女はその容器の蓋を開く。中から出てきたのは、僕が想像している通りの七海が作った卵焼きだった。初めて見た時と同じ、綺麗な焼き色が付いた僕の大好きな一品だ。

「ごめんね、今日は陽信が用意してくれるって聞いてたんだけど……私も食べさせたくて、作ってきちゃった」

ぺろりと舌を出しながら、まるで悪びれた様子もなく彼女は僕に笑顔を向けてくる。いや、悪びれる必要は全く無くて、僕にとってはそれは嬉《うれ》しいことでしかないのだ。

「それは……謝《あやま》ることじゃないでしょ。むしろ僕は嬉しいよ、七海の卵焼き大好きだし。わざわざ、ありがとう」

「そうだね、謝ることじゃないかもね。だから……陽信もこんなことで謝んなくていいんだよー。ほら、卵焼き、あーんしてあげる。懐《なつ》かしいねぇ、はじめてあーんしたのは唐揚げだったっけ？」

彼女はその綺麗な卵焼きを箸《はし》でつまむと、僕に差し出してくる。箸でつままれた柔《やわ》らかな卵焼きの左右が重力に逆らえずにほんの少しだけ垂れさがり、弧《こ》を描《えが》く。

外側は綺麗に焼き上げられてしっかり固まっているが、断面はふわふわとした食感だろうと見ただけで分かる半熟状に仕上がっていた。改めて見ると……本当に綺麗だなぁ……。

周囲には僕等以外にも当然人がいるので、二人っきりではない。それでも彼女は箸を差し出すのは止《や》めず……子供たちがキャッキャと騒いでいる声が聞こえてくる。

中には「パパとママみたいにラブラブなおねーちゃんとおにーちゃんがいるよー？」とか言って両親を困らせている子供もいた。とりあえず、これ以上周囲に飛び火する前に僕は素直《すなお》にこの七海の好意を受け取った方が良さそうだ。

差し出された卵焼きをいつかのように僕は頬張《ほおば》ると、いつも通りの味が口の中に広がる。層になった卵が口の中で解けて、甘《あま》みが口中に広がっていく……。それは、何度味わっても変わることが無い幸福感だった。

「やっぱ七海の方が料理上手《うま》いねぇ。この味、習っているのにどうしても出せないんだよねぇ……」

「ふっふっふ、それこそお料理歴は私の方が長いんだから、そう簡単に並ばれたら凹《へこ》んじゃうよ。陽信の卵焼きも……ほら」

七海は自分の口を開くと、人差し指でその口中を指し示す。どうやら、僕に対してもやってほしいという意思表示のようだ。まるで餌《えさ》を待つひな鳥のように……目を閉じて僕の行動を待っている。

……なんだろう、女の子の口の中を見るのって凄くドキドキする。いや、違う。彼女はそういうつもりでやってるんじゃないんだから……。僕もお返しをしないと。

僕は形が崩れた中でも比較的マシな卵焼きをつまむと、ゆっくりと、ガラス細工を扱《あつか》うかのように慎重《しんちょう》に彼女の口の中へ運び込む。

僕が卵焼きを入れたことが分かると彼女は口を閉じて、それをゆっくりと咀嚼《そしゃく》する。その表情は幸せそうで……僕はどこかホッとする。

「……うん、陽信の卵焼きも美味しいよ。でもさぁ、一ヶ月経《た》たないで、よくここまで料理上手くなったよねぇ。がんばったんだねぇ」

「まぁそれは……先生が良いからじゃない？」

「うふふ、それは……あるかなぁ？　七海先生のお料理教室は生徒をここまで上達させせま

したか」

「それにほら、料理は愛情と言いますから。食べる人への愛情だけは……たっぷりと込めたつもりですよ、先生？」

僕は冗談《じょうだん》めかしてそんな軽口を叩《たた》く。てっきりそれに対して即座《そくざ》にツッコミなり同じような軽口が返ってくるのかと思っていたのだが……返ってきたのは沈黙《ちんもく》だった。

「あれ？」

僕はそこで七海の顔を見ると……彼女は顔を真っ赤にさせていた。いや、そこで照れられちゃうと僕もその……なんだ……照れてしまうんですけど……。

「愛情……込めてくれたんだ……。へへ、なんか改めて聞くと嬉しいね」

両手の指を合わせながら笑顔でぽつりとつぶやいたその言葉に、僕も少し頬を染める。

少しの間の沈黙が僕等の間に流れるのだが、その沈黙を破ったのは動物の鳴き声だった。

「うわっ⁉︎　すっごい！　ガラスにおサルさんが近づいてる‼︎」

「ちょうど餌の時間だったのかな？　こんなに近くで見られるとは思ってなかったけど……」

「おサルさーん、ご飯美味しい？　私もねぇ、すっごく美味しいよー」

ガラスを隔《へだ》ててはいるが、いつの間にかサルがガラスのすぐ向こう側で餌を食べている。

キィキィと鳴き声をあげながら餌を一心不乱に口に運ぶものや、手にしたリンゴを持ってガラスの前でウロウロするものなど行動は様々だ。

七海はサルにおにぎりを差し出しながら、小首を傾《かし》げていた。その七海の行動につられたのか、サルも一緒に小首を傾げて、手にしたリンゴを口に運んでいた。

同じように窓際に座っていた子供たちも、サルたちの登場にはしゃいでいる。人間に慣れているからか、そういう訓練をされているのか、サルたちは餌をガラスのすぐ向こうで食べていた。

まるでサルと一緒にご飯を食べているような気分になって、気持ちが和《なご》んでいく。先ほどまであった沈黙も解消して、僕等は雑談をしながらサル山を鑑賞し、お昼を食べ進める。

「そういえばさぁ、陽信。今日のメニューって……意識したの？」

「ん？　なんのこと？」

遊んでいるサルたちを眺めながらお昼を食べていると、七海が唐突《とうとつ》に僕に質問を投げかけてくる。正直、僕としては、その質問が何のことかわからなかった。だから、質問に質問で答えるようなことをしてしまったのだが……。

メニュー？　別に今日のお弁当って何かを意識したわけじゃないんだけど……。僕が何のことかわからず首を傾げていると、七海は僕の作ったお弁当に指を向ける。

「唐揚げ……卵焼き……三種類のおにぎり……レタスにトマトに……。量は多めだけどさ、これって私が最初に陽信に作ってあげたお弁当のメニューと一緒……だよね？」

「……あ」

僕は七海に言われてはじめてその事実に気づく。今日お弁当は何にしようかとメニューを考えた時に、自然と浮かんできた献立《こんだて》であり、あの時のことを思い返したわけではないんだけど……。

「そういえば……そうだったね。はじめて食べた七海のお弁当も、この献立だっけ」

「あれ、狙《ねら》ってたわけじゃないいんだ？」

「うん……完全に無意識だったよ……」

「……そっか、なんか嬉しいな」

父さんと母さんが今までお弁当を作ってくれなかったわけじゃない。当然ながらその記《き》憶《おく》は僕の中にある。忘れたわけじゃない、両親には感謝をしている。

それでもきっと……僕の中で思い出深いお弁当って、きっとこれなんだろうな。忘れていたというか無意識だったけど、こう言われたらもう忘れることは無いだろう。

「でも、味はやっぱりあの時の七海のお弁当の方が上だね。七海と同じ味を出せるようになるまで、どれくらいかかるかなぁ」

「そーお？　私はこの味も好きだけどなぁ……。それにさ、二人で同じ味を作れるようになるより、それぞれが違う味で料理した方が、お互い飽《あ》きずに長く楽しめるんじゃない？」

「七海は前向きだなぁ……。まぁ、これからも料理は教えてもらうつもりだからよろしくね」

「うん。これからも一緒に料理しようね」

僕等の間にまた約束が増える。今日だけでいくつ約束が増えるのかな？

ピアスの件、料理の件、きっとまだ約束は増えていくんだろうな。それを守れるように……頑張《がんば》らないと。

そんな風になんてことのない話をしながら食べてると、お弁当箱はいつの間にか空になっていた。

見栄えは悪くなってしまったが味については問題なかったし……。何よりも七海の気遣《きづか》いのおかげで、僕はそれを気にすることなく楽しく昼食を過ごすことができた。

それから、弁当箱を僕が片付けると……七海は今度は別の可愛《かわい》らしい包みを取り出してくる。あれ？　追加のお弁当？　と思ったのだが、その包みからは甘く香《こう》ばしい香りが漂《ただよ》ってきていた。

「デザートだよ♪　チョコブラウニーを作ってきたんだ。もうちょっとおサルさん見ていたいしさ。食べながらゆっくりしようよ」

……本当に、七海は気の利《き》く自慢《じまん》の彼女である。これは僕も負けてられないな。

「じゃあ、水筒《すいとう》は空になっちゃったし……お茶でも買ってくるよ。紅茶が良いかな？」

「それならちょっと甘めのブラウニーだから、無糖が合うかな？」

「了解《りょうかい》……それじゃあ七海、ちょっとだけ待っててね」

七海がブラウニーの準備をしている間に、僕はレストハウス近くの自販機《じはんき》で無糖の紅茶を買って彼女に手渡《てわた》した。

僕等はそれから、デザートのブラウニーを食べながら……サルたちが楽しそうに遊んでいるサル山を眺《なが》めて、ゆったりとした時間をのんびりと過ごす。

僕は七海とデートに来た動物園を、過去の記憶から割と規模が小さい部類の動物園だと思っていた。だから、あっという間に全ての動物を見終わり……次の目的地にはかなり早く着いてしまって、もうちょっと長く一緒に居るために予定外の場所でも探そうかなとか思っていたくらいだ。

だけど、そんなことは全く無かった。

動物園すごく楽しい。

昨晩のうちに色々と調べて、見てみたいなと思っていた箇所を二カ所……昼食で見たところを含《ふく》めると三カ所だが、三カ所見終わっただけで一日の半分が終わっているのだ。

それでもなお、見たい場所が多々残っているという事実……。かくも動物とはのんびり楽しめるものなのかと再発見に驚くと共に、動物の偉大《いだい》さを実感する……と……小難しい言い方をしているがなんてことは無い。

これは、七海が一緒だから楽しいのだ。一人ならこの動物への感動を共有することなく、あっさり一人で回り終わっていただろう。

なんだったら、ここが何もない原っぱだろうと彼女《かのじょ》と一緒だと楽しいだろう。二人でのんびりと散歩するのも良いし、原っぱで寝転《ねころ》がったって良い。

だから再発見というのであれば、それは二人でいることの楽しさの再発見だ。

あれだけボッチで出不精《でぶしょう》だった僕が、この一ヶ月で……変えられたのか自分から変わったのか……、それは分からないけど……僕はこの自身の変化が不快ではなかった。

ちなみに、今も僕等はレストハウスからサル山を眺めていたりする。

「見てー、あのおサルさん達毛づくろいしてるよー。可愛いなぁ。恋人《こいびと》なのかな？　それとも友達同士なのかな？」

「サルだし……群れの仲間って意識なんじゃないかな？　サルで恋人同士ってあるのか……いや、そもそも、サルのオスとメスってどう見分けるんだろうね……。後ろからだと全然分かんないや……」

「んー……体型とかじゃない？　ほら、あっちのガッチリしてるのが男の子で、そっちのふっくらしてるのが女の子とかさぁ」

「いや、違いがいまいち分かんないよ……。え？　七海分かるの？　ちょっとスマホで見分け方調べてみようかな……」

結構、サル山を眺めるだけで時間を使ってしまった気がするな。見分け方だけ調べたらボチボチ次に行こうかな？　そう思って僕は見分け方を調べていると……ちょっとだけ……ほんのちょっとだけ僕は答えづらい見分け方を発見する。

うん、これは言えない……。確かにわかりやすいけど、口に出すのはちょっとだけはばかられる。

「さて、七海……ゆっくり休めたしそろそろ次の場所に行ってみようか？」

「どしたの突然《とつぜん》？　……なーんか変なモノでも検索《けんさく》したのかなぁ？」

あからさまな僕の態度を不審《ふしん》に思ったのか、七海がその顔に笑《え》みを浮《う》かべて、小首を傾げながら僕のスマホを覗《のぞ》き込《こ》む。

僕は慌《あわ》ててスマホの画面を調べた記事のままにしていたので、その記事は七海にバッチリと見られてしまった。一番簡単な……サルの性別の見分け方について書かれたページだ。

その説明を見た瞬間に……彼女の顔は赤くなる。

「あ……アハハ……、そ……そうだよね。一番簡単に見分けるのって、そうだよね……。うん……いやぁ……。なんでよりによってそのページ見ちゃったのッ?!」

「いや、言い訳させて。セクハラする意図は無かったんだよ? それにほら、一番確実と言えば確実だしさ……うん……ごめん」

七海は僕に対して顔を赤くして抗議《こうぎ》の声をぶつけてくるのだが、僕は両手をあげて降参するようなポーズで言い訳をさせてもらう。

詳《くわ》しくは言及《げんきゅう》しないが、動物のオスとメスの見分け方は成長してれば非常に簡単なことだ。ある一部分を見ればいいのだから。僕が見た記事にはそれが書かれていた……。これはただそれだけのことだ。落ち度はないと思う……思いたい。

ただ、その単語を見てしまった七海が赤面をした……いや、本当《ほんと》ごめん。せめてページを閉じてから移動を提案すればよかったよ。本当に……本当にセクハラじゃないよ?

不可抗力《ふかこうりよく》とはいえ不快にさせたかなと思って僕《ぼく》は少し心配に思うのだが、少しだけ頰《ほお》を膨《ふく》らませていた彼女は席から立ち上がる時に「……まぁ、そもそも、そんな風にセクハラするような人なら……私は好きになってないけどさ……」と呟《つぶや》いていた。

そんなことを言われてしまっては、僕の頰も熱くなってしまう。

　彼女は立ち上がった時の椅子の音でその言葉は僕の耳に届いていないと思っているようだけど、残念ながらバッチリと聞こえてしまっている。

……難聴系主人公《なんちょうけいしゅじんこう》って、こういう時に聞こえなくなるんだよね……どうすればそういうことになるんだろうか。だけど、今この時だけは聞こえて良かったと思っておこう。

　先に立ち上がった七海は、座ったままの僕を少しだけ不思議そうに見下ろす。僕は頬の熱さがばれないように少しだけ首を振《ふ》ると、その場から立ち上がった。

「それじゃ、行こうか七海。次はどこを見に行く？」

「うーん……そうだね。時間的に全部は難しそうだよねぇ。この後、神社にも行くんだよね？」

　今日は僕の希望でこの後に神社へ行くことになっている。距離《きょり》が近いとはいえ、確かに全部見ていてはそっちまで行くのは難しいだろうな……。

　普段《ふだん》の僕だったら神社は後日にして、動物園だけにしようかと提案するところだけど……今日はどうしても神社にも寄りたかった。

「そうだなぁ、せっかくだからここはってところを見ようか。ホッキョクグマとかどうかな？」

「いいねぇ、ホッキョクグマ！　ここなら道なりに他の動物も見られそうだし……そこにしよっか」

僕は動物園の一番端《はし》にあるその場所を指さす。施設《しせつ》としては一番大きそうだし……ここから行くまでに他の動物も見られる……。それに一番奥だから、帰りに来た道とは違うルートを通れば違う動物も見られそうだ。

「それじゃ、ホッキョクグマを見に行こうか」

「うん♪　しゅっぱーつ！」

僕等はレストハウスを出てから腕《うで》を組んで、真《ま》っ直《す》ぐにホッキョクグマが飼育されている館まで移動する。

途中《とちゅう》でガイドツアーや体験イベントなんかの看板を見つけて、何だったらそっちを見ても良いかなと思ったのだが、タイミングが悪く今日はそれらはやっていないらしい。なんでも、ガイドツアーでしか入れない場所もあるんだとか。

「ガイドツアーかぁ……どんなのが見られるんだろうね」

「やっぱり、野生状態の動物が見られるんじゃない？　森で動物に襲《おそ》われそうになったら、陽信は私が助けるよ！」

「いや、そこは普通《ふつう》逆でしょ。僕が七海を守るところだよ。それは譲《ゆず》れないよ」

右腕をあげながら決意表明をする七海だけど、そもそもツアーでそんな危険なところは行かないんじゃないだろうか？

「えへへへぇ、そっかぁ。守ってくれるんだね。嬉しい」

改めて僕にギュッと抱《だ》き着く七海は、満面の笑みを浮かべていた。そりゃねぇ……この笑顔《えがお》を守るためなら何でもするよ。本当に、何でもしてあげたいって気分になる。

というか、さっきのは僕に言わせるために言ったのかな？

まぁ、今日はそういうことは何もなさそうだ。実に平和なデートである。

僕等はそれからホッキョクグマの居る場所に行くまでに、色々な動物を見ることになる。

サル達はレストランから見える場所にしかいないのかと思ったら、ぱっと見でこれはサルなのか？　ペンギンじゃないのかと思えるくらいに、鮮《あざ》やかな白黒の綺麗な毛並みをしたサルや、まるで金色に見えるくらいに光《ひか》り輝《かがや》く毛をしたサル達がいた。

そのほかにもエゾシカが身を寄せ合ってその身体をこすりつけ合っている姿、日常生活ではまず見ないオオカミが眼光鋭《がんこうするど》くこちらを見据《みす》えている姿などを僕たちは見た。エゾシカとオオカミは場所が隣り合っているのだが、その落差が凄《すご》い。

日本オオカミは絶滅《ぜつめつ》していると聞いたことがあるから、ここにいるのは海外の品種なんだな。凛々《りり》しい顔で、まるで僕等を監視《かんし》しているようだ。

お目当てのホッキョクグマの近くには、ヒグマの飼育されている場所が隣接していた。

わざわざクマ同士を近くにっていうのはわざとなのかなと思いつつ、僕等はのんびりと寝《ね》ているヒグマを眺める。もう昼過ぎだし、食事を終えて眠《ねむ》っているところなのかもしれない。

「ヒグマって怖《こわ》いイメージだったけど……こうやって見ると普通に可愛いねぇ」

「まぁ、動物園内で見ればどんな凶悪《きょうあく》な動物も可愛く見えるんじゃない？　街中に出たら……もうパニックだよ」

「そうだよねぇ……こうやって見ると可愛いのに……すやすや寝てるし……」

僕等は目的地への道中でも動物を見つけては立ち止まり、お喋《しゃべ》りしたり、お互《たが》いの写真を撮《と》ったり、二人の写真を誰《だれ》かに撮ってもらったりしていた。この寝ているヒグマについても、二人でヒグマをバックに写真を撮ってもらった。

写真を撮ってくれた方にお礼を言って、僕等もその人たちの写真を撮ってあげる……そんな風に僕等は動物園の端っこまで移動してきた。

そして、お目当てのホッキョクグマがいる施設へと辿《たど》り着く。

「凄くおっきい場所だねぇ……これ、さっきの象がいたところより大きいんじゃない？」

「確かにそうかもね……ここにはホッキョクグマと……アザラシがいるみたいだよ」

「え……？　なんか、珍《めずら》しい取り合わせだねぇ。アザラシって食べられちゃわないのかな？」

「なんか……ホッキョクグマの主食がアザラシらしいよ」

僕の一言に、七海は目を見開いて驚いた。うん、普通は驚くよね。僕も最初調べた時は凄く驚いたよ。よりによって捕食《ほしょく》関係の動物を同時に展示してるって、まず無いもんね。

「それって……えっと……食育ってやつ？　子どもにはトラウマになっちゃわない？」

「あぁ、大丈夫《だいじょうぶ》大丈夫。そういうのじゃないからさ。理由も入ればよくわかるはずだよ」

不安げな七海の手を引いて、僕らはホッキョクグマのいる施設内《しせつない》に入る。そこは二階建ての白い建物で、僕等はまず手を繋《つな》いで二階へと階段を上がっていく。

そこから眼下に見えるのは……のんびりと歩くホッキョクグマの姿だった。

ホッキョクグマの居る場所も階段が付けられており、一階には水の溜《た》まったプールが付けられている。ここから見える景色の範囲内《はんいない》には、どこにもアザラシの姿は見えなかった。

「あれ？　アザラシも一緒にいるんじゃないんだ？」

「そりゃあ、ここで一緒だったら本当に餌になっちゃうからねぇ。さすがに絵本みたく、天敵同士が仲良くってのは難しいよ」

「それじゃあアザラシって……どこにいるの？」

「それはね……一階に行けば分かるんだ。さて、じゃあ……ホッキョクグマも階段を下りてるし、行ってみようか」

不思議そうな表情を浮かべる七海に対して僕は笑顔を返すと、ゆっくりと階段を下りていき、そのまま建物の中に入る。建物の中はとても薄暗《うすぐら》いのだが……小さな照明や、ガラスの向こうから透ける水を通して青く綺麗な光が中を照らしていた。

七海はその光景を、どこか懐かしそうに見ていた。

「これって……」

ぽつりとつぶやいたその一言が何を示しているのかは僕には理解できた。そう、これは僕等がはじめて水族館にデートに行った時の水中トンネル……それにとても似ているのだ。

「動物園でも、あの時と同じようなものが見られるって面白《おもしろ》いよね。ほら、トンネルをくぐってみようよ」

「うん！　あの時は魚だったけど……今回は……ホッキョクグマのトンネルなんだ……。あれ？　アザラシがいるよ？」

七海はそこでトンネル内で泳ぐアザラシを見つけた。四頭ほどいるアザラシが自由に水中を泳いでおり……その姿は非常に愛らしいものだった。

そして、七海がアザラシを見つけたと同時にザブンッという水音が聞こえてくる。音の方へと視線を向けると、ホッキョクグマが大きな水しぶきをあげて、その巨体《きょたい》を水中へと沈《しず》ませている場面だった。

そのままホッキョクグマは、その巨体からは考えられないくらいの速さでアザラシめがけて泳いでいく。

「えッ⁈　すごい迫力《はくりょく》だけど……アザラシ危なくない⁈」

トンネルの頭上を通っていくホッキョクグマの巨体を眺めながら、七海は焦《あせ》ったような声をあげる。そのままハラハラした表情を浮かべて事の成り行きを見守るのだが……。

ホッキョクグマは、その巨体をアザラシの居る場所まで移動させることは無く……器用に反転するとガラスに足を付けてそのまま泳いで元の場所へと戻《もど》っていった。

「あれ？　アザラシが大丈夫《だいじょうぶ》で安心したけど……なんで？」

「プールが分かれてて、さらに強化ガラスで仕切られてるから万が一にもアザラシのところに行くことは無いんだってさ」

「……陽信、それ知ってたの？」

「昨日調べた時にね……流石《さすが》に捕食関係の動物を何の対策もしないで一緒にはしないでしょ」

直前まで驚いていた七海は、頬を可愛く膨らませると僕のことをポカポカと叩いてきた。

大して力の入っていないその拳《こぶし》は、僕に心地《ここち》いい衝撃《しょうげき》を与《あた》えてくる。

「もうッ‼　いじわる！　教えてくれても良かったじゃない‼」

「教えない方が楽しめるかなって思ってさ、ちょっとドキドキしたでしょ？」

僕の言葉に、七海は「もうっ‼」と続けて言いながらポカポカ叩いてくるのを止めなかった。その間もホッキョクグマはトンネル内を悠々《ゆうゆう》と泳いで僕等の目を楽しませてくれる。トンネルの天井《てんじょう》を泳いでいる時は、下からホッキョクグマのお腹《なか》を見上げ、横から見る時はその巨体に似つかわしくない可愛らしい肉球の部分を僕等に見せてくれていた。

ホッキョクグマは何度も泳ぐけど、絶対にアザラシには触《ふ》れられない。ガラスを隔てた向こう側では、アザラシはそれを分かっていないのかホッキョクグマから逃《に》げるように泳いでいた。世界一安全な捕食関係の動物達《たち》による鬼《おに》ごっこだ。

迫力もあるし、ホッキョクグマが泳ぐ姿を安心して楽しめる。周囲の家族連れも大喜びしていて、僕等もその迫力を楽しんでいた。

だけど、それを見ていた七海は……唐突にぽつりと呟く。

「これは好きの意味が違《ちが》うけどさ……好きな存在とガラス一枚隔てて絶対に触れられないって……どんな気分なのかな？」

ほんのちょっとだけ悲しそうな、寂《さび》しそうなその呟きだったけど、七海はすぐに気を取り直したように笑顔になる。

それはたぶん、無意識の呟きだったんだろう。自分の言葉に驚いているようにも見えた。

「ここ、最初の水族館デートも思い出せて楽しいね。あの時は……ユキちゃんとも知り合えたんだっけ。なんか思い出をなぞってるみたいだね……」

すっかりと気持ちを落ち着けた笑顔だったけど、僕は先ほどの一言が気になって……言わずにはいられなくなった言葉を彼女に投げる。

「もしもさ、僕と七海の間がガラスで隔てられた時は……僕はどんな手を使ってもそのガラスをぶち破るからさ……安心してよ。絶対に触れられるようにするから」

僕の一言に彼女は目を丸くして驚いた表情を浮かべた。

ちょっとだけクサいセリフだったかなと僕は赤面するけど、彼女から目は逸《そ》らさない。頬は熱くなり、変な汗《あせ》も額から噴《ふ》き出してくるのがよく分かった。それでも……彼女の目を僕は見つめ続けた。

そして彼女は……僕に対して嬉しそうな……幸せそうな微笑《ほほえ》みを返してくれる。

「もしもそうなったら……私も一緒にガラスをぶち破るから、早く触れられるよね」

そっと僕に肩《かた》を寄せてきた彼女の一言に……僕も思わず笑みを零《こぼ》す。

「でもさぁ、ガラスがお互いを隔てている部屋ってどんな状態だろうね？　こういう水槽《すいそう》みたいな部屋かな？」

肩を寄せながら七海はそんなことを呟いた。あくまでたとえだし、具体的には想像してなかったからそんなことを言われるとは予想外だった。ちょっと、どんな状態なのかを考えてみようか。

「うーん、ホラー映画とかにはありそうだよね……お互いが見えるのに触れ合えないって。相手を助けたくても助けられない状況《じょうきょう》……」

「やだなぁそういう状況……。ガラスかぁ……割る方法を今から覚えとかないとね」

「いや、実際には無いでしょそういうの……。あとは……何かしないと出られない部屋とかもネットではよく……ごめん、忘れて」

そこまで言って僕は言葉を止める。中途半端《ちゅうとはんぱ》になってしまったけど、さっきの失敗もあってさすがにこれ以上言うのも憚《はばか》られた。しかし、そういうわけにはいかなかった。

七海は耳ざとく、僕の発言にツッコんでくる。

「何かしないと出られない部屋？　……何かって？　え？　何それ？」

「いや、七海は気にしなくていいから。忘れて。検索もしなくていいからね。絶対しちゃダメだからね。うん、この話止めよう」

「……もしかして……えっちなの？」

無理矢理《むりやり》に言葉を打ち切ったんだけど、それが却《かえ》ってよくなかったんだろう。七海は僕の発言の内容に気が付いてしまった。くそぅ、不覚だ。

「……えーっと……うん……そういうのが割と多いから……検索は止めとこうね？」

僕が七海の発言をやんわりと肯定《こうてい》すると、二人の間に沈黙が流れる。視線が交差して、お互いにほんのりと頬を染めてしまっているのが分かった。それから七海は深呼吸をすると……。

「……今度、映画見に行こっかー。ホラーじゃなくて、楽しい奴《やつ》がいいなー」

「了解。また行こうね、映画」

お互いに、露骨《ろこつ》に話を逸らしながらホッキョクグマの観察に戻る。

ホッキョクグマのトンネルは予想していたよりも非常に長いもので、僕等がトンネルを歩いている間にホッキョクグマが泳ぐ姿を目撃《もくげき》できたのは二度や三度ではなかった。

それは、まるでクマが歩いている人間にパフォーマンスをしているようにも見え、トンネルを歩いている人達は喜びの声をあげる。特に、二匹《ひき》のホッキョクグマが同時に泳いでいる姿なんて、圧巻の一言だ。

「凄いねぇ……ホッキョクグマが泳いでいる姿って迫力もあるけど、肉球とかが可愛いよね。わざわざこっちに見せてくれてるみたい。サービス精神旺盛《おうせい》だなぁ」

「でも爪《つめ》とかはよく見ると怖いね。まさに熊って感じだよ。本来だったらあれでアザラシをって思うと……ちょっと怖いし、考えさせられるね」

「ふーん、私と陽信で見ている所って違うんだねぇ。私は肉球で、陽信は爪……男の子ってそういう……なんて言うのかな？　カッコいい方に目が行くよね？」

「あー……確かにそうかもしれないなぁ。肉球……ホッキョクグマの肉球もぷにぷにしてるのかな？　猫《ねこ》のイメージでしかないけど……熊って猫科だっけ？」

「可愛ければ私は何でもいーかなー。でも、猫だったとしても流石にホッキョクグマの肉球は触《さわ》れないよねぇ……できるとしたらこれくらいかな？」

七海はトテトテとトンネルへと近づくと、ガラスの向こうから掌《てのひら》を押《お》し付けていたホッキョクグマの肉球部分に指を当てる。ガラス越《ご》しだから感触《かんしょく》は分からないが、遠目には肉球に触れているようにも見えた。

ほんの一瞬《いっしゅん》の出来事だったけど、ちょうど僕は七海の行動を動画に撮っていたのでその部分もバッチリと記録に残すことができた。

「そろそろ出口かな？　結構長いトンネルだったねぇ」

「何メートルあったんだろうねぇ……あー……白い光が見えるよぉ」

周囲が青い光に照らされていると、出口の白い光はとても目立つものだった。そして、出口から出た僕等はまるで水中から地上に出るような錯覚《さっかく》を起こした。

トンネルから外に出ると、僕等はなんとなくゆっくりと深呼吸をする。どうやら七海も、水中から地上へと出た気分になっていたようで……僕等はお互いに微笑み合う。

トンネル内は少し冷えていたこともあって、ポカポカと心地いい陽気が僕等の身体を温めてくれたのもそんな錯覚を感じた原因の一つだろう。ゆっくりと身体が温まっていく感覚はとても心地いいものだった。

「あー……楽しかったねぇ。ホッキョクグマさんも可愛かったし」

「だね。それじゃあ……そろそろ次の場所へ行こうか。せっかくだし……別のルートで違う動物を見ながらにする？」

「そうだね、せっかくだし……もうちょっと動物を見ながら行こう」

僕等はホッキョクグマのいた場所を一度だけ振り返ると、先ほどとは別ルートをパンフレットで確認《かくにん》する。さっきまではパンフレット上だと上の方を歩いていたので、今度は下の方をグルリと回る形で移動しようと、僕等は歩き出した。

別のルートにも色々な動物がいるようだ。全部を見る時間は無いが、ペンギンや熱帯にいる鳥類……爬虫類《はちゅうるい》がいる館もあるようだ。

「そういえば、七海は爬虫類系って平気？」

「ちょっと蛇《へび》とかは苦手かも……。可愛いのとか、モフモフした動物が好きかなー？　食わず嫌《ぎら》いみたいなものかもしれないけどね」

「爬虫類も慣れれば可愛いって聞くけどねぇ……その辺は今度にしようか」

「うん、また今度……来た時にしようよ」

僕等の約束は、こうしてまた増える。

どんどんと約束が積み重なっていっても、きっと身動きを取れなくはならないだろう。

僕等は……いや、僕はその沢山《たくさん》の約束を果たすためにも、次の場所に今日はどうしても行きたいのだ。

手を繋いだ僕等はそのまま、道なりに動物たちを見ていく。

水辺の鳥たちが集められた場所では、優雅《ゆうが》に水上を泳ぐカモや、木の上に留まっている真っ赤な鳥……。さらには身体を左右に揺《ゆ》らしながら歩くペンギンの姿が見られた。

「水族館とは種類が違うペンギンなのかな？　なんか、ちょっとのんびりした感じだね」

「地上にいるからじゃない？　あの時は泳ぐ速度とかすごかったよね」

そういえば、水族館でもペンギンを見たっけ。思わぬところで、以前のデートの思い出話に花を咲《さ》かせる。ペンギンはペタペタと足音を響《ひび》かせながらゆったりとした速度で歩いている。

思い出に浸《ひた》りながらも、僕等は歩みを止めずに動物園の中を突《つ》き進んでいく。

マレーグマやトラなどのアジアの動物たちがいる場所、カバやライオンなどのアフリカの動物たちがいる場所、キリンやダチョウのいる場所……。普段見慣れない動物達を僕等は楽しむ。

「……トラってアジアの動物だったんだ……。てっきりライオンと同じく、アフリカなのかなと思っていたよ」

「あ、それ私も思った！　なんでそんなイメージ持ってたんだろうね……。テレビとかの影響《えいきょう》かな？　それともどっちも猫っぽいからかなぁ」

「あー……それはありそうだね。猫っぽいから同じ生息地って思ってたのかも」

「デートの思い出に直結したらもう忘れないねぇ♪」

そんな風に僕等は自分達の知識を更新《こうしん》しながら、動物に目を向けていく。

次の場所へ行こうと言って歩き出したのに、僕等は途中《とちゆう》で興味を持った動物を見たくなって、色々なところに寄り道をしてしまう。

神社は逃げない……と言っても参拝時間もあるので、実はそう悠長《ゆうちょう》にもしていられないのだが……色々と調べて万全《ばんぜん》だと思っていたのに、一カ所で長時間楽しめるのは予想外だった。

これが理想と現実の差かと思いつつも、その差をどこか僕は楽しんでいた。

ただ、参拝時間が終わっては元も子もないので、僕はスマホで時計をチラリと確認する。

うん、まだ一時間以上もあるから大丈夫だろうな……。

それから、その道中で僕等はお土産屋《みやげや》さんを発見した。

「せっかくだし、何かお土産を買っていこうか……。水族館の時は、お揃《そろ》いでイルカのストラップ買ったよね？」

「そうだねー、あ、ホッキョクグマのストラップ売ってないかな?!　お揃いで買おうよ!!」

「またストラップ買うの？　ストラップだらけになっちゃわない？」

「いーじゃない、どんどんストラップが増えていくってのも面白いよ」

僕等はお土産屋さんの中でホッキョクグマのストラップを探すのだが……残念ながらホッキョクグマのストラップは売っておらず、ちょっとだけ七海がしょんぼりする。

そんな風にしょんぼりする七海を見て周囲を見渡《みわた》すと、僕はお土産屋さんの一角にTシャツを着たぬいぐるみ型のキーホルダーを見つけた。

それは、ホッキョクグマの顔のイラストが描《か》かれたTシャツを着た、動物のぬいぐるみ型キーホルダーだ。人間型にディフォルメされた可愛らしい動物たちがぶら下がっている。

「七海、キーホルダーならあるよ。お揃いで買う？」

ホッキョクグマ以外にもゴリラやライオン、象にワニなんかもTシャツを着た状態で売られていた。うん、どれもこれも可愛らしいな。

僕はホッキョクグマを一つ手に取る。意外と作りはしっかりしているキーホルダーで、これならカバンに付けたとしても邪魔《じゃま》にはならないかな？　簡単にちぎれるとかもなさそうだ。

そんな風に僕がキーホルダーの作りを確かめていると、彼女も一つのキーホルダーを手に取った。

「陽信は、ホッキョクグマの買ってよ。私はさ……これを買うからさ……交換《こうかん》しよ？」

そう言って彼女が手に取ったのは……Tシャツを着た羊のキーホルダーだった。僕がさっき執拗《しつよう》に好きだと言っていた動物のキーホルダーを手にした彼女は、はにかみながら僕に交換を提案してくる。

「七海は、ホッキョクグマで良いの？　お揃いじゃなくなるけど」

「お揃いも良いけどさ、お互いに好きな動物のキーホルダーを交換するのも良いかなって」

なるほどね、そういう考え方もありか。

「そういうことなら、よろこんで」

「うん。それじゃあ、そうしよっか」

僕等はそれぞれ会計を済ませて……それからお互いにキーホルダーを交換した。

僕は羊。

彼女はホッキョクグマ。

それぞれがキーホルダーを指でつまんでお互いに見せ合い、笑みを浮かべた。

「なーんか、動物のセレクトだけ見ると男女逆っぽい？　陽信の方がなんか可愛い感じだし」

「そうかな？　最近だとそういうのはあんまり気にされないいんじゃないかな。ほら、そっちのクマも十分可愛いしさ」

僕等はそれぞれが買ったキーホルダーを大事にしまう。とりあえず、今ここで付けても良かったんだけど……それはお互い後の楽しみに取っておくことにした。

あとまだ少し時間もあるし、他に何かお土産でも買おうかと見渡していたところで、ここで軽食を売っていることに気づく。なんでも、揚《あ》げパンが名物になっているようだ。

……お昼を食べたあとだけど……なんだろう、トンネルをくぐったり動物園内を歩いたからかな、小腹が空《す》いた気がする。名物だって言うし……買ってみようかな？

「七海、揚げパンだってさ。買って食べてみようか？」

「揚げパンかー……食べるの小学校の給食以来だよ。美味《おい》しそう……って……けっこう大

「お夕飯食べられなくなっても知らないよ？　じゃあ、一個買って二人で分けっこしようか」

「あ、一人で食べるのは辛《つら》いから、……一緒《いっしょ》に食べない？」

きいよこれ。……三十センチもある……これ……一人で食べるの？」

まるで母親のように苦笑《くしょう》を浮かべて、七海は僕の提案に同意してくれた。なんだろう、言い方もかつて僕が母親から言われたセリフそのまんまな気がする……。まるで母さんから言われたみたいで、ちょっとだけ恥《は》ずかしいな。

僕等はそこで一つ揚げパンを買うと、店員さんから包みからはみ出す程《ほど》の大きさの揚げパンを受け取る。三十センチという大きさはかなりの迫力で、確かにこれは、一人だと夕飯が食べられなくなりそうだ。

そして、お土産屋さんを出て二人で食べながら動物園の出口まで向かって歩き始める。

そう言えば店員さんが気になることを言ってたな……。食べ歩くなら、気を付けてくださいねとか……。食べ歩きが禁止なのかと思ったらそうじゃないみたいだし何だろうか。

揚げパンは熱々で、僕等はお互いに双方向《そうほうこう》からかぶりついたり、ちぎってお互いに食べさせ合ったりする。

出口までの間に三分の一以上は消費できたので、これなら神社に着くまでには食べ終わるかなと思っていたのだが……。

油断した僕は、そこで店員さんが言っていた『気を付けてください』の意味を知ることになった。

僕等が揚げパンを食べていた最中に……七海の背後から何か黒い塊《かたまり》が彼女めがけて飛んで来るのが僕の視界に入る。

当然ながら、七海は背後からのその飛来物に気づいていない。

かなりの速度で近づいているそれが何かも分からないが……このままいけばそれは七海に当たってしまう！

「七海、危ないッ!!」

大慌《おおあわ》てで僕は叫《さけ》びながら、両手でとっさに七海を自分の方へと抱き寄せる。揚げパンは僕が持っていたのだが、両手で抱き寄せたことで、それは地面へとゆっくりと落ちていく。

「よ……陽信?!」

状況が分からない七海は、叫びながらも僕にされるがまま抱き寄せられる。

そして、てっきり七海に向かって飛んできていると思っていた黒い塊は、速度を落とさずに急角度で曲がると、手放した揚げパンへと向かっていった。

その後も黒い塊は次々と空から飛んできて、僕が地面に落とした揚げパンに群がる。黒い塊は……カラスの群れだった。その時に僕ははじめて、園内に『カラスに注意』のカンバンが出ていることに気が付いた。

食べ歩きは禁止されていないようだけど、どうやら注意が必要だったようだ。これは見落としていたな……反省しなければならないね……。

いや、店員さんもカラスに注意って言ってくれれば……違うな、見落としてた僕が悪い。店員さんも知ってると思っていたんだろうな……。

せっかく買った揚げパンもカラスの餌《えさ》に……あれ、包み紙まで無くなってるけど……カラスって包み紙まで食べるの？　雑食にも程があるよ。

まぁここは、七海がカラスに突撃《とつげき》されなかったことを喜んでおこうか。

「あの……えっと……陽信あのね……嬉《うれ》しいんだけどその……ちょっと……恥ずかしいかな？」

そこで僕は、両腕《りょううで》の中から聞こえてくる声に耳を傾《かたむ》ける。

そうだ、僕は勢い余って彼女をギュッと抱きしめたままだった……。僕の身体に彼女の熱が伝わってきて、両腕と身体全体に温かく柔《やわ》らかい感触があることをそこで自覚した。

僕の腕の中の彼女は頬を真っ赤に染めて、目を丸くしている。

突然の出来事に何が起こったのか理解が追いついておらず困惑《こんわく》しているようで、僕の錯覚かもしれないけれども、漫画《まんが》みたいに瞳《ひとみ》の中がグルグルとしているように見えた。

「あ、ご……ごめん……カラスが来てたからさ。危ないと思って。痛かった？」

「……ううん、ビックリはしたけど痛くはないよ……。いつもの優《やさ》しくて安心する感じ……」

「カラスに揚げパン食べられちゃったねぇ。まさか襲い掛《か》かってくるとは思わなかったよ」

「油断しちゃったね、残念ー。でも……私は陽信に庇《かば》って抱きしめられて……嬉しいかな？」

公衆の面前で抱きしめてしまって、ちょっとだけ気まずい。周囲の人達は抱き合っている僕等を生暖かい目で見ているような気がするのだが……気のせいだと思っておこう。

僕は彼女《かのじょ》を傷つけないように、ゆっくりと彼女から離《はな》れる。それから、改めて彼女の手を取り握《にぎ》りしめた。

「さて……ちょっとしたハプニングはあったけど……神社に向かおうか」

気を取り直した僕だったが、そんな僕に七海は歯をむき出しにした笑顔を僕に向けてきた。

「……顔が赤いよ？」

「七海こそ……」

「あんな風に強く優しく抱きしめられて、赤くならない方が無理だよぉ」

強く優しくって、なんか表現が矛盾《むじゅん》してない？

彼女は頬の赤みを隠《かく》そうともせずに、僕に笑顔を向けて……そして、唐突《とうとつ》に今度は僕に対してギュッと抱擁《ほうよう》をしてきた。

今度は僕が驚《おどろ》きで目を丸くする。

「七海?!」

「おかえし！　守ってくれてありがとね、陽信！」

ほんの一瞬だけ彼女は僕に抱き着いてくると、離れる瞬間《しゅんかん》に誰にもわからないように僕の頬に軽く口づけをしてきた。

ほんの一瞬だけど、僕の頬はハッキリと彼女の唇《くちびる》の感触があったことを認識《にんしき》する。

僕は思わず、その感触を逃《のが》すまいとするかのように……無意識に自分の頬を掌で押さえる。

「それじゃあ陽信、次の場所に行こうか！」

笑顔のままで僕に手を差し伸《の》べる彼女に……僕は苦笑交じりの笑顔を返して、その手を取る。少々のトラブルはあったものの、僕等はそのまま手を繋いで動物園を後にした。

僕等はそのまま歩き続けて、とある公園に出る。これから向かう神社は、動物園から十五分ほど歩いた先にあり、今いるこの公園とは地続きになっている。

公園内には沢山の木々が自然のままに並んでいた。だからこうやって、移動の間も散歩や森林浴が楽しめる。穏《おだ》やかで暖かい、気持ちのいい風が吹《ふ》くと……ザァザァと葉の揺れる音が僕らの耳に聞こえてきた。

なんだっけ、フィトンなんたらとかいう物質が木々から出てて身体にすごくいいんだっけか？　森の香りが、僕等をリラックスさせてくれるのだとか。

「なんかさぁ、お花見の時に散歩した公園を思い出すよねぇ。でもその時とは違って緑の方が多いかな？　……色んな木が多いねぇ」

「そうだねぇ、斜《なな》めに生えてたり……真っ直ぐ生《は》えてたりってバリエーションが凄いね。秋とかは葉が色付いて、冬とかは真っ白な景色になるのかな？」

「その時にお散歩に来ても気持ちよさそうだねー」

僕等はそのままのんびりと手を繋ぎながら木々の中を散歩していく。

茶色く斜めに生えた木々、真っ白い白樺《しらかば》の木々、グネグネと枝がまるで生き物のように曲がりくねっている木々……。

神社へ移動するただの道だと思っていたが、かなり見応えのある公園だ。正直、侮《あなど》っていた。

地図を見る限りでは神社へはまっすぐに歩くだけで着くみたいなのだが……。

「ちょっとだけ、寄り道しながら行ってみようか。あっちには池もあるみたいだし」

「ほんとだ、ちょっと見てみようか……」

つい他の景色も見たくなり、僕等《ぼくら》はまず目についた池の傍《そば》まで移動する。

そこには、一見すると一本ではなく複数の樹木が密集しているように見えるが、実は太い幹から何本もの枝が天井に向かって伸びた木が生えていた。

なんの木だろうか？　同じような木が沢山ある。その太さや、枝の不規則な広がり方は圧巻の一言で……。まるでファンタジー小説に出てくる樹木のようだな。樹齢《じゅれい》はどれくらいなのだろうか……少しの年月ではこんなに迫力のある木にはならないだろうことくらい、僕にだって理解できる。

ちょっと迫力があり過ぎて怖いくらいだ。

「なんか、夜に見たらちょっと怖そうだね。ざわざわっ！　って動き出しそう。なんかホラー映画とかだとこの枝に腕とか搦《から》めとられそうだよねぇ」

「そんなホラー映画あるの？　ぼく……ホラー系の映画ってあんま見たこと無いからなぁ……」

「私もホラーは苦手だなぁ。……今度、部屋で一緒に見る？　ほら、怖い場面でどっちがどっちに先に抱き着くか勝負してみるとか」

「何の勝負させれ……。僕は怖いの苦手だからなぁ……七海に抱き着いちゃうかもしれないけど良いの？」

「さっき抱きしめといて、いまさら何言ってるのさー」

笑いながら言う七海の言葉に、僕は改めて先ほどの彼女の体温を思い出してしまう。

さっきはとっさにしたけれども……あれが家で起きるとなると……。当然、二人きりだよね。二人きりでホラーを見て抱き合うって……。

「僕の理性が持つかなぁ……」

僕はなるべく小さな声で呟《つぶや》いたのだが……ちょうどその言葉は七海の耳に届いてしまったようだ。彼女は僕の言葉に頰《ほお》をほんの少しだけ朱《しゅ》に染めつつ、その顔に意味ありげな笑《え》みを浮《う》かべていた。

それから上半身をほんの少しだけ屈《かが》めると、下から覗《のぞ》き込《こ》むようにして僕と目を合わせてくる。

「理性の無くなった陽信って……どうなるのかなー？」

まるで興味津々《きょうみしんしん》というようなその言葉に、僕の方が面食らってしまい言葉に詰《つ》まる……。

理性の無くなった僕……ねぇ……。

どうなるんだろうか？　今までそういう、感情の赴《おもむ》くままに行動するってことがあまり記憶《きおく》に無いからなぁ……。欲望のままに彼女を押し倒《たお》すのか、それとも僕の理性は保たれるのか。

「……それについては、その時になってみないとわからないかなぁ？　……それで？　七海は僕にどうなってほしいのかな？」

僕のちょっとした反撃《はんげき》に、七海も言葉を詰まらせるが……その顔の笑みをますます深めた。

「それは、陽信の想像にお任せするよぉ？」

まるで気にしていない風を装《よそお》って笑みを深めているのだが……僕の反撃は予想外だったのだろう。ちょっとだけ、目が泳いでいる。

自爆《じばく》するくらいなら言わなきゃいいのにと思いつつ……こうじゃないと七海じゃないよなぁという安心感も僕は覚えていた。

そんな話をしていると、いつの間にか池のほとりまで移動していたようだったのだが……。

その池の光景がさらに圧巻で、僕等を感動へと誘《いざな》ってくれた。

今日はとても天気が良く、雲も少ないために日の光が十分に地面を照らしている。その結果、池がまるで鏡のようになっている。

　水上にはゴミや葉は浮いておらず、水鳥もいないためか、池の水面は一切《いっさい》の揺らぎを見せていない。そのため、周囲の木々を水面へ映した上下対称《たいしょう》の美しい光景がそこには広がっていた。

　僕等もその上下対称の光景の一部となっている。逆さになった水面の僕等が、現実の僕ら二人を見つめ返してきているような錯覚に陥《おちい》った。

「凄《すご》い……綺麗《きれい》……」

　七海もそう呟くのが精いっぱいで、僕は何も言えずにその光景に見とれていた。

　水面がまるで緑色に染められたように、周囲の木々や葉の色を映しこんでいる……。これが秋頃《あきごろ》になると紅葉した葉を池が映すのだろうか？

　池の水面には僕と七海が映っていて……そのまま触れたら、何かの映画のように鏡の世界にでも入れそうなほどに幻想的《げんそうてき》な光景だ。

「陽信！　危ないって!!」

　その言葉に、僕は我に返った。

　いや、言葉だけじゃない。ちょっとだけ池に近づきすぎた僕を、七海が後ろから抱《だ》き留《と》めてくれている。七海の言葉と、僕の背中に当たる大きく柔らかい感触に我に返ったのだ。

ちょっとだけ恥ずかしい。

「あ、いやぁ。ごめんごめん。あんまり綺麗だったからさ。凄いよね、この光景」

「確かに綺麗な光景で、気持ちは分かるけどさ。デート中に池に落ちるとかやめてよねぇ。ただ濡《ぬ》れるだけならまだいいけど、心配させないでよ……」

「ほら……水面に映った七海が綺麗だから、思わず見惚《みと》れちゃったんだよ」

「そこは現実の私に見惚れなさい!! もー、そういうセリフは簡単に出る様になっちゃって……。そろそろ私、陽信がプレイボーイ化しちゃうんじゃないかって心配だよ」

「心配しないでよ、言うのは七海にだけだから」

それに、七海以外に言ったところで「は?」で終わってしまうか、場合によってはセクハラとかそういうので非難を受けるだけだろう。

僕は七海と付き合ってはいるけれども、別にイケメンというわけではないし。そもそも、七海が僕と付き合ってくれているのは……。いや、ここでそれを蒸《む》し返すのはよそう。今《いま》更《さら》だ。

僕はスマホのカメラを水面に向けると、七海に少しだけ近づいてその肩を抱き寄せる。そして、水面に映った僕等の写真をスマホへと残す。映った僕等は……笑顔《えがお》だった。

「この公園、秋にも冬にも来たら楽しそうだね。お花見もできそうだし……みんなで来るのも楽しそうだ。これからの楽しみが沢山できるね」

「ちょっとー、自分のスマホだけで撮《と》らないで。私も撮るんだから離れないでよ。ほら、もっとくっついて！」

上下逆さの良い写真が撮れたと僕は満足してしまったのだが、確かに七海も撮りたいよね。これは配慮《はいりょ》が足りなかったと……僕はまた彼女に近づくのだが。

「う……」

「どうしたの陽信？」

「いや、さっきは勢いでやったからいけたんだけど……改めて冷静になると急に恥ずかしく……」

「今更なの?!」

七海にツッコミを受けつつも、僕は意を決して再び彼女の肩を抱き寄せる。そして七海のスマホにも僕等の写真が収められた。

ほんと……勢いって大事だよね……改めて肩を抱き寄せることを意識するとすっごい恥ずかしくなったので、その写真の僕は先ほどよりも頬が赤かった。

「良い写真も撮れたし……神社に向かおうか」

「そうだねぇ。でもなんかさ、他にも色々見られそうだよね、この公園」

七海のそのセリフは、この後の展開を予想していたようなものだった。僕等が移動中に見られたのは数々の木々だけでなく……様々な動物を見ることができたのだ。

「あれ？　リスがいるねぇ。うわ、穴からぴょこんと顔を出してて可愛《かわい》い!!　あ、切り株の上でなんか食べてるリスもいる!!」

「リスも可愛いねぇ。あっちには……随分《ずいぶん》とカラフルな鳥がいるよ。地味な色合いの鳥と一緒に並んでいるけど……夫婦《ふうふ》なのかな？」

「あ、ほんとだ。すっごい色！　ホントに並んで歩いているもう一匹は地味な色合いだね……どっちがオスなんだろ？」

僕等がそんな風にわからない鳥を見て首を傾《かし》げていると、思わぬ方向から声が聞こえてきた。

「あぁ、あれはオシドリじゃよ……色が綺麗な方がオスで、地味な方がメスじゃな……」

声のする方向に目をやると、切り株のベンチに座《すわ》った一組の老夫婦が僕等に鳥の種類を教えてくれた。二人とも手には双眼鏡《そうがんきょう》を持っており、野鳥の観察なんかをしているようだった。

「あぁ、すまないねぇ。お節介《せっかい》を焼いてしまって。儂《わし》はここによく妻とバードウォッチングに来ていてね……お二人は……デートかのう？」

「いいわねぇ……仲良く手を繋《つな》いで。私達の若いころを思い出して、ついつい声をかけちゃって……。ごめんなさいね。お邪魔して」

ご夫婦は僕等に頭を下げるが、僕等としてはわざわざ親切に鳥の名前を教えてくれて感謝しかないので、素直《すなお》にお礼を言っておく。そっか、これがオシドリなのか。初めて見たな。

七海はそのご夫婦に近づくと、隣《となり》の切り株に腰《こし》掛《か》けた。

足をブラブラとさせながら……何かを聞きたそうにしているのが見て取れる。何を聞こうとしているんだろうか？

やがてちょっとだけ迷うそぶりを見せていた七海は、少しだけ目に力を入れると老夫婦に一つの疑問を尋《たず》ねた。

「お二人は、もう夫婦になられて長いんですか？」

「そうじゃのう……もうかれこれ……五十年以上は一緒に居るよ。お嬢《じょう》さん達《たち》はお付き合いしてどれくらいなのかね？」

「僕等は……ようやっと一ヶ月ってところです」

僕も腰掛けながら老夫婦の疑問に答えるのだが……二人はちょっとだけ驚いた表情を僕等に返していた。

「あらあら、そうだったの？　なんだか雰囲気《ふんいき》が……もう何年も付き合っているような感じだったから、てっきり長いのかと」

「そうじゃのう、まるで夫婦みたいな距離《きょり》感じゃったわい。ガッハッハッハッハ！」

おばあさんの方が頬に手を当てて僕等を不思議そうに見てきて、お爺《じい》さんは豪快《ごうかい》に笑う。

そんなに長い付き合いに見えてたのだろうか？　まだ付き合い始めたばかりだというのに、そう思われたのがくすぐったくも嬉しく感じる。

「五十年かぁ……すごく長い間一緒に居るんだねぇ。うちのお父さんとお母さんの倍以上も一緒に居るんだぁ……素敵《すてき》……」

七海は老夫婦の言葉に嬉しそうにしながらも、彼等《かれら》がそれだけ長い間一緒に居ることに感激しているように両手を合わせていた。その七海の言葉に、老夫婦は照れくさそうに笑っていた。

それから僕等は、その老夫婦にお礼を言うと神社への移動を再開することにした。その時に、老夫婦が最後にアドバイスをくれた。

「素敵な学生の恋人《こいびと》同士さん……これからもずっと一緒に居るつもりなら……お互《たが》いに尊敬する気持ちを忘れないでね？」

「世の中というのは持ちつ持たれつじゃ、夫婦間もそれは変わらん……。愛情が当然のものと思わず、常に……お互いを大切にの。年寄りからのお節介と受け取っておいてくれ」

そのアドバイスに……僕等は改めて二人の老夫婦に頭を下げて笑顔を返す。二人の老夫婦も僕等に笑顔を返すと、バードウォッチングを再開していた。

長い間を二人で共にしてきたその言葉には、自分達の両親の話とはまた違《ちが》う説得力が感じられた。

僕はそういう話を両親とはまともにしたことが無かったから、というのもあるかもしれない。

ただ、七海は上機嫌《じょうきげん》で僕と繋いだ手をぶんぶんと振《ふ》り回している。

「素敵な……素敵なご夫婦だったね」

「そうだね……あんな風に年を重ねても仲良く一緒に居られるって……本当に素敵なことだよね」

「オシドリ夫婦って、ああいうのを言うのかな？　ちょうどオシドリを教えてもらった時だし、なんか運命的な感じだよね」

「そういえばそんな言葉も世の中にはあったっけ……オシドリ夫婦……五十年かぁ……」

数字で口にできるその年月の重さは僕等には分からないけど、それでも彼等が素敵なご夫婦だというのは、心に響いた言葉から自然と理解できる。

だから僕は心の中だけでそのことを七海に伝える。

僕等もあんな風に……なれると良いよね。長い間ずっと一緒に居られるように。これからもずっと。

それを僕は、言葉には出さなかったのだが……。

「陽信……私達もさ……あのご夫婦みたいに、ずっと一緒に居られたら良いよね……」

その瞬間に、七海はまるで僕の心の中が分かったかのようにその言葉を口にしていた。

僕、考えたこと口に出してないよね？　それくらい、タイミングがバッチリだった。

「僕もそう思ってたよ。これからも……七海とは一緒に居たいと思ってる」

「そっか、良かった……」

七海はホッとしたように、少しだけ陰《かげ》のある笑顔を僕に向ける。楽しそうだけど、少しだけ心配事がある……そんな笑顔だ。僕は手を繋いだままだからか、その気持ちがまるで伝わってくるような錯覚を起こした。

「あのね、陽信……私……今度……陽信に言いたいことが……」

何かを言いかけた七海だったが……そのタイミングでちょうど神社の入り口である鳥居が僕等の目の前に現れた。

本堂へとまっすぐ伸びている道を守るような、立派な鳥居が赤い陽の光に照らされている。

陽の光を浴びた鳥居の美しさに、僕も彼女も言葉を失う。

七海が何かを言いかけていたが、その光景に息を詰まらせてしまっていた。ただ、すぐに彼女はその表情を明るいものへと変化させる。

「うわぁ、立派な鳥居だねぇ。結構寄り道したつもりだったけど、割とあっという間に神社に着いたね。それじゃあ陽信、一緒にくぐろうか？」

そこにいたのはいつもの七海だった。七海は……何を言おうとしたのだろうか？

それを聞くタイミングを逃してしまった僕だったけど、僕の手を引いて鳥居をくぐろうとする彼女を慌《あわ》てて止める。

「あぁ、まって七海。ここは……僕等は別々にくぐろう」

僕の一言に歩みを止めた彼女は、首を傾げながら不思議そうな声をあげる。

「なんで？　鳥居なんだから一緒にくぐった方がご利益《りやく》とかあるんじゃないの？」

「ご利益はあるにはあるけど、これのご利益は、僕等は一緒に通ったらダメなご利益なんだよ」

「何そのご利益？　一緒に通ったらダメなご利益って……？」

僕はほんのちょっとだけ勿体《もったい》ぶるように……神妙《しんみょう》な声で彼女に僕が調べたことを告げる。

「この鳥居はね……通称《つうしょう》……縁切《えんき》りの鳥居って言われているんだ。だから僕等は、一緒に通っちゃいけないいんだよ」

縁切りの鳥居……僕等の目の前に陽の光に美しく照らされている鳥居は、そう呼ばれている。

この神社には鳥居はいくつかあるのだけれども、この鳥居は本殿《ほんでん》まで続く道の中で二番目に位置するものらしい。

そして、縁切りのご利益があるのはこの鳥居だけだ。

美しく照らされているこの鳥居に縁切りとは似つかわしくない……。そう思うかもしれないし、そもそも縁切りと聞くと、それはご利益ではなくいっそ天罰《てんばつ》の類《たぐい》ではないかと誤解が生まれそうだ。

事実、僕も最初に調べた時は誤解したし……今僕の目の前ではまさに、七海に対してその誤解が生じているところだったりする。

「え……縁切りって……陽信……私の事……嫌《いや》になっちゃった……？　私との縁《えん》を切りたくて、今日ここに来たかったとか……？　だったら……あのね……」

「待って待って。ごめん、僕の言い方が悪かった。やっぱり誤解が生まれるよね。違うよ七海」

僕は『縁切りのご利益があるから、二人では通れない』と伝えたつもりだったんだけど、七海には『縁切り』という言葉のインパクトが強すぎて、そこしか頭に残っていないようだった。

先ほどまで笑顔だった表情を曇《くも》らせて、不安げに身をよじり……僕に何かを言いかける。これは完全に、僕の配慮が足りなかったと言わざるを得ない。こんな悲しそうな顔をさせるつもりは無かったのに……。

「え……？　違うの？」

違うという僕の一言に、不安げだった七海の顔がほんの少しだけ明るくなる。それでもまだ完全に晴れやかとはいかないので、僕は彼女を安心させるための説明を続けた。

「そもそもさ、僕が七海と縁切りするつもりなら黙《だま》って二人で通るでしょ？　それをしないで止めたのは、僕は七海との縁を切りたくないからだよ」

「あ……確かに……そう……かな？」

僕の言葉に、七海はほんの少しだけ考え込むような素振《そぶ》りを見せて……納得《なっとく》したかのように何回か頷《うなず》いた。少しは安心してくれたかな？

「でもじゃあ……なんでわざわざ縁切りの鳥居なんて来たのさ？　私……ちょっと不安になっちゃったよ？　別に他の鳥居があるならそこからでもいいじゃない？」

ほんの少しだけ頬を膨《ふく》らませて、七海は僕に対して抗議《こうぎ》の声をあげる。その疑問ももっともで、神社に入る入り口はここ以外にもいくつかあるし、調べたら金運が上がる鳥居なんてのもあったくらいだ。

僕がなんでわざわざここに来たのかと言うと……。

「本殿に一番近い鳥居がここだったから……って言うのは冗談《じょうだん》として……。縁切りがご利益だからここに来たんだよ」

「縁切りが……ご利益？」

小首を傾げながら七海は僕の次の言葉を待っていた。そう、僕がここに来たのはまさに『縁切り』というものが必ずしも悪いものとは限らないからだ。

「ここの鳥居って不思議でさ、縁切りが二つの意味を持つんだよね。良縁《りょうえん》との縁切りと、悪縁《あくえん》との縁切り……だから、僕はここをそれぞれで通って、僕等の悪縁を切りたいなって思ったんだ」

「私達の縁じゃなくて……悪縁を切る？」

「そう。例えば病気とか、運の悪さ……。今後、もしかしたら出てくるかもしれない僕等を離れさせようとする嫌な縁。この鳥居を別々にくぐれば、そういう縁から身も守れるかなって思ってさ」

「……縁切りって言うから悪い意味しかないと思ってたけど……そういう縁切りもあるんだね」

実は他にも別れたいカップルや夫婦が通るという話も調べたら出てきたのだが、それはあえてここでは言わない。せっかく七海が納得してくれているのに余計なことを言う必要は無い。

「そう……僕等がより長く一緒に居られるように、僕はこの鳥居を通りたかったんだ」

「それならそうと最初に言ってよ……。本当、焦《あせ》ったんだからね、私……」

「ごめんごめん。一緒に通らないって言うことで説明した気になってたよ、許してくれる？」

「そうだね……帰りにアイス、奢《おご》ってくれたら許してあげる♪」

七海は先ほどまでの曇った表情を一変させて、僕の説明に対してホッとした表情と共に、安心したのか僕に対して冗談めかした軽口を言ってくる。

正直、あの不安げな表情をさせてしまったのをアイス程度で許してもらえるなら安いものだ。何だったら、パフェの専門店でちょっとお高いパフェを奢ってあげたっていいくらいだ。

それに七海に説明したのは……僕が考えていた、この鳥居を通りたかった理由の一つだ。

僕がこの鳥居をくぐりたい理由はもう一つあって……それは七海には言いにくいものだ。

それは、僕と彼女の関係だ。

今更……本当に今更なんだけど、僕と彼女の関係は嘘《うそ》から始まっている。

彼女の嘘の告白から始まった関係……だけど僕は、彼女との間には良い縁があると心から信じている。今も信じているけど……嘘の関係であるということはぬぐい切れない事実として残っている。

だから僕は鳥居をくぐることで、その嘘の告白という悪い部分を少しでも払拭《ふっしょく》したかった。

物語の主人公であれば、ここでカッコよく二人で鳥居をくぐって『そんなご利益なんて信じてないし、自分達ならそれが本当でも跳《は》ねのけられる』と言うのだろうけど、あいにくと僕にはそこまでの胆力《たんりょく》は無い。

いや、正確には僕もご利益を完璧《かんぺき》に信じているわけじゃないんだけどね。それでも今は、ほんの少しでもいいからゲン担《かつ》ぎがしたいんだ。

この最後のデートが明けた一ヶ月記念日。僕は彼女に改めて告白するのだ。わざわざ自分から不安になる材料を増やす必要は無い。むしろ積極的に良いと思えることをしていく。

それが今の僕にできる最大限の努力である。

これを七海に言っちゃうと、僕が彼女の嘘の告白を知っているということを伝えることになるので……あくまでもこれは僕の心にとどめておく理由だ。

「陽信、じゃあどっちからくぐる？　私から行こうか？」

考え事をしていた僕に、七海はほんの少しだけ服の端《はし》をつまんできた。まだ少しだけ不安なのか、その反応はまるで幼い子供のようで、場をわきまえずに僕は彼女を抱きしめたくなる衝動《しょうどう》に駆《か》られるが、そこはグッと我慢《がまん》する。

「いや、僕からくぐるよ。七海は僕がくぐってから、時間差でくぐってね。そうすれば、悪縁だけが切れるはずだからさ」

「うん……見てるね。がんばって！」

彼女は僕を励《はげ》ます様に、両手を胸の前に合わせて握り拳《こぶし》を固めていた。いや、そこまでするようなものではないんだけどね……。単にくぐるだけだから……。

そう思っていたんだけど、ちょっとだけ緊張《きんちょう》する。二人一緒にはくぐらないけど……良縁まで切れるとかは無いよね？　神様、今だけは信じさせてください。

そう願って僕はその鳥居へとゆっくりと近づいて……緊張しながらもくぐる。別に何かが起きるわけでもないし、さっきみたいにカラスに襲《おそ》われたりとかのハプニングも無い。

ただあっさりと、僕は鳥居をくぐり終わる。

「ほら、なんともなかったでしょ？」

「陽信……顔がちょっとだけ引きつってるよ。でもまぁ、なんともなかったのは分かったよ。私もくぐるね」

鳥居の向こう側で振り向いた僕は、今度は七海が鳥居をくぐろうとするところを見守ることとなる。いや、僕もくぐったし、先ほどと一緒《いっしょ》ならば別に何も起きることは無いんだけどね。

だけど、彼女を見守る僕は……どうしても緊張してしまう。何も起きないよね。

七海も緊張しているのか、ゆっくりと歩きながら鳥居をくぐっていく。ほんの数十秒……数分にも満たない時間なのに、変な緊張感が僕等を包んでいた。

そして、七海が鳥居を完全に潜《くぐ》り終わった時点で……特に何も起きることなくそれは無事に終わる。僕等はホッと一息ついてお互いに笑顔を向けた。

「何も起きなかったねぇ。まぁ、別々に個別でくぐるだけなら問題ないんだっけ？　でも緊張したねぇ」

七海はそこでホッと一息つくと、僕の方へと身体を向けて小走りで駆け寄ってくる。鳥居は完全にくぐっており、お互い既《すで》に境内《けいだい》の中に入っている。これで僕等の悪縁は、切れたと思って良いだろうな……。きっと、たぶん……。

そう考えた時だった。

「キャッ?!」

「七海?!」

小走りで僕に駆け寄ってきた七海が、何かに足をつっかけたかのように悲鳴を上げて僕の方へと倒れこんできた。両脚《りょうあし》は地面から離れ、文字通り飛び込んでくるような形となる。

慌てた僕は彼女に急いで近づいて、倒れこんできた彼女を抱きとめる。それはあくまでも、彼女を支えるためにした行動だったのだが……鳥居をくぐった後の僕等は、お互いに正面から抱き合うような体勢になっていた。

「七海、大丈夫《だいじょうぶ》？　鳥居をくぐった後にコケるって……何かに足を取られた？　階段とか？」

「いや、階段は鳥居前だから違うと思うよ……。急に足元に何かがぶつかったような感触《かんしょく》が来て……躓《つまず》いちゃったんだよね」

「躓いた？　地面に？」

「いや、何か急に固いものが出て来て……ぶつかったような感じがあって……」

今日の七海は動物園に行ったり、歩いたりすることを想定していてスニーカーである。服装も歩きやすい服装で、平坦《へいたん》な地面に躓いたとはちょっと考えにくかった。

それに彼女は、何かにぶつかって躓いたと言っている……。

お互いに抱きしめ合った体勢のままで、僕等は七海が躓いたという部分に視線を送るのだが……そこには何もない、平坦な地面があるだけだった。

彼女がぶつかって躓いたという固いものは、どこにも見当たらなかった。

抱き合った姿勢のままで、鼻先が触《ふ》れるほどに近づいた僕等は見つめ合って思わず笑ってしまう。

「悪縁は切れたから、安心しろって神様がわざわざ教えてくれたのかな？」

「七海を転ばせて、僕に抱き着かせたってこと？」

「そう考えた方がさ、なんだか神様に祝福されたみたいで楽しくないかな。これもう、お墨付《すみつ》きって勝手に思っちゃうよ私は」

この鳥居は縁切りの鳥居と言われているけど……ここに祭られている神様には縁結《えんむす》びの神様もいる。

七海はきっとそのことを知らないけど、この結果はその縁結びの神様がやってくれたんじゃないかと七海は笑顔で僕に告げる。

確かにそう考えた方が……楽しいかもしれないな。

「それじゃあさ、その神様にもお礼を言わないとね。本殿に行って、お参りしようか」

「うん。たっぷりお礼を言わないとね」

抱き合った姿勢だった僕等は、離れずに本殿の方へと首を向ける。そこで気づいたのだが、鳥居をくぐった先には桜が数種類咲《さ》いた表参道が広がっていた。

いつかみんなと行ったお花見の時と遜色《そんしょく》ない花の道がそこにはできていて、ピンク色の桜吹雪《ふぶき》が僕等を祝福するように舞《ま》っていた。

「綺麗だねぇ……。今日のデートは……今までのデートの思い出を振り返れるし、新しい発見もあるし……来て良かったね」

「陽信、もうデートが終わるみたいな言い方してるけど……まだデートは続いてるよ。ほら、本殿でお参りしようよ」

「それもそうだ……それじゃあ七海……行こうか」

僕は一度、抱き合っていた七海から離れると、少しだけ気取った仕草で彼女の手を取る様に自分の手を伸ばす。七海はそんな僕の行動に対して驚いたようだったが、僕の手を取って笑みを浮かべてくれた。

そして、僕等は手を取り合って桜吹雪が舞う道を歩いて本殿へと向かう。桜の舞う道からは、少し遠くの本殿が見えていた。

天気も良く、風も穏やかで、ポカポカと気温も暖かい。隣には最愛の人が居て、彼女と手を繋ぎながら、桜の舞う道をゆっくりと、のんびりと二人で歩く。

それはこの上なく幸せな時間だ。

だけど、本殿に近づくにつれて僕の緊張も密《ひそ》かに高まってくる。

この神社は縁切りの鳥居という物騒《ぶっそう》なものがあるのに、実は恋愛成就《れんあいじょうじゅ》についての神社としても非常に有名……らしい。いや、調べるまで知らなかったんだけどね。

あの鳥居をくぐり悪縁を切り、本殿でお参りをして良縁を祈願《きがん》する。それが、この神社を参拝する人たちの主な目的なんだとか。

だからカップルや夫婦は、普通《ふつう》はあの鳥居とは別の鳥居を使ってお参りに来るらしい。

だけど僕は、あえてあの鳥居をくぐらせてもらった。

これで七海と僕の悪縁は無くなり、後は本殿にて恋愛成就を……僕が記念日にする告白が上手《うま》くいくように、祈願するだけだ。

もう付き合っているのに、恋愛成就と言うのも少しおかしいかもしれないが、僕らの関係を考えたらこれが自然に思えている。

だから僕は、やるべきことは全てやる。

普段《ふだん》なら信じないご利益だって心から信じるし、どんなゲン担《かつ》ぎだって僕はやってやる。

そして、僕等の視界に映る本殿は陽の光を反射させており……その光が僕の目に入ってくる。その反射した光が、まるで僕等を祝福してくれているようだった。

……ちょっと、都合よく捉《とら》え過《す》ぎかな？

でも神様。都合良くてもいいですから、僕はこれから神様に心から祈願します。僕と七海が、これからもうまくいきますようにってね。よろしくお願いします。

僕等は手を繋ぎながら、桜吹雪が舞う表参道を本殿へ向かって歩いていた。僕も彼女《かのじょ》も、他愛《たあい》のない雑談をしながら、お互いに笑顔を向け合っている。

ただ歩いているだけなのに楽しく、とても幸せな時間だ。

周囲にも人がまばらに歩いている。僕等と同じように本殿に向かう人たち、帰宅するのか僕等とは逆方向に歩いて行く人たち……。その人たちも、一様に笑顔だ。

幸せそうな笑顔で、きっと僕等も今あんな表情を浮かべているんだろうな。

「なんだか不思議だねぇ。桜がある普通の道なのに、神社ってだけで神秘的な感じがするよ」

「まぁ、本殿もここから見えるしね。この神社、結構なパワースポットらしいよ？　だから神秘的な感じがするんじゃないかな」

「意外だねぇ。陽信、パワースポットって信じてるんだ。男の子ってもっとこう……現実主義？　そういうのって信じてないと思ってたよ」

「ここ最近はね、ちょっと信じるようにしているんだよ。だから今日もこうやって、作法に則《のっと》って歩いているんだよ」

「作法？　って……私達って普通に歩いているだけだけど……これって作法を守れてるの？」

僕の言葉に、七海は不思議そうに首を傾げていた。僕は今、表参道の端を彼女と手を繋いで歩いている。これが作法を守っていることになっている……はずだ。

「うん、道の真ん中って神様の通り道だから、神様の邪魔《じゃま》をしないようにこうやって端を歩くものなんだってさ」

「へぇ……そうなんだ。もしかして、さっきの鳥居で端をくぐったのも同じなの？　真似《まね》してやったけど……」

七海の言葉に僕は首肯《しゅこう》する。

先ほどの鳥居をくぐる時、僕は鳥居に一礼してから鳥居の端を通った。七海も僕に倣《なら》って鳥居に一礼してから端をくぐっている。

「まぁ、僕も全部を調べられたわけじゃないんだけどね。お願い事をするときは、なるべくそういうのを守った方が良いかなって。気持ちが大事ってのは、つまりは所作も大事ってことだろうし」

「そうだけど……随分気合い入ってるね？　そんなに気合いを入れて何をお願いするのかな？」

その疑問に僕《ぼく》はちょっとだけ言葉を詰まらせる。

もちろんお願いするのは七海との恋愛成就なんだけど……。付き合っている僕等の恋愛成就と言うのはちょっと変な気もする……ここは正直に言うべきだろうか？

「僕等のこれから……かな。これからも、七海と一緒に居られますようにって祈願するのに、色々調べたんだよ」

ちょっとだけ嘘だけど……これからも一緒に居たいというのは僕の偽《いつわ》らざる本心である。

改めて口にするとちょっと恥《は》ずかしいというか……照れくさく感じてしまい頬が赤くなる。

思わず頬を指でかきながら七海から顔を逸《そ》らしたのだが、その顔を覗き込むようにして……七海は僕と目を合わせてきた。

「じゃあさ、私にもその作法を教えてよ。二人でやったらさ、効果は倍増かもしれないよね？」

七海は楽しそうに、さらに僕に身体を寄せてくる。

僕は彼女を神社に連れてきたけど……彼女が何を祈願するかはあえて聞いていなかった。

なんだか聞くのが怖《こわ》かったのだけれども……僕はその笑顔にどこかホッとした気持ちを覚えた。

「そうだね、二人でやれば……効果は倍増かもね」

もしかしたらこれは彼女なりの気遣《きづか》いかもしれないけど、その気遣いが嬉《うれ》しいと感じながら、僕はネットで調べた限りの参拝のマナーを彼女に伝える。

「はぁ……知らないことがいっぱいだねぇ。よく調べてそんな複雑な内容を覚えたねぇ」

「んー……まぁ、ほら……。えっと……これからも……七海と一緒に居たいと思ったからさ」

すべてを伝え終わった僕は七海の質問に答えると、彼女は嬉しそうに頬《ほお》を染めて、繋いでいた手を離《はな》して改めてその腕《うで》を僕の腕に絡《から》めてくる。

「……これからもさ……一緒に居ようね、陽信。私も……ずっと陽信と一緒に居たいよ」

腕を絡めてきた七海は、僕に対して懇願《こんがん》するように囁《ささや》く。

僕も同じ気持ちで……彼女も言葉通りに僕と同じ気持ちでいてくれているなら、こんなに嬉しいことは無いだろう。

そうこうしている間に僕等は本殿へと辿《たど》り着いた。

休みの日だからか僕等と同じようにお参りしている人はたくさんいる。みんな、思い思いに神様に祈願をしているようだった。

　僕と七海はマナー通りにお清めを行うと、少しだけ緊張していよいよお参りを開始する。その時もマナーを守りつつ、僕等は気持ちを込《こ》めることを忘れない。

　ゆっくりとお賽銭《さいせん》を入れて、鈴《すず》を鳴らす。決して投げ入れることはしない。あくまでも神様に対してお願いをするということを忘れてはいけない。

　そして二回礼をしてから、二回柏手《かしわで》を打つ。願いを言うのはこの時だ。

　だけどこの時、矛盾《むじゅん》するようだが神様に一方的にお願いをするのではなく、神様に対して誓《ちか》う気持ちが大事なのだとか。

　頭の中で、願いをイメージして思い描《えが》くのが大事らしい。そして、そのイメージに対して自身がどのように努力をしていくか神様に誓いを立てる。

　一方的に神様に願いを叶《かな》えてもらうためのお願いはしない。ただ願うだけでは、神様は願いを叶えてくれないということか。

　確かに僕がもしも神様だったら……一方的にお願いをされてその人の願いを叶えたいかと言われると答えはノーだろうな。

　七海のお願いなら無条件で聞いちゃいそうだけど……。いや、そうじゃないな。

　考えを戻《もど》して僕は、改めて神様に誓いを立てた。

僕は記念日に……七海に改めて告白します。

受け入れてもらえるか、それとも断られるかはわかりませんけど、彼女に僕を好きになってもらえるよう、これまで精いっぱい努力してきたつもりです。

そして、告白が上手くいった後は必ず彼女を幸せにします。……いいえ、彼女と一緒に幸せになる様に、これからも努力を続けていきます。

逆に……もしも告白が上手くいかなくても……僕は彼女の幸せを祈《いの》って素直に身を引きます。

断られることによるショックも未練も絶対にあるでしょうけど、それでも彼女の幸せを第一に考えます。

だから神様……どうか……どうか僕の背中を少しだけ押《お》していただけるとありがたいです。願いを叶えるのはあくまでも僕の努力です。それが上手くいくように……見守ってください。

僕は今この場で……それを神様に誓います。

僕は一通りの誓いと願いを心の中に思い描くと、最後に一礼をする。

顔をあげると、七海もちょうど同じタイミングで顔をあげていた。僕は彼女の顔を横目でチラリと見ると……彼女はとても真剣《しんけん》な表情で本殿を見つめている。

彼女は何を誓ったんだろうか？

その真剣な表情は陽の光に照らされ、今日見たものの中で一番綺麗《きれい》だと僕は感じつつ……そこでスマホを取り出して写真を撮《と》るような無粋《ぶすい》な真似は慎《つつし》んだ。

あくまでもここは神様の前であるし、この美しい横顔は僕だけの思い出としてしまっておきたかった。

そこで彼女は僕の視線に気が付いたのか、その真剣な表情を一変させて、笑顔《えがお》を僕に向けてくれた。僕も笑顔を返すと、彼女へと手を差し伸《の》べる。

さらに嬉しそうに笑顔を深めた彼女は僕の手を取り、僕等は一緒に本殿から離れていく。

少しだけ彼女の顔を見返すが、彼女が何を願ったのかはその表情からは窺《うかが》い知ることができない。

これで神様に僕の……僕等の誓いと願いは届いただろうか？

「……陽信は、何をお願いしたの？」

七海はまるで、改めて確認《かくにん》するかのように僕に問いかけてくる。表情も笑顔ではあるのだが、ほんの少しだけ先ほど見せた真剣な色を窺わせた。

「さっきも言った通りだよ。僕と七海が……ずっと一緒に居られるように……これからも努力するから見守ってくださいって」

「そっか……」

「七海は？　何をお願いしたの？」

僕もあえて彼女に問いかける。彼女はほんの少しだけ眉《まゆ》をひそめた笑顔で僕に答える。

「陽信と一緒だよ。……陽信と……ずっと一緒に居られるようにって……。神様にね、見守ってくださいってお願いしたんだ」

僕はその笑顔がなぜか少しだけ寂《さび》しそうに見えてしまった。

だから、僕は安心させるように彼女の手にほんの少しだけ力を込めて、彼女の手を引っ張って本殿から移動を始める。

「陽信……どこ行くの？　あ、おみくじとか引いてみるの？」

「それも良いけどさ……ちょっとその前に……案内したいところがあるんだ」

僕はおみくじが販売《はんばい》されている場所とは反対方向へと突《つ》き進む。七海は首を傾げつつも、僕に素直についてきてくれていた。

そこは本殿横の小道で……今は全く人の居ない道だ。気づいていない人の方が多いかもしれない。

「なーに？　人気のない所に連れて来て……。もしかしてえっちなことでもするつもりかなぁ？」

ほんの少しだけ調子を取り戻したように七海は僕に声をかけてくるが、まだその声には
ほんのちょっとだけ寂しさの色があるように思えた。だから僕はなるべく優《やさ》しく、彼女が
安心できるような声色《こわいろ》でこの先のことを告げる。
うん、えっちなことをする度胸は無いしここは屋外だからね。とりあえず、取り乱さな
いように。
「この先にね……見せたいものがあるんだ」
「見せたいもの……？」
そうして、誰《だれ》もいない道を僕等は進んでいく。この先に何があるのか、彼女は少しだけ
不安げにしているが、僕を信じてくれているのか黙ってついてきてくれている。
そして小道を抜《ぬ》けた先には少し開けた空間が広がっていた。そこには通行止めとなった
門があり、木々が生い茂《しげ》っていて、僕等以外には誰もいなかった。
そこだけ秘境のようで、ちょっと寂しい空間だ。
「何もないけど？　……やっぱりえっちなこと」
「しないしない！　ほら、あっちを見てよ。これを見せたかったんだ」
少しだけ冗談めかして身体をくねらせた七海に呆《あき》れたようにジト目を向けて、僕はある
一点を指さした。その先には……木の陰に隠《かく》れた狛犬《こまいぬ》が鎮座《ちんざ》していた。

「これ、幻《まぼろし》の狛犬って言うんだってさ。本殿から離れた場所にあるからなのか、割と知られていなくてさ……見られると幸運を授《さず》かるんだって」

僕は七海を狛犬の傍《そば》まで連れて行くと、彼女を狛犬に触れさせた。

「幸運……幸運がこれで授かるんだ……。確かにこんな分かりにくい場所にいる狛犬を見つけられたらラッキーだよね。陽信、よく知ってたね？」

「調べた時にたまたまね……。どう？　元気出た？」

「元気出たって……私は元気だよ。ちょっと元気なく見えた？　それなら、真剣にお願いしてたからだよ……。確かに、これから先一緒に居られるか不安になっちゃったのもあるけどね」

「そっか……じゃあさ……」

少し寂し気だけど、まるで無理矢理《むりやり》しているようにいつもの笑顔を見せる彼女を見て……僕はある決意をする。

それは今まで僕が自主的にできていなかったことに対する決意だ。僕は狛犬に触れていた七海の頬に手をそっと添《そ》える。それからゆっくりと彼女に顔を近づけると……。

その頬に口付けをする。

前のような偶然《ぐうぜん》ではなく、寝《ね》ている時にでもなく、僕自身の意志で……彼女の頬に手を添えながらゆっくりと……彼女の頬に自分の唇《くちびる》を触れさせた。

今まで僕が勇気を出せなくて先延ばしにしていた、彼女へのキス……。

流石《さすが》に今日は唇にはできなかったけど……それでも僕ははじめての自身の行為《こうい》に心臓の鼓動《こどう》が速くなるのを感じていた。

それは七海も同様なのか、僕が唇を離すと彼女はその頬を押さえて……僕の方を潤《うる》んだ瞳《ひとみ》で見つめてくる。

「陽信……」

「……神様にはお願いしたけどさ……僕等は……僕は七海とずっと一緒だよ。だからさ、これから先も一緒に居られるかは不安がる必要ないよ。僕も努力する……勇気を出していくからさ」

自らの行いを省《かえり》みて、ほんの少しだけ恥ずかしくなってしまった僕は少し早口でまくし立てる。七海はいつかの僕と同じように僕の唇が触れた箇所《かしょ》を手で押さえていた。

嫌がられた……わけでは無いのが救いだ。でも、喜んでいるのかも表情からは読み取れない。今度はほんのちょっとだけ、僕が不安に思う番だった。

「七海……？」

彼女は頬を押さえたままで顔を俯《うつむ》かせていた。よく見ると彼女はほんの少しだけ震《ふる》えているように見えた。

その姿を見て僕の不安はますます強くなってしまう。……もしかして……嫌だったかな？　軽率《けいそつ》だった自分の行動を後悔《こうかい》しそうになったところで……僕の身体に衝撃《しょうげき》が走った。

彼女は僕に対して、まるで飛び込むように抱《だ》き着いてきた。

勢いで倒《たお》れることは無かったが、突然《とつぜん》の衝撃に僕は驚《おどろ》いてしまう。そして……抱き着かれた衝撃とは別に、僕の頬にもはっきりとした七海の唇の感触があった。

彼女は抱き着いてくると同時に僕の頬に口付けをして、僕に笑顔を向けてくれていた。

「陽信……やっとキスしてくれたね！　ほっぺだけど……すっごく……すっごく嬉しい！」

先ほどまでの寂しさや不安などがすべてなくなった、太陽のような笑顔を僕に向けた彼女は、もう一度僕《ぼく》の頬にキスをしてくる。

二回目であるハッキリとした感触に……僕の頬は自然と熱くなってくる。

「……流石にまだ唇は勇気が出ないけど……。今日はね、ほっぺたにはキスしようって決めてたんだ。喜んでくれた？」

「だからわざわざ……こんな人の居ないところに連れてきたの？　本当《ほんと》、照れ屋だよね陽信は……あ、えっちなことする？」

「しません！　なんなのそのテンション の高さ！」

「だって陽信からのキスだよ！　テンション高くなるよ！」

「いやぁ、キスするのは帰り際《ぎわ》でも良かったんだけどさ……。ちょっと七海が寂しそうにしてたから……やるなら今ここしかないかなって思ってね。元気出た？」

「出た出た!!　すっごい出たよ!!　唇だったら良かったけど……それだと私も放心しちゃいそうだったから……今はこれで充分だよ」

それから僕に抱き着いてきた七海は一度離《はな》れると……僕にもう一度頰《ほお》を差し出してくる。

「私は二回やって……陽信は一回だけだよね？　……あれー？　一回足りなくないかなぁ？」

僕がキスをしたとたん……このおねだりである。

本当に……これで元気が出たなら安いもんだけどね……僕が恥ずかしいということを除けば……。

僕は観念したように苦笑《くしょう》を浮かべて、もう一度……彼女の頰に口付けをする。

それが終わった後、七海はキャアキャアと嬉しそうにはしゃいでいた。その姿を見て……僕も嬉しさから顔を綻《ほころ》ばせる。

「さて……そろそろ良い時間かな？　帰り際におみくじでも買って帰ろうか。なんでも

『恋《こい》みくじ』……って、すごくよく当たる恋愛《れんあい》関係のおみくじがあるらしいよ」

「なにそれ、いいね引きたい！　今の私達《たち》なら絶対に良い結果になるよ!!」

「ただここ、恋愛成就のお守りは売ってないみたいなんだよね。売ってるのはちょっと行った別の場所らしいんだよ」

「それならさ、そこにも寄ってから帰ることにしようよ。どうせなら、今日はもう精いっぱい寄り道して帰ろう！」

はしゃぎながら僕の腕に自身の腕を絡めた七海と一緒に、僕等はおみくじを売っている本殿までゆっくりと戻っていく。

もうすぐデートを終えて帰宅する時間にはなるが……嬉しそうにしている七海とこれから何をするかを話しながら、僕等は今日のデートを最後まで楽しもうとする。

ほっぺたとはいえ僕がキスしただけでここまで喜んでくれるなんて……勇気を出して本当に良かった……。

記念日前の二日目のデート……。

もしかしたら僕等にとって最後になるかもしれないデートは……お互《たが》いに満足する形で、にぎやかに幕を閉じるのだった。

幕間　最後のデートを終えた二人

最後のデートを終えた僕は、部屋に一人でいた。

先ほどまでは七海《ななみ》と夕食を共にしていた……正確には茨戸《ばらと》家で、厳一郎《げんいちろう》さん達と夕食を一緒にとって、いつも通りに送ってもらった。

今日のデートの終わりに茨戸家で夕食をどうかと提案されていたのだ。おそらく、睦子《ともこ》さん達が色々と聞きたいというのもあったからこその提案だろう。

予想通り、夕食時には質問攻《ぜ》めにあった。

僕の料理の感想に始まり、今日のデートはどうだったのか、そろそろキスくらいはしたのかとか……好奇心《こうきしん》に満ちたみんなから根掘《ねほ》り葉掘《はほ》り聞かれてしまった。あの感覚もなんだか久々な感じがして、非常に困ったけれども楽しかった。

ちなみに僕からほっぺたにキスしたことは……七海が暴露《ばくろ》した。

僕は言葉を濁《にご》していたんだけど、ポロッと口を滑《すべ》らせ……。いや、あれはどちらかと言うと、言いたくて言いたくて仕方ないから暴露したというような感じだったな。

なんせ、話している間は終始笑顔だったのだから……。あれはどう見ても仕方なく喋《しゃべ》ったという顔じゃあなかった。その後の僕のいたたまれなさときたら……。

睦子さんと厳一郎さんは、やっとほっぺたにしたのかというニヤニヤとした笑《え》みを僕に向けてくるんだもの……。沙八《さや》ちゃんからは逆に『口じゃないの⁉』というリアクションを取られてしまった……。

まぁ、茨戸家でのそれはともかく……。帰宅して部屋に一人いる僕は……先ほどまでのにぎやかさが嘘のような静寂《せいじゃく》に少しだけ寂しさを感じながら、机の上のものを眺《なが》めていた。

それは今日のデートの最後に買ったもの……。動物園ではなく、神社で購入《こうにゅう》したものだ。未《み》開封《かいふう》の恋みくじと、七海に内緒《ないしょ》でこっそりと買った恋愛成就のお守り……その二つだ。

恋みくじは最初に行った神社で引いたもので、恋愛成就のお守りは帰り際に少しだけ離れた神社の頓宮《とんぐう》と呼ばれているところで買ったものだ。後から知ったんだけど、実は恋愛関係はそっちの方がご利益《りやく》があったりする場所だったらしい。僕の調べも、まだまだ足りなかった。

僕は恋愛成就のお守りを手に取ると、ストラップ状になっている部分を台座から取り外す。緑色の小さな、掌《てのひら》に収まるサイズのお守り……。それを僕は軽く握《にぎ》りしめて祈る様な姿勢になる。

七海とほんのちょっとだけ別行動をすることがあったので、その間に急いで買ったそれに僕はありったけの願いを込める。なんせ僕は再告白するんだから……。やれることは全部やっておこうと考えたんだ。神頼《かみだの》みをするのは悪いことじゃない。

「こんなことするキャラじゃ無かったんだけどなぁ……」

誰もいない部屋の中で独り言を呟《つぶや》きながら、僕はその恋愛成就のお守りを通学用のカバンの中に入れる。括《くく》り付けることも考えたのだが、色々と誤解を与《あた》えそうなのでカバンの中だ。

恋みくじについては購入したけれども……その場で開封《かいふう》せずに持ち帰ってきた。その場で見ることも考えたんだけど、七海と二人で話して、持ち帰ることにした。

それぞれで開封して……結果を報告し合おうという話になったのだ。悪い結果になるか良い結果になるかは分からないが……七海は絶対に良い結果になると確信しているように見えた。テンションも上がっていたし、目も爛々《らんらん》と輝《かがや》いていた。

あそこまで喜ばれると……なんて言うか……照れるよな。

さてと……それじゃあ……そろそろ開封しようかなと思ったところで、僕のスマホに着信が入る。着信相手は……七海からだった。僕はまだ開封していないけど……もしかして、もう開封したんだろうか？

僕はとりあえず、恋みくじの開封を後回しにして……七海からの電話を取ることにした。

◇◇◇◇◇◇◇◇◇◇◇◇◇◇◇◇◇◇◇◇◇◇◇◇◇◇◇◇◇◇◇◇◇◇◇◇◇◇

記念日前、最後のデートを終えた私は部屋に一人でいる。お父さん達とはさっきまで今日のデートの報告会のちょっとした続きが開かれていた。

陽信《ようしん》からあれだけ聞いておいて、まだ聞き足りないのかと呆れたけれども……私も嬉々《きき》として話してしまったのだから、我ながら浮かれすぎだと思う。

でもこのままだと、陽信に連絡《れんらく》するのが遅《おそ》くなるなぁ……と思ったところで……沙八とはちょっとだけ喧嘩《けんか》した。喧嘩と言うか……沙八が自爆《じばく》したと言うか……まぁ、一悶着《ひともんちゃく》あったわけだ。

『お姉ちゃんさぁ、ほっぺたにキスされたくらいで、そんなにテンション上がるの……？せめて唇にしないの？　今日のデート、ファーストキスのチャンスだったじゃん！』

『仕方ないでしょ、陽信はそういうの奥手《おくて》なんだから……ほっぺにしてくれただけ凄《すご》いことなんだよ？』

『お義兄《にい》ちゃんもお姉ちゃんも奥手って言うか、ただのヘタレなんじゃないのそれは

『ふーんだ。ほっぺにすらキスしたことのない沙八には分からないんですよーだ』

『何それ?! 私だってキスくらいしたことあるもん!! お姉ちゃんと違《ちが》ってファーストキス済みだもんね!!』

……?』

うん、明らかに嘘《うそ》だ。どう聞いても売り言葉に買い言葉からの嘘なんだけど……その発言を聞いた後のお父さんが大変なことになった。

詰問《きつもん》相手が、私から沙八になったのだ。

いや、お父さん……明らかに嘘だって分かるじゃない。でも頭に血が上ったお父さんはその辺はもう分かっておらず、お母さんは明らかに嘘だって分かっているのに楽しんでいるような感じで、三人で私の部屋から出ていった。

部屋から出る際にお母さんは私にこっそりと耳打ちしてきた。

『これから陽信くんに電話するんでしょ? 彼《かれ》によろしくね』

部屋から出ていく際には沙八も私にウィンクをしてきた。……もしかして、報告会を切り上げるためにわざと言ってくれたのかな? そうして私は部屋に一人になった。

さっきまでお父さん達と話していてやっぱり思っていたけど、今日のデートでは過去の楽しい思い出を色々と再確認できた。それと同時に、自分がどれだけ……どれだけ陽信を好きになっているのかも再確認できるデートだった。

デートの時に言った、これからも陽信とずっと一緒に居たいというのは私の本心だ。心からの……私の本音だ。ちょっとだけ自己嫌悪《けんお》に陥《おちい》るけど、そこに嘘はない。

私は改めて、今日の神社で購入したものを机の上に置く。

陽信と一緒に買った未開封の恋みくじと……。陽信と帰りに寄った場所で、別行動をした時に買った恋愛成就のお守りだ。

恋愛成就のお守りはこっそりと……お手洗いに行くときに買ったのだ。ピンク色の小さくて可愛《かわい》らしいお守り。台座に括り付けられたそれを、私は丁寧《ていねい》に台座から取り外す。

私は告白した記念日に、陽信に対して全てを改めて告白する。私が嘘を吐《つ》いたこと……この関係が罰《ばつ》ゲームから始まった関係だったこと……彼が知らないことを全てだ。

その後に、彼がどういう選択《せんたく》をするのかは私にわからないし……私は彼の選択を尊重するつもりだ。

だけど……だけどもしも彼が私を許して、私を選んでくれるならこれ以上に嬉しいことは無い。だから神社でも神様に私は誓いと願いを立てた。

「私が全てを告白した後……どうか陽信が傷つかずに幸せになれますように……。そのためなら……私は何でもします……。どうか、彼に良い出会いを与えてあげてください。お願いします……」

私はあの時、心の中で誓ったことをぽつりと口にする。

これも私の偽らざる本心だ。だけど、彼と一緒《いっしょ》に居たいというのも本心で……私は台座から外したお守りを掌の上にのせる。私の掌よりも小さいそのお守りは、可愛らしく……恋愛成就《じょうじゅ》という文字が中央に書かれていた。

私と陽信の恋愛を成就してもらえるよう、願いを込めて買ったお守り……。

そのお守りを見て、私は自身の矛盾を自覚してしまう。彼に選択をゆだねると言い、そのためなら何でもするし、彼の幸せが第一だと考えておきながら……。彼に選ばれたいと思ってしまっている。

「万が一……もしも万が一……彼が私を許して……私のことを選んでくれたなら……その時はお礼しますね……神様……」

続いて私は神様に誓ったことを口にする。これも私が神様に誓ったことだ……矛盾する二つの願いを、私は神様に誓ったのだ。

陽信に嘘を吐き続けるくらいなら……私は全てを告げて、たとえ彼が離れても彼の幸せを願う。それだけを考えている。

だけど、彼に離れて欲《ほ》しくない。一緒に居たい。ずっと一緒に居て、色んな事をしたい……。

本当に虫がいい話だと思うし、自分の矛盾した感情が嫌《いや》になる。陽信みたいに大人の考え方を持っていたら、こんな風に悩《なや》まないのかな？　いや……それも都合のいい考え方かな？

「楽しかったよねぇ……陽信……。この一ヶ月……本当にあっという間だったよぉ……。最初はさ、男の子と一ヶ月も付き合うなんて信じられないって言ってた私が、今はもっと一緒に居たいって思うなんてなぁ……」

陽信に変えられちゃったなぁ……。もう私は彼無しじゃいられないよ。……ちょっとえっちぃ言い方になっちゃってる気がするけど……。

私は掌の上のお守りに願いを込めて、通学用のカバンにしまい込んだ。……どうか……幸せに。そんな願いを込めて。

それから、開封していなかった恋みくじを手に取った。あの場で開封しなかったのは理由がある。あの神社の恋みくじはとても当たるという話を陽信から聞いたからだ。

だから私はその場で開ける勇気が持てずに……陽信に、帰ってから開けて報告しない？と提案をさせてもらった。もちろん、彼に電話する口実づくりというのもあるが、当たると評判の恋みくじの内容がもしも悪い内容だったら……。

せっかくの楽しいデート中なのに、私はその場で泣いてしまうだろう。それだったら、一人で開けて、悪い内容だったら一人で泣いて……陽信には良い結果だったよと報告するだけで済む。

改めて私は恋みくじに視線を落とす……。ただのおみくじを開けるだけなのにとても緊《きん》張《ちょう》する。こんなに緊張したのはいつ以来だろうか？　高校の合格発表の時以来かなぁ……。陽信に罰ゲームの告白をした時は……緊張とはまた違った思いだったし。

震える手で、私はまずおみくじの入っているビニールを開ける……ただのビニールだというのに、指先にかかる感触《かんしょく》がひどく重くて動かない……。いや、ここで弱気になってどうするんだ、私……。

私は陽信の笑顔を思い浮かべて、気合いを改めて入れる。彼の笑顔を思い浮かべると勇気が湧《わ》いてくるようで……先ほどまで重たかった指先がすんなりと動いてくれた。

ビニールの中から可愛らしい装飾が施されたオレンジ色の布が出てきて、それを開く。取り出した紙製のおみくじをゆっくりと開く。そこには愛情運がメインに書かれているのだが、まだその内容を確認することはできず……私はまず運勢の欄《らん》を確認する。

「小吉《しょうきち》……かぁ……なんだか良くも悪くもない結果かな？」

確か…大吉《だいきち》、中吉《ちゅうきち》、吉《きち》、小吉、末吉《すえきち》、凶《きょう》の順で良いんだっけ？　凶とかが出ないだけましと考えるべきか、そもそも恋みくじなんだから凶とかがないなら、運勢としては下の方だ。ちょっとだけ残念に思いながら、私は愛情運について詳《くわ》しく書かれた内容に視線を移す。

「え……これって……」

私はその内容を見た瞬間、目から一筋の涙《なみだ》が零《こぼ》れてしまう。

悲しみではなく、喜びで。

そこに書かれていた一文にはこう記述があった。『神様によって巡《めぐ》り合った二人』『二人の愛はこれから始まる』と……。

人によっては、たかがおみくじの内容と思うかもしれない。しれないけれど……今の私に、これはこの上なく嬉しい言葉だ。まさか、悲しいんじゃなくて嬉しくて泣くなんて思っていなかった。

「いいのかな……？　大丈夫《だいじょうぶ》って思っていいのかな……？」

私はあふれる涙を拭《ぬぐ》うと、そのまま呼吸を整える。運命の日は近づいてるけど、なんだか安心感が出て、気休めかもしれないけど……少しだけ救われた気分になった。

それから無性《むしょう》に彼の声が聞きたくなって……スマホを手に取り陽信へ電話をする。もともと電話をするという約束だったけど、こんな晴れやかな気分で電話できるとは思っていなかった。

コール音が二回ほど鳴ったところで、陽信はすぐに出てくれた。

『もしもし七海?』

「もしもし、陽信? 今日のデート楽しかったね! それでね、聞いて聞いて! 恋みくじの内容なんだけどさ! すっごく良かったの!!」

『あぁ、もう開封してたんだ。僕まだ開封してなくてさ……それで、どんな内容だったの?』

「うん、あのね……」

陽信はまだ恋みくじを開封していなかったみたいだけど、喜びにあふれた私はまずは私自身のことを彼に伝える。彼も私の話すことをゆっくりと聞いてくれていた。

デートが終わり、私が真実を告げる日はもうすぐだ。

私は陽信と話をしながら、チラリとおみくじを見て心の中で神様にお礼を言う。

今この瞬間《しゅんかん》は、確実に私は幸せです。ありがとうございます。だから、この先どうなろうと……私は後悔しません。

その夜は結局、デートの内容で陽信と盛り上がって長時間話し込んでしまった。陽信の恋みくじの内容を聞くことを忘れていたと思い出すのは、次の日になってからだった。

第四章　そして真実が明かされる

一人静かに、目が覚める。

いつもより少し早い朝で、いつもの僕の部屋の天井《てんじょう》。寝覚《ねざ》めはそこまで悪くはない。何かとても良い夢を見たような気がするけどよく覚えてはいない。もしかしたら、そもそも夢を見ていないのかもしれないと思って、僕はベッドから一人起き上がる。

夢か。もしかしたら今までが全て夢だったんじゃないかと、そんな不安感が不意に僕を襲《おそ》ってきたので……僕は一人静かに机の上を見る。

そこには、昨日僕が完成させた七海《ななみ》へのプレゼントと、あの日に七海と一緒に引いた恋みくじが置かれていた。それを見て、僕は夢じゃないとやっと確信する。

デートの後に七海からかかってきた電話は、彼女《かのじょ》の恋みくじの結果報告と……デートがとても楽しかったという話だったな、そういえば。あの日は盛り上がって、夜遅《よるおそ》くまで話し込んでしまった。

それにしても……僕と七海が『神様によって巡り合った二人』って……随分《ずいぶん》と大げさな

内容と言うか、嬉しいけど照れくさいな。今思い出してもそう思う。

巡り合った二人か……それが本当なら上手《うま》くいくといいなぁ……。

僕《ぼく》は机の上の恋みくじに視線を落とした。そう言えば……まだ開封していなかったな、昨日もなんだかんだでプレゼント作りをしてたから後回しにしてたんだっけ。

僕の方の恋みくじ……。七海の方が良い結果で、これで僕が悪い結果なら笑えないな……。

恋みくじの隣《となり》には、僕が再告白する時のためのプレゼントが光っている。何とか間に合ってくれて良かったと思った時……プレゼントに反射した光が僕の目に飛び込んできた。

まるでそれが、全部終わったんだからおみくじを早く開けと僕に催促《さいそく》をしているようだった。気のせいだけどさ。僕はそのおみくじを手に取ると、手の中で回す様に少しだけ手遊びをする。

開けたいなと思いつつも、開ける勇気がなんだか出ない。

それは今日が、再告白する日だということにも起因しているのだろうか？　これでおみくじの内容が悪かったりしたら……告白前に気分が落ち込むのは確実だ。

そう、今日は僕が七海に改めて告白をする日だ。

つまりは一ヶ月記念日ってやつだ。家に一人でよかったかもしれない。誰も居ない家で、心静かに考えることができる。父さんと母さんが居たら……落ち着かなかったかもな。

僕はおみくじを持ったまま、ベッドの上に腰掛《こしか》ける。部屋の中にベッドのスプリングが軋《きし》む音だけが小さく響《ひび》く。スマホは……後でいいか。

こんな小さな紙を開くのに、どんだけ躊躇《ためら》っているんだか。それを眺めながら、僕は今日までの日々を思い返していく。

一ヶ月前、僕は七海に告白された。それは罰ゲームだったし、僕も不純な動機で彼女とお付き合いをすることにした。

あの時の決断は、今なら間違《まちが》いじゃないと確信を持って言える。背中を押してくれたバロンさんには感謝しかないな。

それから、沢山《たくさん》のデートをした。映画を見たり、水族館に行ったり……。旅行とか何年ぶりだっただろうか。僕の両親も喜びすぎだろ。

……もしもうまくいかなかったら、父さんと母さんも悲しむだろうな。

睦子さん達にも会えなくなるのか。さすがに別れた後には会うわけにはいかないよな。

この一ヶ月間、茨戸《ばらと》家には凄くお世話になったからそれはとても寂しいな。

一瞬《いっしゅん》だけ頭をもたげた後ろ向きな考えに引っ張られるように、グルグルと頭の中で色々な考えが浮かんでは消え、浮かんでは消えていく。もしかしたら、緊張しているのかもしれないな。

まるで振《ふ》ってしまった炭酸飲料の缶《かん》から、後から後から中身が出てくるように不安な気持ちが溢《あふ》れ出てくる。……たとえとしても変だな。

僕は不安な考えを払拭《ふっしょく》するように、頭を思い切り振る。せっかく目覚めが良かったのに、余計なことを考えてしまっては台無しだ。

いや、たぶん……きっと……絶対に大丈夫だ。大丈夫だと思おう。一ヶ月、長いとは言えないかもしれないけど、その間に育んだ僕と七海の関係を信じるんだ。

あれでダメだったら、僕は今後絶対に女性を好きになれない。これはもう確信だ。かといって自信過剰《かじょう》にもなれない。僕の女性経験が少ないというのもあるんだけど、こういうのはなんていうか……たぶん、自分のことになればなるほど不安は拭えないんだろうな。

周囲から見れば心配なんていらないってことも、当事者だと見え方が違ってくる。たぶん、今の僕がまさにそれだ。我ながら前向きなんだか後ろ向きなんだか分からないけど、一人で居ると色々と考えさせられる。

ググゥ……。

朝から色々と考えていたら、僕の腹が大きく鳴った。何も食べてないから……音を聞いたら急激にお腹《なか》が空《す》いてきたな。そろそろ朝飯にしようかな。

……そういえば、僕が料理するのも七海のおかげなんだよな。

……何をしても、何を考えても辿《たど》り着くのは七海のことか。すっかりと、僕の生活の一部になっている事を自覚して苦笑する。

まずは朝飯だ。朝飯を食って、今日一日を過ごすエネルギーを補給しないとな。そうすれば後ろ向きな考えなんて吹《ふ》き飛ぶだろう。

……その前に、このおみくじだけは開けておこうかな。僕は意を決して、恋みくじをゆっくりと開く……。ドキドキとしながら、開封した中から中身を取り出した。

そして中身を確認すると……その内容は……。

◇◇◇◇◇◇◇◇◇◇

僕が七海に告白されてちょうど一ヶ月目の記念日……僕等は放課後に思い出の場所へと足を運んでいた。全てが始まった、あの場所へ。

「陽信《ようしん》、ここ覚えてる？　懐《なつ》かしいよねぇ……私達って、ここから始まったんだよね」

「……そうだねぇ。懐かしいな。……ここで七海に告白されたんだっけ」

そう、ここは七海が罰ゲームで僕に告白をした校舎裏だ。実際、懐かしいと言うにはまだ一ヶ月しか経過していないのだが……この場所は結構な様変わりを見せている。

なぜ僕等がここに来ているのか……それは僕が七海に対する再告白のためにこの場所を選んで、彼女をこの場所に連れてきたから……じゃない。

僕をこの場所に連れてきたのは、七海の方だ。

罰ゲームの告白をしたこの場所に、何故《なぜ》か彼女は僕を連れてきた。

発端《ほったん》は昨日に遡《さかのぼ》る。突然、七海が放課後に僕に勝負を挑《いど》んできたのだ。……トランプで。

音更《おとふけ》さんも神恵内《かもえない》さんも一緒で、どうせ一緒に帰るし明確に断る理由も僕には無かったので……僕等四人はトランプで勝負することになった。

そこでふと、放課後にトランプ勝負って……まるであの日の再現みたいだなと僕は感じていた。

全ての始まりはここでの罰ゲームの告白自体だと思っていたけど、本当の始まりは放課後のトランプゲームを目撃《もくげき》したところからなんだよね。

あの日、七海が負けたから僕に罰ゲームの告白をした……。全てのきっかけは放課後のトランプだ。でもこの勝負に何の意味があるんだろうか？　また何かをするんだろうか？

そんな考え事をしながらゲームに興じていたからだろうか……。気づけば音更さんと神恵内さんはあっさりと上がり、僕と七海の一騎打《いっきう》ちになっていた。

いや、二人ともババ抜き強すぎでしょ。ほぼノーミスで上がってたよね？　イカサマ？　それくらい強かった。

そして僕と七海の一騎打ちになった。七海は一騎打ちになった時に唐突《とうとつ》に僕に『この勝負が決着したら……罰ゲームね』と告げてきた。

罰ゲーム……という発言をするときに一瞬だけ辛《つら》そうな表情を浮《う》かべたのを僕は見逃《みのが》さなかったが、とりあえず僕はその言葉を了承《りょうしょう》した。

本当にあの日の再現みたいだった。

何を考えているのか全く分からないけど、きっと何か考えがあるんだろうし、僕が勝てばそれもないだろう。

これまで見てきたけど……七海はそんなに勝負事は強くない。結構顔に出るタイプだ。

……そんなことを考えてたら、僕は割とあっさり負けた。

あれぇ、おかしいなぁ……。結構途中《とちゅう》まで僕が優勢だったんだけど……。どうやら顔に出るのは僕も一緒のようだった。

そして……ホッとした七海の罰ゲームの内容はこうだった。

『明日の放課後……自分に時間をもらえないか』

それは僕が告白される日に聞いた言葉と同一のもので……そして今、僕等はここにいる。本当は僕がここに呼ぼうと思ってたので、提案は渡《わた》りに船だった。

「でも、この場所もちょっとだけ……ほんのちょっとだけ変わったよね」

「そうだねぇ、陽信が怪我《けが》してから学校が対策したみたいで……。ほら、あの窓……」

僕は罰ゲームの一環《いっかん》として、あの日と同じ場所に立ち止まるように指示されているのでそこから動いていない。そして七海は、あの日と同じように僕から距離《きょり》を取るためにゆっくりと校舎裏の奥《おく》へと移動し……。

移動しながらあのバケツが落ちてきた窓を見上げて、指をさした。

七海が指さした窓ははめ殺しになるような処理が施されており、もう開けることができなくなっていた。今後は、横着した生徒があそこから水を捨てることは無い。

他にも周囲に雑多に置かれていた廃材《はいざい》が無くなっている。ここに置くことはせずに、生徒が入ってこられないような場所に移動させたらしい。

他にも教師陣《きょうしじん》の見回りの追加や、細かいところで校舎裏の整備・点検をこまめにするようになったとのことだった。僕が怪我をしたせいで、教師陣の負担が増えて申し訳ないくらいだ。

僕が七海に告白された場所はここだ。

間違いない……。だけど、小さな変化は起こっていて……知っている場所なのに知らない場所であるような違和感《いわかん》を少しだけ覚える。

「結局さ、あの時……窓からバケツを落としたのは誰《だれ》だったんだろうね？」

「なんか噂《うわさ》だと三年生っぽいよ？　バケツに書かれていたからクラスまでは分かったみたいだけど……。学校側も穏便《おんびん》に済ませたいからか、犯人捜《さが》しはしてないみたい」

「そりゃまたなんとも、僕は怪我したってのに……。まぁ、三年生なら進路に影響《えいきょう》が出るから、それが一番なのかもしれないけどね」

「怒《おこ》ってないの？　怪我させたんだから名乗り出るくらいしろー！　ってさ。犯人とか捜さないのかな？　協力するよ」

最近は僕としか行動してないから忘れがちだけど……七海の交友関係は広いからなぁ。多分、捜そうと思えば、特定できるんだろうな……犯人……でも……。

「いいよ別に。結果的になんともなかったし……それに……」

「それに？」

「七海と付き合えた対価と思えば、安いものだよ」

「……まーたそういうカッコいいこと言う……ほんとにもう……」

まぁ、悪気が無かっただろうしもう一ヶ月も前の話だ。それが冤罪《えんざい》だった場合は目も当てられない。犯人の存在とか、忘れてたくらいだしね。

僕の答えを受けて、息を一つ吐《は》いた七海はそのままゆっくりと歩いて僕から離《はな》れる。七海は、あの日と同じくらいの距離まで僕から離れると、そこで立ち止まり僕に対して向き直った。

あの時の距離感が、再現される。

その表情は少し寂《さび》しげだけど、何かを決意したような笑顔《えがお》だ。迷いは見られない……とても優《やさ》しい笑顔だ。

「罰ゲームは……これで終わり？　僕があの日を覚えてるかどうかを試《ため》すって罰ゲームかな？」

「そんなわけないじゃない……罰ゲームはこれからだよ。陽信……そこで……そこで私の話を最後まで聞いてくれるって……約束してくれるかな？」

「七海の頼《たの》みなら聞くよ。僕は口を挟《はさ》まないで……黙《だま》って聞いていればいいのかな？」

「うん……最後まで聞いてくれたら嬉《うれ》しいな。私の話を……」

私の、わ、私の秘密を、

僕の耳に……最後に小さく呟いた彼女の言葉がそう聞こえた気がした。

気のせいかな。七海の秘密……って？　これは僕に対する罰ゲームじゃないのか？　彼女は僕に……何を話すつもりなんだろうか？

今日は一ヶ月目の記念日だ……。つまり……罰ゲームで最低付き合う期間が終わったということで、僕は彼女に改めて告白するつもりだったけど……。

もしかしたら、僕はこれから七海から別れ話を切り出されるのかもしれない。

しまったなぁ、約束するのを早まったかな……。せめて先に僕から改めて告白したかったな。別れるにしろ、僕の気持ちは伝えておきたかった。

でも僕は、約束した以上は彼女の話を最後まで聞く。これは絶対だ。約束は守る……。別れ話を切り出されてから再告白か……カッコ悪いけど……一度だけ足掻《あが》いてみるのもいいかな？

「ねぇ、陽信……今日が何の日か知ってるかな？」

「……黙って聞けって言われたけど、これは答えても良いのかな？」

「もちろん。答えてくれないと先に進めないよ？」

「七海が告白して……僕たちが付き合ってちょうど一ヶ月目の記念日でしょ？　ここに連れてこなくても……覚えてるよ。何かお祝いでもしようかと思ってたくらいだよ」

僕の答えに七海は、嬉しそうに薄く微笑《ほほえ》む。

でもその笑顔は僕のいつもの好きな笑顔とはちょっとだけ異なっていて……。少し寂しそうに見える。僕が覚えていたことを喜んでくれているんだけど、それが同時に悲しいとでも言うように。

「陽信が覚えていてくれて嬉しいよ。そう、今日はね……今日は……私と陽信が付き合って一ヶ月目の記念日なの……そしてね……」

そこで七海は一拍《いっぱく》だけ置いて、ゆっくりと深呼吸する。その姿は、あの日僕に対してつっかえつっかえになりながら告白をしてきた姿に重なった。

別れ話なら……もっとスッと来るんじゃないだろうか？　そう思っていたんだけど、七海は深呼吸を数回して落ち着いたのか……静かに笑った。

「今日は……今日はね……」

彼女は寂しそうな笑顔のままで、その真実を僕に告げる。

「私が罰ゲームで、陽信に嘘の告白をしてから……ちょうど一ヶ月目……なんだ」

静寂が、その場を支配した。

周囲には風が吹く音が鳴り、木々が揺《ゆ》れるざぁざぁとした音がまるで雨のように鳴り響く。

「……は？」

七海の発言の意味が理解できなかった、いや、理解できてもかろうじて出た言葉がその一言だ。混乱する。何を言ってるんだ七海は？

僕の反応を見ても、彼女の寂しそうな笑顔は崩《くず》れない。

「ごめんね、いきなりこんなこと言って……驚《おど》いたよね……。当然……怒るよね……。でもさ……最後まで聞いてくれないかな……？」

僕の『は？』という言葉を怒《いか》りのものと捉《とら》えた彼女の言葉に、まず僕は首肯《しゅこう》する。

僕のその肯定《こうてい》に対して彼女は小さくありがとうと言っていたが、僕の言葉の意味は彼女には正しく伝わっていないだろう。

なんで……なんで、その事を彼女は僕に伝えるんだ？

最初に言っていたじゃないか。別れ話を切り出すとしても罰ゲームの話は絶対にしないし、音更さんや神恵内さんも言わないと……。だから今日まで表向き、僕は罰ゲームだとは知らなかったんだ。知らないふりをしていたんだ。

それを彼女は、自ら覆《くつがえ》した。

その意味が……僕にはわからなかった。

「昨日さ……トランプやったじゃない。みんなで、楽しかったよね……。あぁ、そういうことじゃなくて……えっと……一ヶ月前もね、あんな風に三人でトランプでゲームをしていたんだ」

知っている。

「それでね……私はその勝負に負けたんだ。負けた人には罰ゲームがあって……。私への罰ゲームは……接点のない男の子に告白をすること……」

それも知っている。

「そしてその罰ゲームの告白相手に選ばれたのが……陽信……だったんだよ」

全部……全部知っていることだ。

僕が知っていることを、七海は知らない。

でも分からない……なんで彼女はそんなことを僕にいまさら言うんだろうか？　それが分からなかった。相手と別れる時も傷つけないように、黙っているって話していたのに……。

七海は相手を……そんな風に傷つけるような女の子じゃないだろうに。

「……陽信は優しいし……本当に……凄い男の子だね。こんな時でも怒るのを我慢《がまん》して、私の話を黙って聞いてくれるなんて……」

僕は七海の言葉を約束通りに黙って聞いているが、困惑《こんわく》した表情は隠《かく》せない。

彼女はそのことをどうやら……嘘の告白に対する怒りを我慢していると捉えたようだ。

僕は怒ってなんていない……ただ彼女の真意がわからず困惑しているだけだ。

それからも彼女は告白を続ける。僕が既《すで》に知っている情報を……苦しそうに言葉にしていく。

「初美《はつみ》と歩《あゆみ》が指定してきた男の子が陽信だったってだけで、告白相手は誰でもよかった。男子が苦手な私が、付き合っても大丈夫そうな大人しそうな男の子……陽信はそれだけで選ばれたんだよ」

「そう……なんだ……？」

「うん……最低でしょ？　人の気持ち……陽信の気持ちを無視して、弄《もてあそ》んで、誑《たぶら》かして、嘘を吐いて……。それが一ヶ月前に……私がした行為《こうい》なんだよ……。陽信は私の最低な行為に巻《こ》き込まれた……被害者《ひがいしゃ》なんだ」

まるでわざと僕を怒らせるようなその口ぶりに、僕は逆に冷静になっていく。でも、冷静になったところで……僕は彼女になんて声をかければいいんだ？

彼女の望みが分からない僕には、彼女にかける言葉が出てこない

「七海……」

僕が彼女の名前を呼ぶと……七海はその場で深く深く頭を下げた。

「ごめんなさい……陽信……謝《あやま》ってすむことじゃないけど……それでも謝らせて……ごめんなさい。本当に……ごめんなさい」

震《ふる》える声で彼女は僕に頭を下げてくる。そこで初めて僕は、七海の感情が伝わってきた気がした。

彼女が先ほどからずっと笑顔なのは……僕に涙を見せないようにしているからだ。

きっと涙を見せれば僕がどんな理由であっても彼女を許すと思って……否応無《いやおうな》しに許すと思って……決して涙は僕には見せないようにしているんだ。

今も……頭を下げている彼女の居る場所の地面は濡《ぬ》れていない。でもきっと、頭を下げている彼女の顔は笑顔ではないはずだ。涙を必死にこらえて……僕に謝罪している。

「これで私の話はおしまい。……最低で、最悪で……醜《みにく》い私の話はおしまい。ありがとうね……黙って聞いてくれて」

彼女は頭を下げたまま、それから口を閉ざしてその頭を上げようとはしない。……もしかしたら、僕から罵倒《ばとう》されることを覚悟《かくご》しているのかもしれない。

でも……僕は……。

言葉を出す前に一度呼吸をする。深く、落ち着く様に。

「ごめんね、七海。辛いことを告白させちゃったね。ありがとう……本当のことを言ってくれて」

僕の発した言葉に七海は驚きの表情を浮かべて頭を上げた。予想外の言葉だったのか……彼女は困惑していた。

「なんで……なんで陽信が謝るの⁉　私は……私は最低なことをしたんだよ‼　陽信が謝ることなんて何一つないし……お礼だって……言われる資格は私には無いんだよ⁉」

先ほどまでの冷静さは鳴りを潜《ひそ》め、取り乱した彼女に……僕は宥《なだ》める様に手を伸《の》ばす。

僕の手を見た七海は、息をのんで言葉を詰《つ》まらせる。少し強引《ごういん》に彼女を沈黙《ちんもく》させた僕は、そのまま言葉を続ける。

「……今度は僕の話を聞いてくれないかな？　僕も……七海に話すことがあるんだ」

そうだ……彼女は勇気をもって僕に真実を話してくれた。

だったら今度は……僕が本当のことを話す番だ。そうじゃないと……いつか彼女が言っていた対等な関係なんて……なれるわけが無いんだ。

彼女は困惑した表情を浮かべながらも、僕の言葉に黙って首肯する。

僕は馬鹿だ。

何が『別れ話を切り出されるかも』だ。この一ヶ月間で作った楽しい思い出を忘れて、彼女が何を話すか……何に対して一番苦しんでいるかを察してあげられず……自分の事しか考えていなかった。

これじゃあ彼氏《かれし》失格だ……。改めて告白なんてよく言えたものだ。だから今度は……僕の番だ。

僕はこれを言うつもりはなかった。ただ、再告白して終わりにするつもりだった。だからこれは予定外だけどね……でも……話すなら今しかない。この時を逃《のが》したら一生言えない。

「一ヶ月前、僕はね……教室に忘れ物を取りに行ってたんだ。教室ではある三人がトランプでゲームをしていたんだ。負けたらとある男の子に罰ゲームで告白するって内容でね……」

「……え？」

僕の言葉に彼女の目が点になる。

完全に予想外の発言だったのだろう、呆《ほう》けたように口が半開きになり、僕を見る目にさらに困惑の色が強くなる。

「そうだよ七海。僕はあの日……あの日教室にいたんだ。完全に偶然《ぐうぜん》なんだけどね」

僕が教室にいたという事実に、七海が息をのむのが分かった。たぶん色々と聞きたいだろうけど、彼女は口を閉ざして僕の話を黙って聞く姿勢を崩していない。

「そして僕は家に帰って……ある人たちに相談したんだ。嘘《うそ》の告白をされたんだけど、どうすればいいですかねって……。そしたら、どうなったと思う?」

「えっと……わかんない……どうなったの?」

「嘘の告白を受け入れて……その嘘の告白をしてきた彼女にメロメロに好きになってもらってから……一ヶ月後にどうするかを僕が決められるようにしてしまえばいいって話になったんだよ。好きにさせてから別れるもよし……そのまま付き合い続けるもよし……ってね」

僕の告白を、彼女は黙って聞いている。僕の目を真《ま》っ直《す》ぐに見つめてきている。

「それからは相談した人達《たち》に色々とアドバイスを受けて、七海……君に好きになってもらえるように色々と動いた。あぁ……その辺の話は知ってるよね? でも……前提が違《ちが》うんだ。僕は七海の告白が……嘘の告白だっていうことを知ったうえで行動していたんだよ」

彼女の目に……涙が溜《た》まっていくのが分かった。

そうだよね、僕の告白を聞いて……ショックを受けるよね……僕は嫌《きら》われてしまうかもしれない。でも、僕は言葉を続ける。

「さっきさ、七海は言ったよね。自分の行動が人の気持ちを弄ぶ最低な行為だって……」

「うん……言ったよ……言ったけど……」

「僕も一緒《いっしょ》だよ。僕は七海の告白が嘘の告白だって知りながら、君が僕を好きになる様に動いていた。七海の気持ちを弄んでいたんだよ。これが僕の話……僕の本当の話だよ」

僕の言葉を聞いた七海は涙を流して……顔を両手で覆《おお》い隠す。

「ごめんよ七海。君が勇気を出して告白してくれたのにさ……僕は素知らぬふりをして君に……」

「違う……違うよ陽信……。私の行動と陽信の行動は……全然違うよ!!」

僕が言いかけた言葉を遮《さえぎ》って涙を流した七海が僕の言葉を否定する。

「私が嘘の告白なんて最低なことをしなければ、陽信が悩む必要も無かった……無理をする必要も無かった……そんなことをする必要も無かった……全部……全部悪いのは私なんだよ……!!」

そんなことは無い……と言いたいのだが、今の彼女にはそう言ってもダメだろう。全部が自分のせいだって思ってしまっている。

でも僕は、彼女と僕の行動に差があったとは思えない……。いや、嘘だと知っていて行動していた分、僕の方がたちが悪いだろう。

このままだとむしろ、傷つくのは七海の方かもしれない。それだけは……なんだか嫌《いや》だった。あの日、泥水《どろみず》をかぶりそうな七海を見た時のような感覚が僕の中に改めて芽生えてくる。
だから僕は……全ての真実を明らかにした今……改めて七海に問いかけることにした。
嘘から始まった関係が僕等の関係を複雑にしてしまった。
だったらそれを……シンプルにしてしまえばいいんだ。
「じゃあさ、七海に聞くよ……本当のことを聞く……。七海もさ、本当のことを聞かせて。」
「うん……私に答えられることなら……。ううん……なんでも答える。もう嘘はつかない
……正直に言うよ……だから……何でも聞いて」
その言葉を聞いて、僕は彼女を安心させるために……笑みを浮かべる。ほんの少しでも
安心できるように、僕は彼女に今までで一番の笑顔を向けて、ゆっくりと口を開く。
「七海は僕のことが嫌いになった？　僕はね……七海のことが大好きだよ。この一ヶ月間
で……本当に……七海のことが大好きになったんだ。それは、今も変わらないよ」
偽《いつわ》らざる本心を言う……人生経験の浅い僕が言うのもなんだけれども、これが実は最も
世の中では難易度が高いんじゃないだろうか？
相手がその本心を受け入れてくれるか保証はなく、もしかしたら受け入れられないどこ

ろか、嘲笑《ちょうしょう》されたり、手酷《てひど》く拒絶《きょぜつ》されるかもしれない。

そういう拒絶からの恐怖《きょうふ》から素直《すなお》になれず……破局したり、機会を逃したり、大切なものを取り零したりするということが多い。

今日……僕と七海ははじめてお互《たが》いに隠していた事実をぶつけ合った。

僕が隠していたことを七海に言うことで……もしかしたら拒絶されるかもしれないという恐怖が僕にはある。もしもこれで……と思ったら身体が震えてくる。

だからこそ、僕は素直に言う。

僕は七海が大好きだ。

これは嘘から始まった関係だけど、積み重ねてきたこの一ヶ月は……絶対に嘘じゃない。

僕にはもう、彼女無しの生活なんて考えられない。それくらい彼女が大好きで、大切な存在になっている。誰よりも、何よりもだ。それを強く思う。

とにかく僕は……それを彼女に素直に伝える。

嘘の告白、僕の秘密、彼女の罪悪感、僕の罪悪感……色々とゴチャゴチャと考え過ぎていたけれども、本来これはシンプルな話なのだ。

ただ相手を好きなのか嫌いなのか。

それくらい単純な問題に、僕はこの話を落としこんだ。僕の頭はあんまり良くないからね。それくらいがちょうどいいんだ。

僕の素直な言葉に対して彼女は……一瞬だけきょとんとした表情をしたものの、躊躇いも、戸惑《とまど》いも無く……僕の言葉に、七海の素直な言葉で返答してくれた。

「……大好き……大好きだよ！」

七海は叫《さけ》ぶ。その感情の赴《おもむ》くままに、僕の疑問に答えてくれる。

「嫌いになんてならない！　なるわけがない!!　なれるわけがない!!　私も陽信が大好き！　大好きなの!!　でも……でも……!!」

「うん、それが聞ければ充分だよ。僕は七海が大好きで、七海は僕が大好き……それだけで充分なんだよ……。その言葉があれば、僕はなんでもできる」

でもと言いかける彼女の言葉を遮って……僕は満足げな笑《え》みを浮かべる。

あぁ、良かった。彼女は僕を……大好きだと言ってくれている。拒絶されなかった。それだけでもう、安心感が段違《だんちが》いだ。僕は無敵だ。

彼女は僕の言葉に納得《なっとく》がいっていないのか、未《いま》だに困惑した表情を浮かべている。もしかしたら、僕の考え方に戸惑っているのかもしれない。

そんな表情をする必要は無いのに、彼女は涙《なみだ》を流して苦しげだ。そんな顔をしないで欲《ほ》しい……だって……僕等はお互いが大好きなんだ。問題なんて、何もないじゃないか。

「七海……この一ヶ月間さ……楽しかったよね。とっても楽しかった。少なくとも僕は、大げさじゃなく、今までの人生の中で一番楽しい……最高の一ヶ月だったよ」

「え……？」

涙を流していた七海が、僕の言葉に反応を示すのだが……突然《とつぜん》話が変わったことに、ついていけてないようだった。だけど、僕はそんな七海をしり目に言葉を続ける。

「告白した次の日に、いきなりお弁当を作ってきてくれたよね。まさか食べさせてくれるなんて、予想外だったなぁ。それからお昼は毎日、七海の手作りのお弁当で……味気なかったお昼ご飯が、学校での一番の楽しみになったんだよ」

「私も……陽信のためにお弁当を作るの……楽しかったし……幸せな気分になれたよ……」

学校のお昼ご飯なんてお腹が膨《ふく》れればいいや程度の認識《にんしき》だった僕だったけど、七海のお弁当で認識がガラッと変わった。

それに、手作りのお弁当の大変さというものを知ることができたのは大きな財産だった。

今までの当たり前が一つ……彼女によって覆されたんだから。

「デートもさ、毎週したよね。最初のデート……僕は服なんて持ってないから標津《しべつ》先輩《せんぱい》にアドバイス貰《もら》って……そういえば、先輩と知り合えたのも七海がきっかけだったよね」

「あの時は……陽信、バスケ勝負なんてしだすんだもん。ビックリしたよね……」

まさかね、まったく世界が違うと思っていた運動部の先輩と仲良くなるなんて思っていなかった。先輩は今では……僕の数少ない大切な友人だ。

そうやって僕の世界が広がったのも、七海のおかげだ。

「映画に行ったり、僕の家で一緒に夕食をとったり……そうそう、僕等の家族全員で旅行も行ったよね。まさか付き合って一週間も経《た》たないで、七海のお父さんとお母さんに挨拶《あいさつ》することになるなんて思わなかったよ……」

「あれは私もビックリしたよ。陽信、お父さんに凄《すご》い事言うんだもん……」

確かにね……プロポーズまがいのことを言ってしまったのは思い出しても赤面する。でもそれで、七海のことを知ることができたし……そこでまた一つ、僕等の関係は膨らんでいった。

そうやって楽しい思い出を語っていくことで、だんだんと七海の顔にも笑顔が戻《もど》ってくる。まだまだその笑顔はぎこちないが、悲しみから出ていた涙は少しだけ収まっていた。

それからも僕は、彼女《かのじょ》との楽しかった思い出を語り合う。

水族館では迷子の女の子と出会ったこと……七海と一緒に料理をしたこと……。彼女の家にはじめて泊《と》まって七海と一緒に寝る……それはまぁ、変な意味じゃなくて本当に健全に一緒に寝ただけだったけど……同じ部屋で寝起きに七海の顔が横にある……そんなドキドキした記憶《きおく》もあった。

温泉旅行に行ったり、お話をしたり、テーマパークに行ったり、動物園に行ったり……神社で祈願《きがん》をしたり。はじめてのことやトラブルが起こって、失敗したこともあったけど……それは次に活かそうとお互いに笑いあった。

僕等にはまだまだ見ていない景色があるし、別の時期にまた一緒に行こうねと約束した場所が沢山あることを、思い出す様に僕等は話す。

そんな一ヶ月の思い出を……約束の積み重ねを僕等は共有しているのだ。

それを思い出したことで……七海も落ち着きを取り戻したように、少しだけ穏《おだ》やかな表情になる。

「正直な話をするとさ、七海が……僕の事を嫌いになったんなら仕方ないとは思ってたんだ」

僕《ぼく》の言葉に、七海はほんの少しだけ戸惑うようだが……穏やかな笑顔は崩れない。気持ちはだいぶ、落ち着いたようだった。

「僕は嘘の告白だって知っていたからさ。今までのこの一ヶ月間の関係も嘘で、実はイヤイヤ僕に付き合ってくれていただけなら……僕等の関係はここまでで終わらせる……。そんな選択《せんたく》も、僕は選ぶべきだって思っていたんだよ。君の幸せのために……僕は身を引こうとね」

僕の言葉に、七海は静かに首を横に振った。

「……今日はね、私も覚悟してたんだ。嘘の告白だったことを告げて、陽信が私を嫌いになって……私と別れるって話になったら……私はそれを受け入れるつもりだったの」

その言葉は悲痛な覚悟に満ちていた。僕が七海との別れる選択をする？　冗談《じょうだん》じゃない……そんなこと……できるわけが無い。

「嘘を吐いて、貴方《あなた》を傷つけて……そんな許されないことをした私が……陽信と一緒にいる資格なんてないって考えてたの。だから私は……貴方の幸せのために何でもするつもりだったんだ」

「何でもするって、そんなこと安易に言っちゃっていいの？　僕がその……ちょっとエッチなことを要求してたらどうするつもりだったのさ？」

「んー……そうだね、もしも怒った陽信に身体を要求されたら……陽信になら何をされても良いって思ってたよ？　陽信の心の傷が少しでも癒《い》えるなら……私の身体くらい安いもんだよ」

「ほっぺたにキスするのにも一ヶ月近くかかったヘタレな僕が、いくら怒ったからってそんなことできないよ。七海はどれだけの覚悟を決めてたのさ」

ほんのちょっとだけいつもの調子に戻った僕等は、お互いに笑いあう。七海の覚悟が伝わってきたけど、僕はそれを冗談めかして笑い飛ばす。

そして、少しだけ笑いあった後……僕は微笑《ほほえ》みを浮かべて七海に改めて確認《かくにん》をした。

「それじゃあさ、七海。僕等のこの一ヶ月間の思い出は……。僕が最高に楽しいと感じていた思い出は……嘘じゃなかったってことでいいんだよね？　七海は僕といて、僕は七海といて……幸せだったって思って……いいんだよね？」

その言葉をきっかけに、七海は立ち尽《つ》くしていた場所から我慢の限界と言わんばかりに駆《か》け出した。七海は僕に向かって真っすぐに、一直線に走ってくる。

それはまるで、あの時の僕のようだ。

違うのは、落ちてくるバケツが無いってことくらいかな？

そんな七海を僕は迎《むか》え入れる準備をして……そして、飛び込むように抱《だ》き着いてきた七海を、力いっぱいに抱きしめ返す。

「嘘じゃない……嘘じゃないよ!!　始まりは嘘だったかもしれないけれど……お弁当に込めた愛情も、デートした時の嬉しさも、陽信にキスした時の愛《いと》しさも……キスされた時の幸せな気持ちも……全部、全部本当だよ!!　私は陽信と一緒にいられて……幸せだったよ！」

あぁ、良かった……本当に……良かった……。

嘘から始まって、お互いに嘘を吐き続けてきた僕等だけど……この一ヶ月間の気持ちはお互いに嘘じゃなかった。それが分かっただけで……充分だ。

だけど、僕にはまだやることがある。

ここからが、本番だ。

「ありがとう七海。僕も、この一ヶ月間は幸せだったよ。本当に心からそう思う……ありがとう……七海……」

再度力強く彼女を抱きしめた僕は……一度その手を離した。

「……陽信？」

手を離して、ほんの少しだけ彼女から距離を取る。僕の行動の真意が分からない彼女はちょっとだけ不安そうにするけど、僕は安心させるように笑顔を崩さない。心臓は緊張でバクバクする。

「本当はね、今日……僕はこれをするつもりだったんだ。校舎裏に来れたのは……偶然とはいえ、正解だったかな？」

僕は制服のポケットに入れていた一つの布製の包みを取り出す。そして、表情から笑みを消して見得《みえ》を切るように、僕にできる最高に真剣《しんけん》な表情を七海に向けて、彼女の瞳《ひとみ》を見つめる。

「茨戸七海さん」

改めて七海の名前に『さん』付けをするのが、今となっては逆に照れくさいけど……それでも僕はあえて彼女の名前にさん付けをする。あの時を、僕が再現するように。

まぁ、あの時は苗字《みょうじ》呼びがせいぜいだったけど。それくらいは誤差範囲《はんい》だ。

「僕は七海さんが好きです……大好きです。僕と改めて付き合ってくれませんか？　できれば……これからずっと、僕は七海さんと一緒にいたいです」

そして僕は、ゆっくりと彼女に手を差し出す。

彼女は僕の手に一度だけ視線を移すと、僕と目線を合わせて真剣な表情を浮かべる。

「私は……陽信に嘘の告白をしたんだよ？　そんな私を……許してくれるの？」

「許すも何も、それを僕は知ってたんだから。でもあえて言うなら……許すよ。僕は七海さんの全部を許す。七海さんは、それを知っていて黙っていた僕を……許してくれる？」

「当り前じゃない……許すよ……私に許す資格があるかわからないけど……許すに決まってるよ」

「それじゃあ、これで僕等の間には何の問題も無くなったわけだ。改めて……七海さん。

僕と付き合ってくれますか？」

僕の改めての告白に、彼女は薔薇色《ばらいろ》に頬《ほお》を染めて……そして、ゆっくりと差し出した僕の手を取り握《にぎ》り返し……

「私なんかで良ければ……喜んで」

今日一番の笑顔を、僕に向けてくれた。

僕の好きな……彼女の笑顔。大輪の華《はな》のような笑顔。それを見た幸福感、握り返された手の温かさ……。すべてが幸せで……僕は何もかもが報《むく》われた気分になる。

「七海……『なんか』ってのは禁止なんじゃなかったっけ？」

手を握ったまま言った僕の言葉に目をパチクリと瞬《しばたた》かせた。それから吹《ふ》き出す様に笑いだす。

「……よく覚えてたね陽信、そうだね……『なんか』は禁止だったね」

「うん、七海とのことは……全部覚えてるよ」

「じゃあ言い直すね……。陽信……喜んでお付き合いさせていただきます。……これからも末永くよろしくお願いします」

嘘から始まった僕等は……本当の関係を築き上げて……そして今、改めて本当のお付き合いを始めることができるまでになった。

それはとても幸せなことで……僕も七海もお互いに望んでいた未来に辿《たど》りつけたんだと思う。

「じゃあ改めてのお付き合いの開始と、一ヶ月の記念日ということで……これ……受け取ってくれるかな？」

僕は彼女に布で梱包《こんぽう》した一つの包みを手渡《てわた》す。僕が全部自分でやったから不格好だけど……それを彼女は受け取ってゆっくりと包みを開く。

「これ……ネックレス……？　こんな高価なもの……受け取れないよ……？」

「いや、安心して。それ僕の手作りだからさ。不格好で申し訳ないんだけどね、着けてくれると嬉しいな」

「手作りなのッ?!」

それは中央にイルカの形……かろうじてイルカの形に見える装飾《そうしょく》があり、周囲は色づいた透明《とうめい》の球が付いたネックレスだ。

中央のイルカや球の色はオレンジで、七海に似合うと思った色に統一している。そして、一部分は透明で中にピンク色の花弁を入れている。記念日に贈《おく》ると決めてから僕が頑張《がんば》って作ったもので、所々に粗《あら》があって恥《は》ずかしいんだけどね……。

「これ……桜の花弁？」

「うん……お花見に行った時の花弁を閉《と》じ込めてネックレスとして作ってみたんだ」

僕等の思い出を詰め込んだネックレスとして作ってみた……それを彼女は涙を流して胸に抱く。その涙は先ほどまでの悲しみではなく……嬉しさからの涙だろう。

「ねぇ、陽信……せっかくだからさ、このネックレス……着けてくれないかな？」

「あぁうん。そうだね、せっかくだから……」

「正面から着けてくれた方が良いかな？　こういうのって胸元《むなもと》のバランスが大事だから」

後ろに回ろうとした僕を制止して、七海は僕にネックレスを手渡してきた。確かに正面からの方が場所のバランスとか確認できるし、そっちの方が良いか。

ネックレスを受け取った僕はちょっとだけ悪戦苦闘《あくせんくとう》しながら彼女にネックレスを着けてあげる。初めて作った不格好なものだけど……それでも、七海にはよく似合っているな……自画自賛かな？

でも、正面から着けるってちょっと照れくさいな……すごく近いし……そう思って彼女にネックレスを着け終わったタイミングで……それは起こった。

悪戦苦闘してた僕の手が彼女の首元から離れて、ほんの少しだけ彼女との間に距離《きょり》ができた瞬間《しゅんかん》……。

僕の唇《くちびる》に、七海の唇が重なった。

彼女は目を閉じていて、僕は目を閉じていなかった。

そのまま彼女は僕の首元に手をまわしてきて……驚いていた僕は彼女にされるがままになる。温かくて、唇は柔《やわ》らかいものに触《ふ》れていて、至近距離に七海の顔がある。

僕がその事実を認識できるまでしばらく時間がかかる。そして認識をしたら、僕も彼女を軽く抱きしめる形になった。

僕等ははじめて……キスをしたのだ。

たっぷりと時間をかけてキスをしてきた彼女は僕から顔だけを離《はな》すと、恥ずかしそうに真っ赤になりながら僕の耳元で囁《ささや》いてきた。

「私からの記念日のプレゼント……ファーストキス……。私だけなんも用意してなかったからさ、せめてね……。ごめんね、何にも用意してなくて……」

「いや……最高のサプライズプレゼントだよ……僕のプレゼントなんて霞《かす》むくらいね

……」

真っ赤になり過ぎて彼女の顔が見られない僕は、今の抱き合っているこの状況《じょうきょう》がありがたかった。

お互いの顔が見られず、それ以上何かを言葉にすることができない。だけど離れることができずに、お互いに抱き合ったままになる。ここからどうすればいいのか、頭が働かない。

そうやって抱き合っていると……不意に違う誰《だれ》かの声が聞こえてきた。

「あ〜らら〜、いつかの男子生徒くんに女子生徒ちゃんじゃないの？　なに？　逢引《あいび》き中だった？　ごめんね〜邪魔《じゃま》して。ほら、割と暇《ひま》な私が見回り中だったのよ」

それはあの日に僕の治療《ちりょう》をしてくれた保健室の先生だ。突然の先生の登場に僕も七海も慌《あわ》てるけど、保健室の先生はヘラヘラと笑いながら僕等に慌てないように手で制してくる。

「慌てない慌てない。いやー、いーもん見たわー。青春だねー。君たちまだ続いてたんだ？　割と長い？　長くないか。いいねぇ、愛の嵐《あらし》だねぇ」

「先生……そこは普通《ふつう》、不純異性交遊だって咎《とが》める場面じゃないんですか？」

「ん？　キスの何が不純なんだい？　純粋《じゅんすい》に愛し合ってる二人がキスをする。そこに不純な想《おも》いなんて無いでしょ？　高校生らしくて何の問題も無いじゃないか。男子生徒くんに女子生徒ちゃん、おめでとー。もっとやれー」

……保健室でも思ったけど、この人は本当に変わった先生だ。僕等のキスを見て咎めるどころか祝福してくれている。他の先生なら、怒《おこ》られている場面だろう。

まぁ、それに救われたのは確かだけどね。

「不純ってゆーのは……こういうのを使わない行為かな？　今の高校生は使ってもダメか？」

先生は僕に何か薄《うす》いものを投げてきて……僕はそれを片手で受け止めた。それは……一枚の避妊具《ひにんぐ》だった。ってえええええぇぇッ?!

「先生ッ?!」

「前も言ったけどね、正しい性教育は必要だよ。私の中では使わない行為は不純、使うなら……頻度《ひんど》によるけどオーケーかな？　校則違反《いはん》かもだけど。ま、それもヒャクパーじゃないから責任とれないならヤらないのが一番だけどね。二人とも覚えときなよー。ヤればできるんだからねー」

ヒラヒラと手を振《ふ》りながら、僕等の目の前から先生は嵐のように去っていった。

「まったく最近はみーんなラブラブだねー。旦那君《だんな》も最近私に愛してるってやたら言ってくるしー。知ってるっつーのー。たまには私からも言ってみてあげようかなー？」

ドップラー効果のように先生の言葉が遠ざかっていく。先生が居なくなった後には、抱き合ったままの僕等が残った。

「変わった先生だねぇ……、まぁ……見られたのが先生で良かったかな？」

「そうだね……。でもこれは流石《さすが》に使わないかな……」

僕は受け取った避妊具をそのままポケットへとしまい込む。その間、七海は少しだけ何かを考え込むようにして……改めて僕に囁いてきた。

「陽信……愛してるよ」

唐突《とうとつ》なその言葉に、僕は驚きに目を見開いた。今まで大好きは聞いていたけど、愛してるなんて言われたのは初めてだったからだ。

「……どうしたの七海？　突然」

「さっき先生が言ってたでしょ……ほら、愛し合ってる二人ならキスしてもって……だから……愛してるって言いたくなったんだ」

「そっか……そうだね……」

抱き合ったままの僕等はそのままお互いに見つめ合う。そして僕も……意を決して彼女に対して言葉を返す。

「七海、愛してるよ」

「うん、私も愛してる！」

先ほどは七海からだったけれども、僕は少しだけ勇気を出して……今度は僕から七海にキスをする。彼女はそれを、静かに受け入れてくれた。

こうして、互いを許し合った僕等の新たな気持ちと、継続《けいぞく》した関係は……今日から改めてスタートすることになった。

エピローグ　罰ゲームで告白してきたギャルに、僕はベタ惚れです

「そっか、それがキャニオンくんの選択だったんだね。いやぁ、予想通りではあるけれどもさ、こういう時は予想外なんていらないんだよ。僕も安心したよ……。あー……なんか泣きそう」

僕等がお互いに告白し合った数日後……休みの日に僕と七海《ななみ》は、僕の部屋で一緒にバロンさんに結果を報告していた。

バロンさん達をちょっとだけ待たせたけど、僕等は落ち着いた日に改めて二人で報告をすることにしたのだ。

スマホから聞こえてくるその渋《しぶ》い声に、僕等はちょっとだけ照れくさそうに頬を染める。

「だから言ったでしょ？　シチミちゃんとキャニオンさんは絶対に上手《うま》くいくって。私が保証するって」

「ピーチさん、シチミとそんな話してたの？」

「女の子同士でこっそり話してたんだよねぇ、ピーチちゃん♪」

ピーチさんも、スマホから聞こえてくる可愛《かわい》らしい声が喜びに彩《いろど》られている。

僕等は今日……はじめてスマホの音声チャットで四人で話をしていた。

どうせ報告するならチャットを使ってみないかと七海から提案されたのだが……まさかピーチさんとはたびたび通話していたなんて知らなかったよ。

「それにしても……バロンさん達も私が罰ゲームで告白してたって知ってたんですねぇ……。本当《ほんと》、ご迷惑《めいわく》をおかけしたみたいで……」

「いやいや、僕等こそ知っていて黙《だま》っていたことは申し訳ない。でも……結果的に良い方向に行って良かったよ」

七海の謝罪に、バロンさんも謝罪し返す。

なんだか不思議な気分である。こうやって四人で穏やかな時間を過ごせるなんて……僕はベッドの上に座《すわ》りながら隣《となり》の七海を目を細めて見ていた。

七海は、僕に抱き着くようにして身体をピッタリと寄せてきている。彼女の身体の柔らかさと、その温かさが僕の身体に心地《ここち》のいい幸福感を与《あた》えてくれる。

音声だけで映像は出ていないからできているんだけどね……。

いや、この体勢も仕方ないんだよね。

椅子《いす》には二人で座れないし、必然的に二人が座れて長時間疲《つか》れなそうなのがベッドの上だったからさ。だから仕方ないんだよこれは……でも、これは何と言うか……。

これ、僕の理性が試《ため》されてるのかな？

それを考えた瞬間に、あの日に先生から貰った例のモノが脳裏《のうり》にチラつく。

だけど、僕は頭を振ってそれをいったん無理矢理《むりやり》に忘れる。うん、あれは僕等にはまだ早いし、今はバロンさん達と通話中なんだから、それを忘れろ。

「でも二人とも、これで正式な恋人《こいびと》同士になったわけだけど。何か変化はあるかい？　ほら、もっともーっとラブラブになったとか」

「変化……ですか？」

「聞いてくださいよー。キスの頻度は上がったけど、キャニオンくんってば、恥ずかしがっちゃってなかなか自分からキスしてくれないんですよー。しても、ほっぺたくらいだしい……。唇にしてくれたのは記念日の時だけだったかなぁ？」

「それ言っちゃうのッ⁈」

僕と彼女の発言に、スマホの向こうのピーチさんがキャーキャーとはしゃいでいた。どうやら記念日のキスの話は初耳だったようで、詳細《しょうさい》を聞きたがっている。

七海は僕の隣で、僕があげたネックレスを指先で弄《もてあそ》ぶとニヤリと僕に笑みを向けてきた。頬は赤いので、自爆覚悟《じばくかくご》で僕に対してキスをせがんでいるようだ。

……だってほら……あの時は気持ちが盛り上がってたからさぁ……。普段《ふだん》から唇にキスをするとか、ハードル高いよ。さすがに、気持ちが高ぶらないとさぁ……。

僕はせめてと、ベッドの上で一緒に座っている彼女の肩《かた》を抱き寄せる。これくらいなら……まだ慣れないけどできるくらいにはなってきた。

「……特に大きな変化はないですよ？　今も彼女はベッドの上で僕の横にいますけど……こうやって隣《とな》り合っているのもいつも通りだよね？」

僕の発言に……スマホの向こうと、そして七海にも……沈黙《ちんもく》が訪《おとず》れる。あ、あれ？　なんでみんな黙るの？　七海は顔全体を……耳から首まで真っ赤になって目をシロクロさせている。

スマホの向こうでは沈黙が……と思いきや、ピーチさんが「大人だ……大人の関係だ……大人すぎる……。え？　えええ？　変化起きすぎじゃないですか？」と小さい声で呟《つぶや》いているのが聞こえてきた。

「えーっと……ごめん……流石にピーチちゃんの教育に悪いから、そういう発言は慎《つつし》んで……と言うか、そんな状態なら日を改めて」

そこまで言われて僕は自分の発言を思い返す。『彼女はベッドの上で僕の横にいますけど』……って……まって、この発言……。

「違います違います!!　誤解です！　いや、誤解させたのは僕ですけど!!　今はベッドの上で二人で座って喋《しゃべ》っているだけです!!　僕等はまだキスどまりの清い関係です!!」

僕は慌てて釈明《しゃくめい》する。僕としては事実を言っただけなんだけど、この発言は捉《とら》えようによっては誤解されかねない発言だ。全然思い至らなかった。

隣の七海が「珍《めずら》しいね……陽信《ようしん》の自爆《じばく》……」とか言ってくるけど、真っ赤になったままだ。

うん、流石にごめん。いや、何も後ろめたいことが無くなったことで、思ったよりも浮《う》かれているんだろうな、僕も……。

「あぁ、そうだったんだ。いや、高校生だから不思議ではないけどねぇ。先日も妻と話したら一組のカップルに性教育をしたって言ってたからさ。タイミングが良いよねぇ」

……あれ？　なんだかその話には少し既視感《きしかん》があるんだけど……。偶然かな？

「そうそう、聞いてくれる？　妻がね、物凄《ものすご》く久々に愛してるって言ってくれたんだよ！　照れちゃって照れちゃってなかなか言ってくれないのに、やっと久々にデレてくれたよー」

「わぁ、バロンさんおめでとうございます！　でもいいですねー。私だけ彼氏《かれし》いないからなぁ」

「大丈夫《だいじょうぶ》大丈夫。ピーチちゃんなら絶対に良い人が現れるから」

バロンさんとピーチさんの会話が盛り上がるのだけど、何だろうか……その話にもちょっとした既視感が……。うん、あんまり深く考えないでおこうかな？

そんな風に二人で会話が盛り上がっている最中に……七海はちょっとだけ僕に近づくと耳元で囁いてくる。スマホの向こうには絶対に聞こえない声量で……聞いたことのないような甘《あま》い声を出す。

「……いつでもいいよ？」

その一言を囁かれた瞬間に、僕は七海の方に勢いよく視線を移動するのだけど、七海も僕と同じくらいの速度で僕から視線を外していた。

さっきと同じくらい赤くなった彼女だけど、それからゆっくりと僕に視線を合わせてくると……はにかんだような笑顔《えがお》を僕に向けてきた。

僕はため息を一つ吐くと、七海の頭にポンと手を乗せて優《やさ》しく撫《な》でる。

「無理しないで良いよ。僕等は僕等のペースで……ゆっくり行こうね……」

「ありがとう……うん……愛してるよ……」

「僕も……愛してるよ」

七海は撫でられて気持ちよさそうに目を細めて、僕に抱き着いてくる。僕はしばらく七海の頭をそうやって撫でていたのだけれど……。

「まぁまぁ、聞きました？　ピーチちゃん。愛してるですってぇー。やっぱり進んでいるのねぇ。隠《かく》さなくても良いのにねぇ？」

「そうですねぇ、バロンさん。こういうのをなんて言うんでしたっけ？　リア充爆発《じゅう》しろ？　それとも、末永く爆発しろ？　結婚《けっこん》して爆発しろの方がいいですかね？」

「ピーチちゃん?!　どこでそんな言葉覚えたの?!」

……しまった、通話中だったんだっけ……。て言うかバロンさん何なんですかその小芝《こしば》居《い》は。ピーチさんもノッてるし……。

いつもは文章でしかやってないから油断した、と思っていたんだけど……七海は撫でられながら僕の方を見るとペロッと舌を出してくる。

……わざとだったのか。

それからも僕等は四人で報告をしあいながら、他愛《たあい》のない雑談を続ける。バロンさんは気が早くて、結婚生活において大切なことを僕等に対して色々と忠告してくれる。

七海はその言葉を全て、聞き漏《も》らすまいと言わんばかりに納得しながら聞いていた。

そんな折に……ピーチさんが僕と七海に疑問を投げかけてきた。

「そういえば……シチミちゃんの恋《こい》みくじの内容は聞いたけど、キャニオンさんの恋みくじの内容ってなんだったんですか？」

「あ、それ私も聞きたい！　聞いて無かったよね!!　なんて書いあったの？」

あぁ、恋みくじ……バタバタしてたから忘れちゃってたね。

僕は一度ベットから立ち上がると、財布《さいふ》を持って再びベッドの上に座りなおす。七海はすぐに、ピッタリとくっついてきた。

「お財布に入れてるの？」

「うん、良い内容だったからね……ほら、これが僕の恋みくじの内容だよ」

「うわぁ、大吉《だいきち》だ！　凄いねぇ……私は…ってこの内容」

「シチミちゃん？　なんて書いてあるんです」

ちょっと僕の口から説明するのは言いづらい内容だっただけど、七海が嬉々《きき》として恋みくじの内容を説明してくれた
「えっとね……『真実の愛を知った二人、もう……別れられません』……だって……うぅ……ううぅ……」

七海の目に見る見る間に嬉《うれ》し涙が溜《た》まっていく。僕は泣きそうな彼女の頭を再び優しく撫でる。七海は感極《かんきわ》まって僕に抱き着くと、そのまま静かに喜びの涙を流すのだった。

これがあったからってわけじゃないけどさ……僕は彼女と別れるなんて選択をする気はさらさらなかったんだよね。今度デートで、あの神社に行ったら神様にお礼を言いに行か

ないとね。

「真実の愛ですかぁ……乙女《おとめ》ゲームとか少女漫画《まんが》にありますけど、ロマンチックで良いですねぇ」

「そうだねぇ。でもそれ、もしかしたら『浮気《うわき》はダメ』みたいなこと書いてない？　僕もね、妻と結婚する前に引いたおみくじに同じような文言があったんだよね」

うっとりした声を出すピーチさんとは対照的に、バロンさんは冷静におみくじの内容を確認してくる。うん、確かに『浮気は凶運《きょううん》』って書いてあるな。

「書いてありますね、……バロンさんも同じおみくじ引いたんですね」

「うん……それがきっかけで妻と結婚したようなものだしね。だから僕が保証するよ。二人は結婚までいける！　式には呼んでね!!　オフ会兼結婚披露宴《けんけっこんひろうえん》だ!!」

「結婚って……気が早いですよ……僕らまだ高校生ですし」

「大丈夫だよ……僕と妻も高校からの付き合いだからさ……僕等が前例だよ」

そう言われては返す言葉も無い……。抱き着いている七海は、僕の胸の中から僕を見上げてきている。それは、ちょっとだけ期待するような目だ……。

「そうですね……じゃあ、僕と彼女が結婚する時は皆《みな》さんを招待しますよ」

「うん……その前にオフ会とかをしても楽しそうだね。まぁ、二人が仲良くなったことで……未来は無限に広がるよ。本当に、二人とも祝福するよ」

「改めて……おめでとうございます。キャニオンさん、シチミちゃん」

その祝福に……僕等はもう何度目かもわからないお礼の言葉を二人に告げる。

「そういえば、そろそろ時間なんじゃない？　今日のデートはどこに行くのさ？」

バロンさんのその言葉に、僕等は出かける時間が迫《せま》っていることに気が付いた。もうそんなに時間が経っていたのか……。

「今日のデートは映画ですよ。僕等の初デートですから、再出発にちょうどいいかなって」

「そう……二人とも楽しんでね。今度、ゲームも一緒《いっしょ》にできたら良いね」

「お二人とも、行ってらっしゃい。お気を付けて」

「バロンさん、ピーチちゃん。ありがとう。またね。あ、私ちょっとお化粧《けしょう》直してくるね。ちょっと泣いちゃったし、お義母《かあ》さんにも挨拶したいからさ」

待って、いつの間に母さんのことお義母さんとか呼んでたの？　え？　初耳なんだけど。

ちょっとだけ呆然《ぼうぜん》とする僕を残して、七海は部屋から出ていき、ピーチさんもチャットから退室した。最後には、僕とバロンさんだけが通話状態で残っていた。

僕もそろそろ通話を切ろうかなと思っていたところで……バロンさんが不意に僕に聞いてきた。

「最後に聞かせてくれないかな。罰ゲームで告白された君だけどさ……今はどんな気持ちだい？」

その質問を受けて、僕は思い返していた。バロンさんに相談したことで、僕は七海とここまで来れた。バロンさんがあの時に僕に、メロメロのベタ惚れにしちゃえばいいんだよと言ってくれたから……僕と七海の今の関係がある。

だから僕は、少しだけ考えて……バロンさんに答えを告げる。

「そうですねぇ……今の気持ちを一言で表すなら……」

僕は素直《すなお》な気持ちを口にする。その気持ちを聞いて、バロンさんは満足げな声を上げてくれた。あの時の話も含《ふく》めて、我ながらうまいことが言えたかなと思ってる。

それは、こんな一言だ。

「罰ゲームで告白してきたギャルに、僕はベタ惚れですよ」

あとがき

四巻をお読みいただきありがとうございます。四巻の内容はいかがでしたでしょうか？皆様のご期待に応えられていれば幸いです。

いよいよスタートした神奈なごみ先生によるコミカライズは皆さん見てくださいましたか？　素晴らしいコミカライズなので、未読の方はお読みいただければと思います。

そして、ここまでお届けできたのも購入してくださった皆様のおかげです。本当にありがとうございました。かがちさく先生、担当の小林様には四巻も引き続きご尽力いただき感謝の言葉もありません。おかげで四巻も素晴らしいものになりました。

実は本文を書きすぎてあとがきが半ページ分しかないので、色々と書きたいことはまた別の機会に書くとして……。これだけは言わせてください。

なんと、五巻が出ます。私もビックリしてます。

２０２２年９月　それでは、五巻にてお会いしましょう。結石より

次巻予告
2022年12月1日発売予定!!

二人の罰ゲームの一ヶ月はより仲が深まる形で終わった。

一つの終わりは、何かの始まりでもある。二人はまず関係者に謝罪&説明をすることに！　彼等は友達、両親、先輩とケジメをつけるために動く。

そして、学生生活最大のイベント夏休みがすぐそこまで迫っていた！

「陽信、この水着とかどうかな……？」

罰ゲームの関係が終わってからがむしろ本番!!　イチャイチャを阻む最大の壁を乗り越えた二人はもう止まらない!?

書き下ろし激増の第2部開幕!!

HJ文庫 https://firecross.jp/
1030

陰キャの僕に罰ゲームで告白してきたはずのギャルが、どう見ても僕にベタ惚れです 4
2022年9月1日　初版発行

著者——結石

発行者—松下大介
発行所—株式会社ホビージャパン

〒151-0053
東京都渋谷区代々木2-15-8
電話　03(5304)7604（編集）
03(5304)9112（営業）

印刷所——大日本印刷株式会社
装丁——AFTERGLOW／株式会社エストール

Printed in Japan
ISBN978-4-7986-2918-6　C0193